Arena-Taschenbuch
Band 50737

Ebenfalls von dieser Autorin im Arena Verlag erschienen:
Schattenflügel

Höllenküsse
(Thriller-Sammelband zusammen mit Tamina Berger, Bettina Brömme und Susanne Mischke)

Herz aus Glas
Herz in Scherben

Kathrin Lange,
1969 in Goslar geboren, arbeitete zunächst als Verlagsbuchhändlerin und Mediendesignerin, bevor sie 2005 das Schreiben zu ihrem Beruf machte. Seither ist sie vor allem für ihre historischen Romane und Jugendbücher bekannt. Kathrin Lange lebt mit ihrer Familie in der Nähe von Hildesheim.

Kathrin Lange

Septembermädchen

Arena

FSC
www.fsc.org
MIX
Papier aus verantwortungsvollen Quellen
FSC® C110508

Die Verhaltensregeln am Anfang der drei Teile stammen
von Manuel dos Reis Machado (»Mestre Bimba«)

1. Auflage als Limitierte Sonderausgabe im Arena-Taschenbuch 2015

Umschlaggestaltung: Frauke Schneider
Umschlagtypografie: KCS GmbH · Verlagsservice & Medienproduktion,
Stelle/Hamburg
Sondergestaltung: komm Design/achkomm.com/Würzburg
Gesamtherstellung: Westermann Druck Zwickau GmbH
ISSN 0518-4002
ISBN 978-3-401-50737-8

www.arena-verlag.de
Mitreden unter forum.arena-verlag.de
www.arena-thriller.de

Für Jan-Iven und Tim.
Bitte geht nachts nicht unter dicht belaubten Bäumen.

Und für Leonie
dafür, dass ich Deinen
Namen verwenden durfte.

Teil 1

*Wenn du im Haus eines anderen schläfst,
schlafe mit einem offenen und einem
geschlossenen Auge.*

(Verhaltensregel aus der Capoeira)

Chrissy

Es tat so weh!

Sie versuchte, sich zu bewegen, aber es ging nicht. Heiße, grausame Schmerzwellen rasten durch ihren Körper und sie stieß einen qualvollen Schrei aus.

Dann lauschte sie. Waren da Schritte?

Hilfe!, wollte sie rufen, aber sie bekam kaum Luft. »Helft mir doch!«, hauchte sie stattdessen.

Jemand war bei ihr. Erleichterung ergriff sie. Jetzt würde ihr geholfen werden! Sie konnte nur unscharf sehen, weil sie am Rande einer Ohnmacht war. Sie blinzelte. Ein Mann, das immerhin erkannte sie.

Zieh es raus!, schrie ihr Verstand. Schnell! Es tut so weh!

Aber das Eisen, das sich in ihren Leib gebohrt hatte, rührte sich nicht. Warum half er ihr nicht? Warum redete er nicht mit ihr?

Wieder blinzelte sie, um mehr erkennen zu können.

Dann wimmerte sie vor Schmerz. »Hilf mir!«, hauchte sie.

»Nein.« Ganz ruhig sprach er und voller Entsetzen erkannte sie ihn.

»Du …«, hauchte sie.

Sie glaubte, ihn lächeln zu sehen, aber seine Augen blieben düster dabei.

»Bitte …«, gelang es ihr, noch zu sagen. Dann verlor sie das Bewusstsein.

Ein Jahr später

Leo

Blut.
Der Typ, der sie wenige Sekunden zuvor angerempelt hatte, blutete im Gesicht. Der Anblick brannte sich sofort in Leos Bewusstsein. Obwohl ihre Schulter schmerzte und die Erde, auf der sie nach dem Zusammenprall gelandet war, sich in der abendlichen Kühle unangenehm eisig anfühlte, nahm sie nichts anderes wahr als dieses Blut. Es rann aus einem klaffenden Schnitt über die Wange des jungen Mannes.

Ihr Magen hob sich bedrohlich. Sie war auf dem Heimweg vom Handballtraining gewesen und hatte wie jedes Mal durch den alten Industriepark abgekürzt. Zwischen zwei der alten, leer stehenden Werkshallen war sie hindurchgegangen, als er wie von der Tarantel gestochen um eine Ecke gerannt gekommen war. Sie hatte ihm nicht mehr ausweichen können. Mit solcher Wucht war er in sie hineingerannt, dass der Zusammenprall sie zu Boden geschickt hatte. Jetzt lag der Inhalt ihres halb geöffneten Rucksacks verstreut um sie herum auf dem rauen Beton und der Kerl ragte über ihr auf wie ein Berg. Das Blut auf seinem Gesicht glänzte dunkelrot. Leo spürte, wie ihr schwummerig wurde.

Ein paar Steinchen pikten unangenehm durch ihre Jeans und sie konzentrierte sich einen Moment auf dieses Gefühl. Es half ihr, sich endlich von dem Anblick des Bluts loszureißen.

Bloß nicht schlappmachen! Es war ein altbekanntes Problem: Seit sie als Dreijährige beim Kinderturnen eine Bank auf den Kopf bekommen und sich dabei eine Platzwunde zugezogen hatte, konnte sie kein Blut sehen. Der Anblick von einem winzigen Tropfen reichte, damit sich dieser rote Schleier über ihren Blick legte. Jedes Mal drohte sie dann, ohnmächtig zu werden. Leo atmete einmal tief durch.

»Kannst du nicht aufpassen?«, stieß sie hervor und kam sich dabei ziemlich bescheuert vor. Es war doch klar, dass der Kerl sie nicht absichtlich angerempelt hatte! Er war von dem Zusammenprall genauso überrascht wie sie.

Erschrocken blickte er auf sie herunter und irgendwie hatte sie das Gefühl, dass sie diese dunkelbraunen, grüblerischen Augen schon mal irgendwo gesehen hatte. Er war älter als sie, achtzehn oder neunzehn vielleicht. Und in diesem Augenblick fiel ihr ein, woher sie ihn kannte. Vor ein paar Monaten war sie ihm schon einmal begegnet. *Damals hat er ähnlich düster dreingeschaut …* Eilig schob sie die Erinnerung beiseite und konzentrierte sich auf das Hier und Jetzt.

Seine Haut war um einiges dunkler als ihre. Er hatte eine hochgewachsene, sehnige Figur und schwarze Haare, die ihm wirr in die Stirn hingen, dazu sehr weiße, ebenmäßige Zähne. Ein hübsches Gesicht. Wäre da nicht dieses elende Blut gewesen.

Ihr Magen hob sich schon wieder. *Mist!*, dachte sie. *Mist! Mist! Bitte nicht!*

»Entschuldige«, sagte der junge Mann endlich. »Ich habe nicht damit gerechnet, dass du hier entlangkommst.« Er lächelte schwach und ein wenig schüchtern, dann streckte er die Hand aus, um ihr auf die Füße zu helfen.

Leo zögerte zuzugreifen. Aber sein Lächeln wirkte so anziehend, dass sie ihre Starre überwand. Doch kaum war sie wieder auf den Beinen, ließen sich der Schwindel und das ungute Gefühl im Magen nicht mehr kontrollieren.

Ihre Knie verwandelten sich in Gummi.

Sie spürte, wie sie zusammensackte, ohne jedoch hinzufallen, denn der junge Mann fing sie auf.

»Hoppla!«, sagte er und hielt sie ganz fest. So nah war ihr jetzt sein Gesicht, dass sie den metallischen Geruch seines Blutes wahrnehmen konnte.

In ihrem Kopf drehte sich alles. Rote Schleier schoben sich vor ihren Blick, flirrende Punkte tanzten darin. Einige Sekunden lang kämpfte Leo dagegen an, ohnmächtig zu werden. *Gott, wie peinlich!* Ihre Stirn berührte seine Brust und der Geruch nach Aftershave und frischem Schweiß überlagerte den des Blutes. Tief sog sie beides ein und langsam kehrte die Kraft in ihre weichen Knie zurück.

»Ich glaube, es geht jetzt wieder«, murmelte sie.

Der junge Mann ließ sie nur sehr vorsichtig los, jederzeit bereit, sie erneut aufzufangen.

Noch einmal atmete sie tief durch. Ihr Magen beruhigte sich und sie trat einen Schritt zurück. »Danke.« Mit beiden Händen strich sie sich ihre langen braunen Haare hinter die Ohren, eine Geste, die sie immer dann machte, wenn sie verlegen war. »Entschuldige! Ich kann nicht so gut Blut sehen.«

Da senkte er den Kopf und fasste sich an die Wange, als würde ihm der Schnitt in seinem Gesicht erst in diesem Moment bewusst werden. »Oh!«, sagte er und betrachtete nachdenklich seine roten Fingerspitzen. Seine schwarzen Haare waren ihm in die Augen gerutscht und durch sie hindurch sah er Leo an. »Tut mir leid.« Mit dem Handrücken wischte er sich über dieWange.

Leos Magen machte einen weiteren Hüpfer, aber diesmal nicht wegen des Blutes, sondern vielmehr, weil sein Blick ihr durch und durch ging. *Damals hat er mich auch so angesehen …* Um irgendwas zu sagen, wies sie auf die Wunde. »Das solltest du verarzten lassen!«

Oh Mann, Leonie! Was für ein bescheuerter Satz!

Er tastete noch einmal über den Schnitt, aus dem schon wieder neues Blut hervorquoll. »Klar!«

Leo holte tief Luft. Im Laufe der Jahre hatte sie gelernt, mit ihrem Problem umzugehen. Ohnmächtig wurde sie nur noch ganz selten – hauptsächlich dann, wenn sie unvorbereitet mit dem Anblick von viel Blut konfrontiert wurde. So wie eben.

Ihre Knie zitterten immer noch ziemlich heftig.

Er schien das zu bemerken, denn fürsorglich trat er einen Schritt näher an sie heran. Dadurch stand sie plötzlich so dicht vor ihm, dass sie den Kopf in den Nacken legen musste, um ihm ins Gesicht sehen zu können. Ihre Blicke begegneten sich und dann ging alles blitzschnell.

Er packte Leos Gesicht mit beiden Händen und zog sie an sich. Seine Lippen pressten sich auf ihre, und bevor sie begriff, was eigentlich geschah, ließ er sie schon wieder los.

Und trat nun seinerseits einen Schritt zurück. »Entschuldige«, flüsterte er.

Leo wusste nicht, ob sie wütend oder erschrocken sein sollte. »Mann! Was sollte das denn?« Sie hatte ihn eigentlich anfauchen wollen, aber irgendwie gelang es ihr nicht. Es hörte sich mehr wie ein Keuchen an. *Hilfe! Was ist das jetzt gewesen?*

Er hatte den Kopf gesenkt, doch nun hob er ihn ein kleines Stück. Wieder sah er Leo mit diesem sonderbaren Blick an. »Entschuldige«, wiederholte er.

Ein Teil von ihr, jener, der sich über den unerwarteten und heftigen Kuss empörte, wollte sich abwenden und davonmarschieren, aber ein anderer Teil hielt sie davon ab. In einer Schülerkneipe namens Noah's war es gewesen, wo sie ihm zum ersten Mal begegnet war. Ob er sich an sie erinnerte? Bestimmt nicht. Sie hatte das Noah's seitdem nicht ein einziges Mal wieder betreten. Erneut strich sie sich ihre langen Haare hinter die Ohren. *Sag was!*, mahnte eine leise Stimme in ihrem Hinterkopf. *Steh nicht da wie zur Salzsäule erstarrt!* Aber sosehr sie sich auch anstrengte, sie fand einfach keine passenden Worte. Es war, als hätte sie plötzlich ihre Zunge verschluckt.

Das Blut war inzwischen an seinem Unterkieferknochen angekommen und tropfte von dort auf das T-Shirt, auf dessen Vorderseite ein Symbol abgebildet war. Die Worte *cordao branco* standen darauf, eine zu einem Kreis geschlungene Schnur bildete aus den Worten eine Art Logo. Die Blutstropfen boten einen scharfen Kontrast zu dem Weiß des Shirts, aber Leo hatte ihren Magen jetzt so weit unter Kontrolle, dass ihr nicht mehr schlecht wurde.

Warum hatte er sie geküsst? Vielleicht erinnerte er sich doch an damals …

»Ich … ich will dann mal weiter.« Als sie den Arm hob und in die Richtung zeigte, in die sie musste, fuhr ihr ein dumpfer Schmerz durch die Schulter. Stöhnend hielt sie sich die geprellte Stelle, gegen die der Kerl gerempelt war.

»Habe ich dir wehgetan?« Erschrocken sah er sie an.

Sie schüttelte rasch den Kopf. »Nein, nein, geht schon!«

Er nickte und trat noch etwas weiter zurück.

»Na, dann …«, begann sie und brach ab, weil sie nicht wusste, was sie noch sagen sollte. »Ich glaube, ich sammle mal meine Sachen zusammen.«

Ohne ein weiteres Wort hockte er sich hin und half ihr dabei. Er hob ihr Handy vom Boden auf und einen Lippenstift, den sie vor mehr als einem Jahr gekauft und seitdem erst ein einziges Mal benutzt hatte. Beides reichte er ihr, während sie ihre Sportklamotten einsammelte und dabei immer wieder in seine Richtung schielte. Einer der Obdachlosen fiel ihr auf, die hier im Industriepark ihre Schlafplätze hatten. In einem langen, speckigen Trenchcoat und völlig ausgelatschten Turnschuhen stand er in einiger Entfernung und beobachtete sie. Leo achtete nicht weiter auf ihn.

»D-danke«, stammelte sie, als der junge Mann ihr zu guter Letzt eine Packung Papiertaschentücher gab und sich danach wieder aufrichtete.

»Kein Problem!« Mit dem Unterarm wischte er sich erneut das Blut von der Wange. Rasch sah Leo woandershin.

»Ich glaube«, meinte er da, »es ist besser, ich bringe dich bis zu deinem Bus. Du bist ziemlich blass um die Nase.«

Sie wollte abwehren. Woher wusste er überhaupt, dass sie zum Bus musste? Sie rang sich ein Grinsen ab. »Ganz schön peinlich, was? Erst voll auf dem Hintern gelandet, dann beinahe umgekippt! Wahrscheinlich gebe ich eine ziemliche Lachnummer ab!«

»Tust du nicht«, sagte er ruhig. Sein Blick lag dabei auf ihr und fühlte sich sonderbar schwer an. *Genau wie damals …*

Leo biss sich auf die Lippe. Die Bushaltestelle war nicht weit entfernt, aber sie hatte das Gefühl, dass eine Begleitung vielleicht keine schlechte Idee war. Ihre Knie fühlten sich noch immer an wie mit Wackelpudding gefüllt. »Okay«, murmelte sie und ließ es zu, dass er an ihre Seite kam wie ein altmodischer Gentleman.

Fehlte bloß noch, dass er ihr den Arm zum Geleit reichte!

Leo unterdrückte ein Kichern.

Gemeinsam gingen sie den Weg zwischen den alten Industriehallen entlang und dann durch ein altes schmiedeeisernes Tor, das, von Efeu und Unkraut überwuchert, seit Jahren nicht mehr geschlossen worden war. Gewöhnlich lagen hier nur ein paar leere Bierflaschen herum, aber vor ein paar Wochen hatte irgendein Idiot die Ecke als private Abfalldeponie missbraucht und ein halbes Dutzend dunkelgrüne Müllsäcke dort abgeladen. Hinter dem Tor führte der Weg um ein paar Kurven, vorbei an einem kleinen, uralten Friedhof und dann durch den Haupteingang, über den man das Gelände in Richtung Norden verlassen konnte.

»Ja, dann«, sagte Leo, als sie schließlich zu einem Bushäuschen kamen. Inzwischen dämmerte es bereits. Ein blondes Mädchen in Minirock und hohen Lederstiefeln starrte ihnen erstaunt entgegen.

»Leo!«, sagte sie, als Leo näher trat. »Ich warte schon seit einer Viertelstunde auf dich. Amy ist auch noch nicht da!« Während sie sprach, ließ sie den jungen Mann keine Sekunde aus den Augen.

»Das ist meine Freundin Hannah«, stellte Leo sie vor. »Und Amy ist auch eine Freundin. Die beiden warten hier immer auf mich. Wir treffen uns jeden Mittwoch. Nach meinem Handballtraining. Ich meine, Hannah hat Klavier, aber ich …« *Oh Mann, halt einfach die Klappe, warum plapperst du wie ein Vollidiot vor dich hin?* Leo biss sich auf die Unterlippe. Was dachte dieser Typ jetzt wohl von ihr?

Aber er schien ihre Unsicherheit überhaupt nicht bemerkt zu haben. Höflich nickte er Hannah zu. »Hallo!« Dann wandte er den Kopf in Richtung Industriepark. »Ich glaube, ich gehe dann besser mal.« Er machte tatsächlich Anstalten davonzugehen.

Auf Hannahs Gesicht erschien ein auffordernder Ausdruck. Leo wusste genau, was er bedeuten sollte. *Lass ihn nicht entwischen!*

»Warte!«, stieß sie hervor.

Der junge Mann wandte den Kopf. Erneut wurden ihr die Knie verdächtig weich und sie fragte sich, was nun der Grund dafür war: das Blut auf seinem Gesicht oder der Blick aus seinen dunkelbraunen Augen, dessen Wirkung sie ganz tief unten in ihrem Brustkorb spüren konnte.

Scheiße, was sollte sie jetzt sagen?

»Du … wie heißt du eigentlich?«, stammelte sie.

Da lächelte er erneut dieses schüchterne Lächeln, bei dem er den Kopf senkte und sie unter seinen Haaren hervor ansah. »Elijah.«

»Elijah«, wiederholte sie. »Ich bin Leo.«

Er nickte. »Ich weiß«, sagte er. Und ging ohne ein weiteres Wort davon.

Leo starrte ihm hinterher, bis er längst verschwunden war. Erst, als Hannah hervorstieß »Was war das denn?«, riss sie sich aus ihren Gedanken.

»Keine Ahnung«, sagte sie. »Er hat mich aus Versehen angerempelt – bei der alten Halle hinten am Hauptweg.« Elijahs Kuss brannte noch immer auf ihren Lippen und sie konnte den Blick nicht von dem Tor lassen, durch das er verschwunden war

»Dein Glück möchte ich mal haben«, seufzte Hannah. »Weißt du, was er im Gesicht gemacht hat?«

»Keine Ahnung, aber ich wäre fast ohnmächtig geworden von dem Anblick.« Leo schüttelte den Kopf. »Er musste mich auffangen.« Nachdenklich strich sie sich mit den Fingerspitzen über die Unterlippe. Dort, wo er sie geküsst hatte, kribbelte ihre Haut.

»Auffangen? Echt? So richtig wie im Film?« Hannah seufzte und hakte sich bei Leo unter. »Ich sag ja: Dein Glück möchte ich haben! Süß sah er aus! Ziemlich exotisch. Und irgendwie kam er mir bekannt vor.«

Da endlich riss sich Leo von dem Tor los und wandte sich ihrer Freundin zu. »Stimmt«, sagte sie. »Mir auch.« Und dabei dachte sie an ihr erstes Zusammentreffen mit Elijah im Noah's …

***

Anfang Juni war es gewesen. Der Sommer war in diesem Jahr früh gekommen und die Hitze hatte über der Stadt gelegen wie eine Glocke aus schmutzigem Glas. Eigentlich hatte Leo vorgehabt, nach der Schule ins Freibad zu gehen, aber Fabian, mit dem sie seit ungefähr einem halben Jahr ging, hatte sie gebeten, ihn im Noah's zu treffen. Offenbar wollte er irgendwas mit ihr besprechen.

Leo saß an einem der Tische am Fenster, aber Fabian verspätete sich, also vertrieb sie sich die Zeit damit, die anderen Gäste zu beobachten. Viele waren es nicht – wahrscheinlich zogen es die meisten Leute vor, sich im Freibad zu tummeln. Verärgert biss Leo die Zähne zusammen. Wenn Fabian nicht in der nächsten Viertelstunde auftauchte, würde sie gehen!

Während sie ihre Blicke umherschweifen ließ, entdeckte sie Elijah an einem der Nachbartische. Gedankenverloren saß er vor einem Glas Cola, starrte abwechselnd in die dunkle Flüssigkeit und aus dem Fenster.

Vielleicht wartet er auch auf jemanden, dachte Leo. Genau in diesem Moment begegneten sich ihre Blicke für einen kurzen Moment. Leo hatte nicht das Gefühl, dass er sie wirklich wahrnahm. Sein Blick wanderte einfach über sie hinweg, wie über die Möbel im Raum.

Das Noah's war eine Art Stammlokal für die meisten Schüler des nahe gelegenen Gymnasiums, auf das auch Leo ging. Susanne, die Besitzerin, schenkte wegen ihrer durchweg jungen Kundschaft so gut wie keinen Alkohol aus. Dafür standen in der kleinen Vitrine im Tresen stets frisch gebackene Kuchen und die große Kaffeemaschine an der Rückwand produzierte an manchen Tagen einen Latte macchiato nach dem anderen.

Heute jedoch stand Susanne untätig hinter der Theke und wartete auf Gäste. Wegen der Hitze trug sie nur ein ärmelloses Tanktop über ihrer Jeans. Obwohl sie beinahe doppelt so alt war wie Leo, konnte sie es sich durchaus leisten, so herumzulaufen. Ihre Arme waren muskulös, fast schon wie bei einem Mann.

Leo stieß ein lang gezogenes Seufzen aus.

Außer ihr und Elijah waren noch zwei Mädchen aus Leos Jahrgang da. Die eine kannte sie nur vom Sehen, aber sie wusste, dass sie Katharina hieß. Die andere war Amy, eine Art Freundin von Leo. Ab und an unternahmen Leo, Hannah und Amy etwas zu dritt. Eigentlich konnte man mit Amy eine Menge Spaß haben. Wenn sie allerdings mit den Leuten aus ihrer Clique zusammenhing, zu denen auch diese Katharina gehörte, dann tat sie stets so, als würde sie Leo überhaupt nicht kennen. Früher hatte Leo sich über diese blöde Art geärgert, aber inzwischen hatte sie sich damit abgefunden.

Jetzt steckten Amy und Katharina die Köpfe zusammen und tuschelten ganz offensichtlich über Elijah, zu dem sie immer wieder hinschielten. Er schien zu sehr in Gedanken versunken, um es zu bemerken. Erst in diesem Moment wurde er aufmerksam. Sein Blick richtete sich auf Katharina. Als sie ein bisschen rot wurde, glitt ein leichtes Lächeln über sein Gesicht.

Da fasste Amy sich ein Herz. »Hey«, sprach sie ihn an.

Er nickte ihr zu. »Selber hey!«

Katharina kicherte, unterdrückte das Geräusch aber sofort, indem sie eine Hand auf den Mund schlug.

»Wartest du auf jemanden?«, fragte Amy.

Elijah schüttelte den Kopf. »Nein.« Wieder lächelte er. Es war ein sonderbares Lächeln, dachte Leo. Während sich seine Mundwinkel hoben und sich rechts und links davon kleine Grübchen bildeten, blieb der Ausdruck seiner Augen grüblerisch. »Bisher nicht.«

Amy schien auf etwas dieser Art gewartet zu haben. Sie stand auf. »Hast du was dagegen, wenn wir uns zu dir setzen?«

Elijahs Lächeln veränderte sich nicht. »Was machst du, wenn ich Nein sage? Setzt du dich dann wieder hin?«

Leo unterdrückte ein Schmunzeln.

Amy lachte ein wenig unsicher. »Du bist bestimmt viel zu höflich, um Nein zu sagen!«

Elijah überlegte einen Moment. »Stimmt«, sagte er dann und machte Platz, indem er einen Stuhl nach links rückte. Amy setzte sich neben ihn, Katharina gegenüber.

Die beiden stellten sich vor, dann begannen sie, die üblichen Fragen zu stellen: Was machst du so? Gehst du noch zur Schule? Seltsamerweise fragten sie Elijah nicht nach seinem Namen und Leo vermutete, dass sie ihn längst wussten.

Er beantwortete all ihre Fragen höflich, aber ziemlich ausweichend. Sein Blick hatte wieder diesen abwesenden Ausdruck angenommen. Als seine und Leos Augen sich zufällig begegneten, blieb er kurz an ihr hängen.

Sie nickte ihm schweigend zu, bevor sie sich dem Fenster zuwandte. In der großen Scheibe konnte sie sein Spiegelbild erkennen. Zu gern hätte sie gewusst, woran er dachte, während das Geplapper der beiden Mädchen über ihn hinwegströmte.

»Ich glaube«, sagte Amy schließlich, »ich muss mir mal mein Näschen pudern gehen.«

Leo hätte beinahe laut gelacht. Mein Gott, was für ein Spruch! Gerade noch schaffte sie es, das Lachen in ein leises Schnauben umzulenken. Elijah musterte sie. Wieder trafen sich ihre Blicke und er hielt den Kontakt auch noch, als Katharina und Amy bereits gemeinsam auf der Toilette verschwunden waren.

Unter seinem Blick wurde Leo unangenehm warm.

»Warum hast du gelacht?«, fragte er.

Sie zuckte die Achseln. »Nur so.« Und dann rutschte ihr heraus, was sie sich schon die ganze Zeit gefragt hatte: »Worüber denkst du nach?«

Er hob erstaunt eine Augenbraue. Plötzlich veränderte sich der Ausdruck in seinem Blick, wurde aufmerksamer. *Wachsamer*, schoss es ihr durch den Kopf.

»Warum glaubst du, dass ich nachdenke?«

Da musste sie lächeln. »Deine Augen.«

Er nickte verstehend, als sei dies eine völlig befriedigende Antwort. »Du wartest auf jemanden«, stellte er fest.

Sie nickte ebenfalls. »Mein Freund kommt gleich.« Sie biss sich auf die Lippe.

»Aha.«

Hinten in der Kneipe öffnete sich die Toilettentür, was Leo daran erkannte, dass Katharinas und Amys Geschnatter wieder einsetzte. Gleich würden die beiden zu Elijahs Tisch zurückkehren.

Leo schluckte. Insgeheim ärgerte sie sich, dass sie Fabian erwähnt hatte. Elijahs Blick ruhte auf ihr, auch noch, als die beiden Mädchen sich wieder zu ihm gesetzt hatten.

Amy warf Leo einen stirnrunzelnden Blick zu und Leo war in diesem Moment fast ein bisschen erleichtert gewesen, als sich die Kneipentür geöffnet hatte und Fabian hereingekommen war. Sie hatte ihm sofort angesehen, dass er schlechte Nachrichten brachte, und sie hatte sich nicht getäuscht.

An diesem Nachmittag hatte Fabian mit ihr Schluss gemacht.

Und Elijah am Nachbartisch hatte es mitbekommen.

***

Drei Monate war das jetzt her. Fabians Eröffnung, dass er eine Neue hatte, war für Leo fürchterlich schmerzhaft gewesen. Wenn sie ehrlich war, tat es immer noch ziemlich weh.

»He!« Sie erhielt einen unsanften Stoß in die Seite. »Träumst du von diesem Kerl oder was?« Empört sah Hannah sie an und Leo wurde bewusst, dass ihre Freundin ihr eine Frage gestellt hatte.

»Sorry«, murmelte sie. »Ich war mit den Gedanken woanders.«

»Ja, das habe ich gemerkt! Ich wollte wissen, ob du weißt, was mit Amy ist.«

Jetzt erst fiel Leo auf, dass Amy noch immer nicht da war. Das war ziemlich ungewöhnlich, denn eigentlich hatte sie mit Hannah zusammen Klavierunterricht.

»War sie denn nicht beim Klavier?«, fragte Leo.

Hannah schüttelte den Kopf. Sie suchte die Straße in beide Richtungen ab, aber von Amy war keine Spur zu sehen. »Komisch, oder? Normalerweise sagt sie ab, wenn sie nicht kommen kann, aber diesmal nicht. Die alte Wagner war ziemlich sauer.«

Leo war es eigentlich ziemlich egal, wo Amy war. In der letzten Zeit hatten sie sich öfter gestritten und waren sich immer häufiger aus dem Weg gegangen. Nur ihre wöchentlichen Treffen, immer mittwochs an der Bushaltestelle, hatten sie beibehalten. Aber bevor Leo Hannah etwas in dieser Art sagen konnte, wurde sie auf einmal völlig unvermittelt am Ellenbogen gefasst.

»He!«, beschwerte sie sich und drehte sich um. Vor ihr stand der Obdachlose mit dem speckigen Trenchcoat und den ausgelatschen Turnschuhen, der ihr schon eben auf dem Industriegelände aufgefallen war. Jetzt erkannte sie ihn auch. Sein Name war Schröder. In diesem Viertel war er so etwas wie eine Institution. Seit ungefähr einem Jahr lebte er in dem alten Industriepark. Er war bekannt dafür, dass er immer wieder junge Mädchen ansprach und dann wirres Zeug vor sich hin murmelte. Einige von Leos Handballkameradinnen, die bereits ihre Erfahrungen mit Schröders Gestammel gemacht hatten, fanden ihn unheimlich, aber Leo tat er eigentlich mehr leid.

»Was wollen Sie?«, fragte sie. Unter seinem Mantel trug Schröder eine Jeans und ein kariertes Holzfällerhemd. Sonderbarerweise ging von ihm kein unangenehmer Geruch aus. Zwar roch er nicht gerade nach Chanel No. 5, aber er stank auch nicht nach Pisse, wie Leo das von den Männern und Frauen in der Bahnhofsunterführung kannte. Sie wollte sich seiner Berührung entziehen, aber der Griff des Obdachlosen war überraschend fest.

Mit einer bedeutungsvollen Geste beugte Schröder sich vor. Sein Atem roch nach Zigarettenrauch und Schnaps. Leo drehte den Kopf zur Seite.

»Chrissy«, nuschelte er. Als Leo ihn verwundert ansah, ließ er sie los und wich einen Schritt zurück.

»Wie bitte?«, fragte sie.

»Lass doch!«, hörte sie Hannah mit leichtem Unbehagen in der Stimme sagen. »Der Kerl hat einfach einen Knall!«

Aber Leo war nicht der Typ, der andere Menschen ignorierte, wenn man sie ansprach. Und dieser Schröder wollte ihr eindeutig irgendwas mitteilen. Auch wenn es für sie vielleicht sinnloses Zeug war, für ihn schien es eine Bedeutung zu haben. Er packte wieder nach ihrem Ellenbogen und diesmal war sein Griff noch ein wenig fester.

»Sie tun mir weh!«, beschwerte Leo sich und versuchte, ihm den Arm zu entziehen.

Er schien erst jetzt zu begreifen, dass ihr seine Berührung unangenehm war. Eilig ließ er los. Kurz erschien so etwas wie Sorge auf seinem Gesicht, Sorge, dass sie sich abwenden würde, bevor er gesagt hatte, was er sagen wollte.

»Septembermädchen«, haspelte er eilig. Sein Blick hatte etwas Verlorenes, das Leo schrecklich unangenehm war. Sie straffte die Schultern.

Septembermädchen?

Sie hatte keine Ahnung, was das bedeuten sollte.

»Chrissy«, nuschelte Schröder erneut. »Sie kommt nicht mehr. Sie kommt nie zurück!« Wieder rückte er Leo unangenehm nahe auf die Pelle.

Langsam wurde ihr die Sache nun doch zu blöd.

»Bitte lassen Sie mich in Ruhe!«, verlangte sie.

Doch er ignorierte ihre Bitte. »Amy«, sagte er. »Das ist doch das Mädchen, von dem ihr eben gesprochen habt, oder?«

Eine klitzekleine Gänsehaut rann Leo den Nacken hinunter und sie konnte sich nicht so recht erklären, warum. »Was ist mit Amy?«, fragte sie. Wenn er jetzt wieder wirres Zeug von sich gab, dann würde sie ihn einfach stehen lassen.

»Amy kommt nicht mehr wieder.«

Die Gänsehaut in Leos Genick verstärkte sich, aber gleich darauf fügte Schröder in genau demselben leiernden Tonfall an: »Chrissy! Sie kommt nicht mehr wieder. Sie … Septembermädchen.«

Bevor Leo erneut versuchen konnte, auch nur den geringsten Sinn in seinen Worten zu erkennen, hob er beide Hände in die Höhe und drehte die Flächen gen Himmel. Dann nickte er knapp, wandte sich auf dem Absatz um und schlurfte kurzerhand davon.

»Komischer Kauz!«, murmelte Leo.

»Komisch?« Hannah schüttelte sich. »Das kannst auch nur du sagen! Ich finde den Kerl einfach nur fies! Andauernd faselt er von dieser Chrissy, die nicht wiederkommt. Mich hat er neulich auch schon mal damit belästigt.«

»Diesmal hat er aber von Amy gesprochen.«

Hannah zuckte die Achseln. »Der ist doch nicht mehr in der Lage, seinen rechten Fuß vom linken zu unterscheiden! Der hat gehört, wie wir uns über Amy unterhalten haben, und was durcheinandergebracht.«

»Septembermädchen.« Leo biss sich auf die Unterlippe. »Was er wohl damit meint?«

»Ist doch egal! Mir ist er jedenfalls unheimlich!« Hannah schüttelte sich.

Leo musste sich eingestehen, dass auch sie Schröders Verhalten gruselig fand. Gleichzeitig aber hatte er sie auf sonderbare Weise berührt. Es fühlte sich an, als hätte sie eine traurige Nachricht erhalten, deren Sinn sie nur noch nicht verstand. Um auf andere Gedanken zu kommen, brachte sie das Gespräch auf Elijah zurück. »Ich habe den Typen von eben schon mal im Noah's gesehen.«

In diesem Moment kam der Bus. Die ganze Fahrt über löcherte Hannah Leo mit Fragen und Vermutungen über Elijah. Leo erzählte ihr von ihrem ersten Treffen in der Kneipe, dann von ihrem Zusammenprall heute. Den Kuss allerdings verschwieg sie Hannah, sie wusste selbst nicht so recht, wieso.

Nachdem Leo geendet hatte, dachte Hannah eine Weile laut über die blutige Wunde in Elijahs Gesicht nach. »Vielleicht ist er überfallen worden. Du hast selbst gesagt, er ist um die Ecke gerannt gekommen, als wäre der Teufel hinter ihm her.«

Leo lachte auf. »Glaube ich nicht! Wir sind doch hier nicht in Chicago!«

Doch Hannah ließ sich nicht beirren. »Neulich ist in der Friesenstraße ein Mann zusammengeschlagen worden!«, erinnerte sie sich. »Hab ich in der Zeitung gelesen!«

»Die Friesenstraße ist voll mit zwielichtigen Clubs«, sagte Leo. »Da kommt es öfter zu Schlägereien. Aber der alte Industriepark ist alles andere als ein Rotlichtviertel! Dahin gehen die Leute mit ihren Kindern und Hunden zum Spielen.«

Hannah machte einen Schmollmund. »Also ich finde die alten Hallen und all diese leeren Grundstücke ziemlich unheimlich! Ich habe noch nie kapiert, wieso du auf dem Heimweg vom Training immer da durchgehst, besonders um diese Jahreszeit, wenn es so früh dunkel wird!«

Der alte Industriepark war einmal eine Eisenhütte gewesen, lag aber schon seit vielen Jahren brach und wurde als Freizeitgelände genutzt. Mehrere Hallen waren zu Sportclubs umfunktioniert worden. In einer davon hatte Leos Handballverein sein wöchentliches Training. Jugendliche Skateboarder versammelten sich auf dem Gelände zum Üben, ebenso wie die diversen Hundeschulen der Stadt. Und sonntags traf man hier eine Menge Familien mit ihren Kindern. Trotzdem hatte Hannah nicht ganz unrecht: Obwohl die Stadt immer wieder versuchte, das Gelände noch attraktiver zu machen, indem ein oder zwei der alten Hallen abgerissen und durch Rasenflächen mit Bänken und Blumenrabatten ersetzt wurden, war der Park zumindest bei Dämmerung und im Dunklen ein wenig unheimlich.

Was ihn allerdings in Leos Augen gerade spannend machte. Sie hatte es schon immer geliebt, nachts herumzulaufen, in die erleuchteten Fenster der Wohnungen zu schauen und sich vorzustellen, was die Menschen dort gerade machten. Und sie mochte dieses Kribbeln, das sie überkam, wenn sie sich im Dunklen vorstellte, ganz allein auf der Welt zu sein.

Obwohl Leo wusste, dass Hannah eigentlich gar keine konkrete Antwort erwartete, sagte sie: »Wieso nehme ich wohl diesen Weg? Vielleicht, weil meine Sporthalle auf dem Gelände liegt?«

»Pfft!«, machte Hannah. »Trotzdem! Irgendwann mal finden sie in den ekligen alten Hallen eine Leiche, darauf wette ich! Und hoffentlich ist es dann nicht deine!«

Amy

Wo war sie?

Mit einem panischen Ruck schlug Amy die Augen auf. Sie lag auf etwas Hartem. Und es roch komisch. Muffig. Feucht. Ein bisschen nach Schimmel.

Sie starrte gegen eine niedrige Betondecke mit einer funzligen Neonröhre, die kaum Licht spendete.

Wo war sie? Wie war sie hierhergekommen? Amys Gedanken waren zäh wie Kaugummi. Hätte sie jetzt nicht eigentlich beim Klavierunterricht sein sollen? Mühsam rollte sie sich auf die Seite. Kleine Steinchen piksten sie in den Arm und den Oberschenkel. Sie lag auf nacktem Beton. Dicht vor ihrer Nase war eine Wand.

Sie setzte sich auf und sah sich um. Sie befand sich in einem winzigen Raum. Wände, Decke, Fußboden, alles war aus Beton, nur die Tür, die an einer der vier Seiten ins Freie führte, bestand aus rostigem, massiv aussehendem Eisen. Keine Klinke. Nichts, womit man sie hätte öffnen können.

In einer Ecke standen ein paar Flaschen Mineralwasser, sonst war der Raum leer.

Amy rappelte sich auf alle viere.

Ihr Kopf fühlte sich an, als schwebe er zwanzig Zentimeter über ihren Schultern. Nur ganz langsam kehrten die Erinnerungen zurück. Sie war auf dem Weg zum Klavier-

unterricht gewesen, als sie Schritte hinter sich gehört hatte, aber bevor sie sich umdrehen konnte, war ihr irgendwas auf Mund und Nase gepresst worden.
Sie erinnerte sich noch an einen stechenden Geruch, danach war Leere, bis zu dem Moment gerade eben, als sie hier auf dem Betonfußboden aufgewacht war.
Schwankend stand sie auf und ging zur Tür. Ihr wurde schwindelig. In ihrem Mund war noch immer der eklige Geschmack dieser Chemikalie, mit der man sie überwältigt hatte. Sie legte beide Hände gegen das kalte Metall der Tür und drückte dagegen. Nichts geschah.
In diesem Augenblick begriff sie endlich, dass sie jemand entführt hatte.

Leo

Leo musste zwei Busstationen weiter fahren als Hannah und so hatte sie einige Minuten Ruhe, nachdem ihre Freundin ausgestiegen war. Sie stopfte sich ihre Kopfhörer in die Ohren, wählte eine alte Playlist, an der sie sich eigentlich schon überhört hatte, und nutzte das vertraute Gedudel, um über Elijah nachzudenken. Natürlich hätte auch sie zu gern gewusst, wie er sich die blutende Wunde zugezogen hatte. Aber eigentlich war es nicht das, was sie am meisten beschäftigte.

Viel mehr interessierte sie die Frage, warum er sie geküsst hatte.

Wieder berührte sie mit den Fingerspitzen ihre Lippen. Der Kuss war ein bisschen grob gewesen. *Verzweifelt …* Automatisch kam Leo die Szene im Noah's wieder in den Sinn. Wie grüblerisch er da gewirkt hatte.

Grüblerisch! Das war Schwachsinn! Mit Sicherheit interpretierte sie da etwas hinein. *Definitiv zu viele Vampirbücher gelesen, Leo.*

Und trotzdem!

Sie rief sich Elijahs Gesichtszüge ins Gedächtnis. Exotisch hatte Hannah ihn genannt. Das stimmte irgendwie. Elijah sah aus wie jemand aus Südamerika. Bei dem Gedanken an seine braunen Augen wurde Leo ganz warm. Gedankenverloren rieb sie die Schulter, gegen die er gerempelt war.

Während sie das tat, wanderten ihre Gedanken zu der sonderbaren Begegnung mit Schröder zurück. *Amy kommt nicht wieder*, hatte er genuschelt. Leo wollte den Kopf gegen das Busfenster legen. Gerade noch rechtzeitig entdeckte sie den dicken Fettfleck auf der Scheibe. Offenbar hatte hier vorher jemand gesessen, für den Haarshampoo ein Fremdwort war. Sie unterdrückte den aufsteigenden Ekel und überlegte erneut, warum Amy wohl nicht beim Klavierunterricht aufgetaucht war. Sie nahm ihr Handy, tippte rasch ein paar Worte ein.

Hey Amy. Hannah hat dich beim Klavier vermisst. Bist du krank?

Sie schickte die Nachricht ab, dann legte sie das Handy wieder in ihren Schoß.

Ein paar Minuten später hielt der Bus an ihrer Station und sie beeilte sich, nach Hause zu kommen.

Als Leo die Haustür aufschloss und die Wohnung betrat, saß ihre Mutter am Küchentisch und las.

»Hallo mein Schatz!«, sagte sie, nachdem sie ihren Finger wie ein Lesezeichen in ihr Buch geklemmt hatte. »Wie war das Training?«

Leo warf ihren Rucksack unter die Garderobe und hängte ihre Jacke auf einen Bügel. Dann betrat sie die Küche und gab ihrer Mutter einen Kuss auf die Wange. »Hallo Nene.« Ihre Großmutter kam ursprünglich aus der Türkei und Leos Mutter war zur Hälfte Türkin, was man ihr mit ihrem feinen hellbraunen Haar jedoch nicht ansah. Irgendwann einmal hatte Leo beschlossen, dass das türkische Wort »Nene« viel cooler klang als das spießige deutsche »Mama«. Von diesem Tag an hatte sie ihre Mutter »Nene« genannt und die hatte sich nach einigen vergeblichen Protesten schließlich damit abgefunden. »Okay so weit«, antwortete Leo auf die Frage und dachte an Elijah.

»Aber?«

Leo lehnte sich mit dem Po gegen die Arbeitsplatte. »Nichts aber. Mein Trainer überlegt, ob wir in eine andere Halle umziehen sollen. Im Winter wird es in den Industriehallen ziemlich kalt.« Während sie erzählte, wie ihr Handballverein nach einer neuen Halle suchte, riss Nene von einer Zeitung, die auf dem Küchentisch lag, eine Ecke ab und steckte sie anstelle ihres Fingers in das Buch. Leo machte einen langen Hals, um zu erkennen, was sie las. Es war irgendeine Abhandlung über die Gehirnarchitektur von Schwerverbrechern. Nene war forensische Psychiaterin. Sie arbeitete freiberuflich als Sachverständige für die Polizei und dort beschäftigte sie sich hauptsächlich mit psychisch kranken Straftätern. Ihr machte niemand so schnell etwas vor – was Leo natürlich massiv nervte.

»Klingt doch super!« Nene deutete auf einen Stuhl. »Hast du Hunger? Du könntest dich hinsetzen und mir erzählen, was wirklich passiert ist.«

So viel dazu! Leo knirschte mit den Zähnen, ließ es aber gleich wieder bleiben, weil sie wusste, dass Nene auch das registrierte.

Auf dem Herd stand ein abgedeckter Teller, unter dem sich ihr Abendessen befand. Sie schüttelte den Kopf. »Ich war vor dem Training noch im Café Riva«, sagte sie, ohne sich zu setzen. *Café Riva* hieß die Cafeteria ihrer Schule. Beim Gedanken daran, fiel ihr auf, dass Amy zu diesem Treffen eigentlich auch kommen wollte. Komisch. Sie hatten sie überhaupt nicht vermisst. Rasch zog Leo ihr Handy aus der Tasche und prüfte, ob sie vielleicht den Eingang einer SMS überhört hatte, aber da war nichts.

Amy hatte sich bisher noch nicht gemeldet.

Nene lächelte. »Ich rate mal: eine Überdosis Schokoladentorte?« Sie ging zwar auf Leos Ausweichmanöver ein, aber es war nur eine Frage der Zeit, bis sie wieder auf ihr ursprüngliches Thema zurückkommen würde. Leider konnte sie in Leos Gesicht lesen wie in einem offenen Buch, und wenn sie glaubte, darin etwas Beunruhigendes gefunden zu haben, konnte sie hartnäckig sein wie ein Bluthund, der eine frische Spur verfolgte.

Leo grinste. »Und zwei große Caffè Latte! Ich glaube, ich kann nie wieder im Leben auch nur einen Bissen essen.« Sie überlegte, ob sie Nene von ihrem Zusammenprall mit Elijah erzählen sollte. Aber etwas in ihr sträubte sich dagegen, was kein Wunder war. Seit das mit Fabian beendet war, hatte Nene ein bisschen sonderbare Ansichten über Jungs entwickelt. Sie war der Meinung, dass Leo mit ihren fast sechzehn Jahren gut noch warten konnte, bis sie sich einen neuen Freund anlachte. Leo wusste, dass Nene sie eigentlich nur vor einer weiteren Enttäuschung schützen wollte, aber trotzdem ging ihr das Getue ihrer Mutter ziemlich auf die Nerven.

Also entschied sie sich, nichts von Elijah zu erzählen. »Amy war heute nicht beim Klavierunterricht.« Sie nahm sich einen Apfel aus der Schale auf der Anrichte.

»Oh. Ist sie krank?«

»Keine Ahnung. Hannah sagt, sie hat sich nicht abgemeldet.« Leo dachte an Schröders Gefasel, aber dann schob sie diese Erinnerungen weit von sich.

Sicher war Amy nur irgendwas dazwischengekommen. Es gab bestimmt überhaupt keinen Grund, sich gleich Sorgen zu machen. Leo warf den Apfel in die Luft und fing ihn auf. »Ich gehe dann mal in mein Zimmer, muss noch ein paar Vokabeln lernen.«

»Viel Spaß.« Nene klappte ihr Buch wieder auf und Leo war froh, dass sie dem mütterlichen Verhör ohne größere Verluste entkommen war.

Die verflixten Vokabeln wollten einfach nicht in ihren Kopf, sosehr Leo sich auch damit abmühte. Jedes Mal, wenn sie sich ein paar davon gemerkt hatte, tauchte Elijahs Gesicht vor ihrem geistigen Auge auf und sie musste sofort an seinen Kuss denken. Und dann war es, als würde alles, was sie sich mühsam eingepaukt hatte, wie von einem Schwamm wieder weggewischt. Schließlich hob sie den Blick von ihrem Vokabelheft und starrte einfach nur noch durch das Fenster in die Ferne. Genau wie Elijah das damals im Noah's getan hatte …

Prüfend bewegte sie die Schulter. Sie schmerzte noch immer. Mit einem Seufzen nahm sie ihren Apfel und biss hinein. Während sie kaute, zog sie ihre obere Schreibtischschublade auf, kramte darin nach ihrem Skizzenblock und einem Bleistift. Aus dem Gedächtnis heraus fertigte sie eine Zeichnung des Logos an, das sie auf Elijahs T-Shirt gesehen hatte. An die kreisförmige Schnur erinnerte sie sich gut, aber wie waren noch mal die Worte gewesen, die darinnen gestanden hatten?

Irgendwas mit »cordao«.

Leider konnte sie sich an den Rest nicht mehr erinnern. Sie schraffierte eine Weile an der Zeichnung herum, dann gab sie es auf. Nachdem sie den Stift zur Seite gelegt hatte, nahm sie ihr Handy und fotografierte das Bild.

Hast du das schon mal gesehen?, tippte sie und sandte das Foto an Thommy, der in ihrer Straße wohnte und mit dem sie schon lange eng befreundet war. Thommy war eine Fundgrube an nützlichem und unnützem Wissen – und ein echter Computer-Nerd.

Die Antwort kam prompt: *Nö. Was ist das?*

Keine Ahnung, schrieb sie. *Hab ich heute gesehen. Interessiert mich irgendwie.*

Diesmal dauerte die Antwort einen Moment. *Zeit?*, fragte Thommy dann.

Klaro, gab sie zurück.

Komme vorbei, simste er.

Thommy wohnte nur ein paar Häuser die Straße hinunter. Er war ein Jahr älter als Leo, aber trotzdem gingen sie in denselben Jahrgang, denn wegen einer schweren Krankheit hatte er die erste Klasse wiederholen müssen. Im übernächsten Jahr würden sie beide gemeinsam Abitur machen. Während Leo noch nicht wusste, was danach kam, träumte Thommy bereits von einer Karriere als Reporter. Er wollte in ferne Länder reisen und über die politischen Konflikte dort berichten. Aber obwohl sein Vater Polizeireporter war und er selbst für eine seiner Reportagen sogar schon einen Schülerpreis gewonnen hatte, wusste Leo, dass es mit diesem Job niemals etwas werden würde.

Es klingelte.

Sie stand auf und ging, um ihm zu öffnen.

»Hey!«, meinte er mit einem breiten Grinsen. »Kennst du den schon? Eine Blondine fragt einen Rollstuhlfahrer, wie schnell er fahren kann. Sagt der: ›So acht bis zehn km/h, wenn ich mich anstrenge!‹ Meint die Blondine: ›Ey Mann, da kannste ja auch gleich laufen!‹«

»Sehr witzig!« Leo klatschte Thommy ab. Sie musste sich dafür ein wenig vorbeugen, denn seit seiner Krankheit saß Thommy im Rollstuhl. Als Leo ihn kennengelernt hatte, war ihr anfangs immer ein bisschen mulmig gewesen, ihn solche Witze reißen zu hören. Inzwischen aber war es so normal für sie, dass sie sich nicht mehr die Mühe machte zu lachen, wenn sie einen davon doof fand.

»Ist doch ganz lustig! Immer auf die armen Blondinen!« Thommy zuckte die Achseln. »Aber egal!« Er rollte an Leo vorbei ins Haus. »Dann lass uns mal schauen, ob Papa Google dein Problem lösen kann!«

Amy

Nachdem sie begriffen hatte, was passiert war, dachte sie sofort an ihr Handy.

Auf dem Weg zum Klavierunterricht hatte sie eine Jacke angehabt – wo war die jetzt? Fieberhaft sah sie sich um und entdeckte sie in der Ecke, in der sie aufgewacht war. Ihr Entführer hatte ihr die Jacke wie ein Kissen unter den Kopf gelegt. Das und die Mineralwasserflaschen. Sie wusste nicht, ob diese Art Fürsorge ein gutes oder ein schlechtes Zeichen war. Wenn der Kerl sich darum sorgte, dass sie weich lag und zu trinken hatte, dann würde er … Ihre Gedanken stolperten an dieser Stelle, weil sie sich einfach nicht vorstellen konnte, warum jemand sie entführen und einsperren sollte.

Horrorgeschichten von Entführungsopfern gingen ihr durch den Kopf. Männer, die Mädchen in ihre Gewalt brachten und sie jahrelang in einem unterirdischen Gefängnis hielten. Amy spürte, wie sie anfing zu zittern.

Schluss damit!, befahl sie sich selbst.

Es half überhaupt nichts, wenn sie jetzt anfing zu flennen.

Sie ging zu ihrer Jacke und klopfte der Reihe nach sämtliche Taschen ab. Panik kroch ihr die Kehle hoch, als sie bemerkte, dass die Innentasche, in der sie das Handy normalerweise aufbewahrte, leer war.

Aber halt! Hatte sie nicht kurz vor ihrer Entführung noch telefoniert? Und das Handy danach in die Tasche gesteckt?

Voller verzweifelter Hoffnung fuhr sie in die entsprechende Tasche, ertastete etwas, das sie im ersten Moment für das Telefon hielt. Doch es war nur eine Packung Tempos. Enttäuschung und Wut überkamen Amy. Dann wurde ihr klar, wie naiv ihre Hoffnung gewesen war. Natürlich hatte ER *auch daran gedacht. Das Handy war sicherlich das Erste gewesen, das er ihr weggenommen hatte.*

Leo

Bevor Thommy und Leo sich näher mit ihrer Zeichnung und dem Logo befassen konnten, gab ihr Handy ein kurzes Piepsen von sich. Sie warf einen Blick auf das Display: eine SMS von Amy.

Alles okay. Melde mich demnächst, hatte sie geschrieben.

Leo nickte zufrieden.

Unterdessen war Thommy vor ihren PC gerollt und hatte sich die Tastatur auf den Schoß gezogen. »Wo hast du das noch mal gesehen?« Fragend schaute er Leo an.

Sie schob die Unterlippe vor. »Im alten Industriepark in der Nordstadt. Es war auf einem T-Shirt von einem Typen, über den ich da gestolpert bin.«

»Ein Typ, soso!« Thommy blies gegen seine dichten semmelblonden Haare und machte ein belustigtes Gesicht. Sie kannten sich lange genug, um die Frage *Sind wir mehr als nur Freunde* angesprochen zu haben. Leo wusste, dass Thommy sich eine Zeit lang Hoffnungen gemacht hatte, und es war ihr unendlich schwergefallen, ihm einen Korb zu geben. Auf keinen Fall wollte sie den Eindruck erwecken, dass es an seinem Rollstuhl lag, denn das war es wirklich nicht. Sie mochte Thommy. Sie war überaus gern mit ihm zusammen und lachte viel mit ihm. Aber da war einfach kein Kribbeln, wenn sie an ihn dachte – *kein Kribbeln wie bei dem Gedanken an Elijah.*

Thommy hatte die Abfuhr akzeptiert und seitdem hatten sie eine stillschweigende Übereinkunft, so wenig wie möglich über dieses Thema zu sprechen. Nur ab und an, wenn Leo von Jungs aus ihrer Klasse erzählte und dabei ein bisschen zu begeistert klang, machte Thommy dieses übertrieben belustigte Gesicht. Es verbarg nur teilweise die Traurigkeit, die dahinterlag. Leo hatte dann immer ein schlechtes Gewissen.

»Nicht, was du schon wieder glaubst!«, wehrte sie jetzt eilig ab. *Himmel, hör endlich auf, an ihn zu denken!*

Thommy grinste. »Klar! Verkauf mich ruhig für blöd! Warum sonst sitze ich hier und schalte den investigativen Ermittler ein, wenn du nicht rausfinden willst, wie du ihn wiedersehen kannst?« Er drückte auf eine Stelle zwischen seinen Schlüsselbeinen wie auf einen unsichtbaren Schalter. »Bsst. Ermittlermodus aktiviert!« Dann bewegte er alle zehn Finger in der Luft, um sie geschmeidig zu machen, und ließ sie schließlich auf die Tastatur sinken.

Leo war ihm dankbar für seine Albernheiten. Sie milderten die Peinlichkeit der Situation etwas.

»Cordao«, murmelte er, tippte es in eine Suchmaschine ein und ging anschließend auf Enter.

Ihr PC war nicht mehr das neueste Modell und so dauerte die Suche einige Sekunden. Zeit, in der Leo schon wieder an Amy denken musste. Sie schielte auf ihr Handy, das sie auf den Schreibtisch gelegt hatte. Die SMS war irgendwie merkwürdig, oder? Warum nur war sie wegen Amy so unruhig? Immerhin hatten Amy und sie in der letzten Zeit nicht das allerbeste Verhältnis gehabt! Sie lauschte in sich hinein und vermutete, dass es an Schröders sonderbarem Gefasel lag.

Ärgerlich über sich selbst, verbannte sie jeden Gedanken an Amy aus ihrem Gehirn und konzentrierte sich auf ihren Computer, der in diesem Augenblick ein Ergebnis ausspuckte.

Thommy beugte sich vor. Er hatte neue Jeans an. Leo wusste, dass es nicht so einfach war, passende Jeans für ihn zu finden, weil er so furchtbar dünne Beine hatte. »Unter anderem ist *cordao* portugiesisch«, las er vor. »Es heißt Seil oder Strick.« Er neigte den Kopf und warf einen Blick auf Leos Zeichnung, die sie auf ihrem Schreibtisch liegen lassen hatte. »Hätten wir auch so drauf kommen können, oder?«

Leo nahm die Zeichnung in die Hand und sah sich das zu einem Kreis geschlungene Seil an. »Hm«, machte sie. Dann holte sie sich ihren Schreibtischstuhl heran, den Thommy zur Seite geschubst hatte. »Lass mich mal!« Sie setzte sich, zog ihm die Tastatur weg und legte sie auf ihre eigenen Knie. Rasch tippte sie das Wort *cordao* erneut in die Suchmaschine ein und ergänzte es mit Elijahs Namen.

Thommy zog eine Augenbraue hoch, sagte aber nichts.

Ohne allzu große Hoffnung startete Leo die Suche. Sie stieß einen überraschten Laut aus, als es tatsächlich einen Treffer gab. Er stammte von der Online-Ausgabe der örtlichen Tageszeitung und er war ungefähr anderthalb Jahre alt.

»Bingo!«, lächelte Thommy. »Wozu brauchst du mich noch mal, hast du gesagt?«

»Eigentlich gar nicht, aber mit dir macht es mehr Spaß«, frotzelte Leo.

Thommy streckte ihr die Zunge raus. Er klickte den Link an und kam zu einem kurzen Artikel, der einen Sportkurs ankündigte. »Also«, sagte er. Dann las er vor:

Kampfsportgruppe gibt Kurse für Kinder ab neun

Die im alten Industriepark in der Nordstadt ansässige Kampfsportgruppe *Cordao branco* bietet am kommenden Samstag einen Schnupperkurs für Kinder und Jugendliche ab neun Jahren an. Sérgio Ortega, der die *Cordao branco* gegründet hat, unterrichtet die in Deutschland noch wenig bekannte Sportart Capoeira. »In meiner brasilianischen Heimat«, so Ortega, »ist Capoeira sehr bekannt und beliebt und ich möchte seine Schönheit auch den Menschen in dieser Stadt vermitteln.«

»Capoeira«, murmelte Leo. »Noch nie gehört.«
»Hier geht es noch weiter.«

Capoeira ist eine Mischung aus Tanz und Kampf und stammt ursprünglich von den farbigen Sklaven, die in Brasilien auf den Zuckerrohrplantagen arbeiten mussten. Es hat sich im Laufe des 20. Jahrhunderts in Südamerika zu einer Trendsportart weiterentwickelt und erfreut sich auch in Deutschland immer größerer Beliebtheit.

Neben dem Artikel befand sich ein Foto. Es zeigte einen kompakten Mann mit südländischem Aussehen. Er trug eine schwarze Hose und ein schwarzes, ärmelloses T-Shirt und versuchte sich an einem Lächeln, dem man ansehen konnte, dass es ihm unangenehm war, vor der Kamera zu stehen. Zwei Jugendliche flankierten ihn. Ihre Kleidung war ähnlich geschnitten wie seine, aber nicht schwarz, sondern weiß. Obwohl der Artikel mehr als achtzehn Monate alt war, erkannte Leo den einen der beiden Jungen sofort.

Es war Elijah.

Allein beim Anblick seines Fotos begann die Haut, in ihrem Nacken zu kribbeln.

»Das ist er«, sagte sie und unterdrückte den Impuls, sich schon wieder über die Lippen zu reiben.

Süß sieht er aus, hatte Hannah gesagt.

Süß. Irgendwie wurde ihm dieses Adjektiv nicht gerecht. Wieder sah Leo ihn im Noah's am Fenster sitzen und grübeln.

Thommy holte sie in die Gegenwart zurück, indem er sich räusperte. Er kniff die Augen zusammen und musterte Elijah. »Hübscher Typ!«, kommentierte er. »Aber er kommt sogar auf dem Bild ein bisschen machomäßig rüber, oder?« Er sah Leo an und lachte, weil sie schon wieder rot wurde. »Lass dich nicht ärgern!« Er gab ihr einen Knuff gegen den Oberarm. »Ehrlich, er sieht gut aus!« Dann legte er die Hand auf die Maus und schob den Cursor auf das kleine Kreuz, mit dem sich der Zeitungsartikel schließen ließ. Bevor er daraufklickte, warf er einen letzten Blick auf Elijahs Gesicht. »Ich habe ihn übrigens schon ein paar Mal gesehen.«

Das Kribbeln auf Leos Haut verstärkte sich schlagartig. »Echt?«

Thommy nickte. »Er kellnert im Noah's«, sagte er. »Seit Anfang der Sommerferien, glaube ich.«

Als Thommy nach Hause gegangen war, grübelte Leo eine Weile lang über alles, was sie eben erfahren hatte. Seitdem Fabian im Noah's mit ihr Schluss gemacht hatte, war sie nicht mehr in der Lage gewesen, auch nur einen Fuß in die Schülerkneipe zu setzen. Das war der Grund, warum sie nicht mitbekommen hatte, dass Elijah dort angefangen hatte zu arbeiten.

Vielleicht, dachte sie jetzt, war er an dem Tag, an dem sie ihn dort getroffen hatte, zu einem Vorstellungsgespräch eingeladen gewesen. Das würde dann auch seine Grübelei erklären. Vielleicht hatte er sich Sorgen gemacht, ob er den Job kriegen würde.

Seufzend schob sie diese Gedanken von sich. Dann surfte sie eine Weile lang im Internet und suchte nach Informationen über diesen Sport, den Elijahs Vater unterrichtete.

Capoeira.

Dass es sich dabei um eine brasilianische Kampfkunst handelte, hatte sie ja schon aus dem Online-Artikel erfahren. Sie las einige Lexikoneinträge, die sich mit der Geschichte von Capoeira befassten. In einem war ein kurzer Filmausschnitt zu sehen, in dem ein Mann mit gestreifter Hose und nacktem Oberkörper ein Rad schlug. Leo startete YouTube und schaute sich mit wachsender Faszination und Verblüffung die akrobatischen Kunststücke an, aus denen Capoeira bestand. Es gab Sprünge und Saltos, die so unglaublich aussahen, als sei die Schwerkraft plötzlich aufgehoben. Immer wieder wurden Sequenzen gezeigt, in denen zwei Männer sich gegenüberstanden und in einer Art akrobatischem Tanz umeinanderwirbelten, Angriffe starteten und abwehrten. Untermalt wurde all das von einer exotischen Musik mit einem ganz eigenartigen, mitreißenden Rhythmus, die von einem einsaitigen Instrument namens Berimbau stammte.

Schließlich wurde es Zeit, den Computer herunterzufahren und sich bettfertig zu machen. Sie checkte noch einmal ihr Handy, aber Amy hatte sich nicht noch einmal gemeldet. Also schaltete Leo das Gerät aus und hängte es an das Ladegerät.

Als sie das Licht ausmachte, hatte sie Amy bereits wieder vergessen. Stattdessen fragte sie sich, ob auch Elijah all diese Dinge beherrschte, die sie eben im Internet gesehen hatte. Die Vorstellung, ihn herumwirbeln zu sehen, wie es die Capoeirista auf den Videos taten, verursachte ihr solches Herzklopfen, dass sie lange brauchte, um endlich einschlafen zu können.

Amy

Sie wanderte ihr gesamtes Verlies ab, tastete über jede Wand von rechts nach links und von einer Ecke zur anderen, doch es war vergebens. Jede Wand war aus Beton, es gab keine Ritzen, keine versteckten Luftschächte, nichts, durch das sie hätte entkommen können.

Die Tür war ebenso massiv, nur ein winziges, vielleicht zehn Zentimeter hohes Lüftungsgitter befand sich dicht über dem Boden. Amy legte sich flach auf den Bauch und spähte durch die Lamellen nach draußen, aber sie konnte nicht viel mehr erkennen als weiteren Beton.

Sie stemmte sich wieder in die Höhe und holte tief Luft. Langsam begann ihr die Enge hier drinnen die Kehle zuzuschnüren. Als kleines Kind hatte sie sich einmal aus Versehen in ihrem Bettkasten eingesperrt und darin fast eine Stunde verbringen müssen, bis ihre Mutter sie endlich gefunden hatte. Seitdem konnte sie sich nicht gut in engen Räumen aufhalten. Fahrstühle zum Beispiel waren ihr ein Graus.

Ihr Gefängnis besaß zwar eine Größe, die ihr normalerweise keine Probleme bereitete, aber allein die Tatsache, dass sie nicht hinauskonnte, schnürte ihr die Luft ab. Sie glaubte zu sehen, wie die Wände langsam und Stück für Stück näher rückten, um sie zu zerquetschen.

Um diesen unheimlichen Eindruck abzuwehren, wandte sie sich noch einmal der Tür zu. Das Lüftungsgitter war ebenfalls aus Metall und viel zu schmal, um sich hindurchzuzwängen. Aber irgendwie musste diese Tür doch aufzubekommen sein! Amy suchte nach einer Ritze, in die sie ihre Fingernägel krallen konnte, aber da war nichts. Die Tür saß perfekt in ihrem Rahmen. Angeln gab es keine, vermutlich befanden die sich auf der anderen Seite.

Bei dieser Erkenntnis schlug die Panik, die Amy bis jetzt einigermaßen hatte in Schach halten können, über ihr zusammen. Sie ballte die Fäuste und trommelte damit gegen die Eisentür. Die Schläge verursachten nur einen schwachen, dumpfen Ton.

»Hallo!«, schrie sie. »Hört mich jemand! Hilfe! Ich bin hier gefangen!«

Sie wiederholte die Worte zweimal, dann lauschte sie, ob eine Reaktion kam. Aber nichts geschah. Keine Schritte vor der Tür. Nichts.

Mit hocherhobenen Fäusten stand Amy da, schließlich rutschte sie an der Tür entlang nach unten, zog die Knie vor die Brust und umklammerte sie mit den Armen.

Auf diese Weise zogen sich die Stunden zäh wie Gummi.

Leo

Am nächsten Vormittag konnte Leo sich im Unterricht nur schlecht konzentrieren. In einem fort geisterte ihr Elijahs Gesicht im Kopf herum, sein schüchternes Lächeln. *Der Kuss.* Elijahs leise Stimme hallte in ihrer Erinnerung wider. »Ich weiß«, hatte er gesagt, nachdem sie ihm ihren Namen genannt hatte, aber das war ihr erst in der vergangenen Nacht wieder eingefallen. Woher wusste er, wie sie hieß? Hatte er sich etwa nach ihrem Treffen im Noah's nach ihrem Namen erkundigt und ihn bis heute nicht vergessen? Die Vorstellung hatte etwas Aufregendes.

In der Pause traf sie sich auf dem Schulhof mit Hannah.

»Hey!«, grüßte die. »Du siehst müde aus.«

Leo zog die Nase kraus. »Habe nicht so gut geschlafen. Hast du Amy heute schon gesehen?«

Hannah schüttelte den Kopf, aber Amy schien sie im Moment eher weniger zu interessieren. »Hast wohl von dem süßen Typen von gestern geträumt!«, kicherte sie.

Leo musste an die wirren Träume der vergangenen Nacht denken, in denen Elijah tatsächlich immer wieder aufgetaucht war. Sie bekam einen roten Kopf.

»Wusste ich's doch!«, triumphierte Hannah. Sie hakte sich bei Leo unter und nebeneinander schlenderten sie über den asphaltierten Schulhof. »Du hast gestern nur so gelangweilt getan. Du interessierst dich für ihn, gib's zu!«

Leo war drauf und dran, es zu leugnen, aber dann nickte sie doch. »Ein bisschen«, gab sie zu. »Thommy hat mir erzählt, dass er im Noah's kellnert.« Sie verzichtete darauf zu erwähnen, dass sie sich gestern Abend noch mit Thommy getroffen hatte. Sollte Hannah ruhig glauben, dass Leo hier in der Schule mit ihm geredet hatte. Hannah mochte Thommy nicht besonders und das lag hauptsächlich daran, dass sie seinem oft beißenden Spott nicht im Mindesten gewachsen war. Gegen Thommys Schlagfertigkeit wirkte Hannah immer ein bisschen naiv.

Die Hand ihrer Freundin klammerte sich fester um Leos Oberarm. »Ausgerechnet im Noah's?«, meinte Hannah. »Das hat was, findest du nicht auch?«

Leo runzelte die Stirn. »Wenn du meinst.«

Vor dem Schulhof hielt ein Streifenwagen der Polizei und zwei uniformierte Beamte stiegen aus. Leo beobachtete, wie sie die Schule durch den Haupteingang betraten. Wahrscheinlich hatte es wieder mal irgendwo im Gebäude einen Fall von Vandalismus gegeben, den der Schulleiter aus versicherungstechnischen Gründen melden musste. Das kam in der letzten Zeit mindestens einmal im Monat vor.

»Lass uns heute nach dem Unterricht hingehen!«, schlug Hannah vor und im ersten Moment wusste Leo nicht, wovon sie sprach. Sie schaute verwundert.

»Mann, ins Noah's!«, rief Hannah. Leos Verwunderung verwandelte sich in Verblüffung. Hannah setzte so gut wie nie einen Fuß ins Noah's. Sie hielt die Schülerkneipe für spießig.

»Ich weiß nicht.«

Hannah tat, als wolle sie Leo schütteln. »Komm schon! Du hast selbst gesagt, dass der Typ dich interessiert, und du kannst doch nicht ewig wegen Fabian Trauer tragen!«

»Ich trage überhaupt keine Trauer!« In Leos Herzen gab es ein kurzes, schmerzhaftes Flimmern, als sie so unvermittelt Fabians Namen hörte. Sie hatte nächtelang nur geheult, nachdem er mit ihr Schluss gemacht hatte, und auch heute noch überkam sie manchmal eine große Traurigkeit, wenn sie an ihn dachte. Jetzt aber lauschte sie in sich hinein und es war nicht Fabians Gesicht, das vor ihrem geistigen Auge erschien, sondern das von Elijah. Ein Flattern entstand in ihrem Magen und fühlte sich sehr angenehm an. Vielleicht war es gar keine so schlechte Idee, sich heute wieder einmal im Noah's blicken zu lassen?

Trotzdem hatte sie das Gefühl, es ihrer Selbstachtung schuldig zu sein, bei ihrer Freundin nicht zu schnell nachzugeben. Also ging sie nicht sofort auf Hannahs Vorschlag ein. »Ich denke, du findest die Kneipe uncool«, sagte sie.

Hannah lachte. »Wenn es einen guten Grund gibt, wirf deine alten Überzeugungen getrost über Bord!« Sie zerrte an Leos Arm. »Gib dir einen Ruck!«

Leo tat, als müsse sie noch immer überlegen. »Ich weiß nicht ...«, wiederholte sie, aber bevor Hannah ihre verzweifelte Bittstellermiene aufgesetzt hatte, musste sie lachen. »Also schön!«, lenkte sie ein. »Gehen wir also nach dem Unterricht ins Noah's!«

Bei diesen Worten begannen die Schmetterlinge in ihrem Bauch wieder heftig an zu flattern und so registrierte sie nur am Rande, dass die Polizisten die Schule wieder verließen.

***

Susanne, von der niemand den Nachnamen kannte, hatte das Noah's sehr liebevoll, aber tatsächlich nicht besonders cool eingerichtet. Außer der Theke mit Kuchen gab es noch zehn Tische, die aussahen wie vom Sperrmüll zusammengesucht, und an einer Wand ein altes Sofa, von dem man vermuten musste, dass es aus Uromas Wohnzimmer hierher geschafft worden war. Alle Möbel hatte Susanne eigenhändig und liebevoll restauriert. Das Geschirr, auf dem sie Kuchen und kleine Snacks servierte, stammte von diversen Flohmärkten. Es war eine wilde Mischung aus alten Blümchentassen und buntem Steingut aus den Siebzigerjahren. Direkt neben dem Sofa hing ein supermoderner Spielautomat. An einigen Tischen gab es Laptops mit Internetanschluss. Es faszinierte Leo immer wieder aufs Neue, diesen Gegensatz zwischen Alt und Neu zu betrachten. Er machte für sie und auch für viele andere, die hierherkamen, den Reiz und das Besondere des Cafés aus – neben den moderaten, taschengeldtauglichen Preisen natürlich.

Als Leo hinter Hannah das Lokal betrat, entdeckte sie als Erstes Thommy. Er winkte. Gemeinsam mit Hannah steuerte sie auf ihn zu.

Er saß an einem freien Tisch vor einer Fotowand, an der Susanne Bilder ihrer Gäste verewigt hatte. Die meisten dieser Bilder waren auf ihren so genannten Mottopartys entstanden, kleinen Kostümfesten, die sie in unregelmäßigen Abständen veranstaltete und bei denen sie vorschrieb, wie man sich zu verkleiden hatte. Es hatte schon Pyjamapartys im Noah's gegeben, Hawaiipartys oder sogenannte

Black-and-White-Abende, in denen man alles anziehen durfte, wenn es nur schwarz oder weiß war.

Sonderbarerweise fehlte eines der Fotos samt Rahmen. An der Stelle, an der es gehangen hatte, befand sich nur das winzige Loch in der Tapete, das anzeigte, wo der Nagel gewesen war.

Hannah setzte sich so, dass sie den Tresen im Blick hatte. »Da ist er!«, sagte sie. In diesem Moment kam Elijah aus der Hocke hoch. Er hatte in dieser Haltung Gläser aus der Spülmaschine geräumt und war darum bis eben von der Theke verdeckt gewesen. Völlig konzentriert wirkte er und ganz offenbar hatte er noch nicht entdeckt, dass neue Gäste gekommen waren.

Thommy musste sich umwenden, um zu sehen, von wem sie sprach. Als er erkannte, dass es Elijah war, grinste er Leo an. Sie verdrehte nur die Augen. »Heuchlerin!«, neckte er.

»Tut doch nicht so auffällig!« Genervt ließ Leo ihren Rucksack von der Schulter gleiten und zuckte leicht zusammen, weil ihre Schulter dabei schmerzhaft protestierte. Elijahs Anblick verursachte ihr einen Schluckauf. Er trug Jeans und T-Shirt, das sah sie, als er jetzt ein Stück zur Seite trat und sich um die Kaffeemaschine kümmerte. Um die Hüften hatte er sich eine schwarze Schürze gebunden, die ihm bis zu den Füßen hinunterreichte.

Sie schluckte heftig, dann zog sie die Jacke aus und setzte sich neben Hannah.

»Der Kerl sieht in echt noch machomäßiger aus als auf dem Foto im Internet!«, sagte Thommy.

»Idiot!« Leo schlug nach ihm. Plötzlich musste sie daran denken, wie Elijah sie aufgefangen hatte, und ihr wurde schrecklich warm. Um diese Gefühlswallung zu überspielen, beobachtete sie Elijah so konzentriert wie möglich. Seine Wunde war verarztet worden. Zwei kleine weiße Pflaster klebten darüber, um den klaffenden Schnitt zusammenzuhalten, und das Ganze sah ohne all das Blut eigentlich ganz harmlos aus. Keine Gefahr, wieder ohnmächtig zu werden. *Höchstens vor Nervosität …*

Möglichst unauffällig legte Leo beide Hände an die Wangen, um zu prüfen, ob man ihr die Aufregung ansah. Ihr Gesicht fühlte sich tatsächlich heiß an und sie hoffte im Stillen, dass sie sich am Morgen sorgfältig genug geschminkt hatte, damit man ihre Glühbirne nicht sehen konnte.

Elijah hatte sie noch immer nicht bemerkt und Leo redete sich ein, dass das daran lag, dass das Lokal ziemlich voll war. *Gut so!*, dachte sie, denn so hatte sie noch etwas Zeit, sich Gedanken darüber zu machen, was sie sagen sollte, wenn Elijah kam, um ihre Bestellung aufzunehmen.

Hey, du hast mich gestern ganz schön aus dem Gleichgewicht gebracht?

Never, ever! Auch wenn es, wörtlich genommen, sogar stimmte.

Sie legte beide Hände auf die Tischplatte und presste sie so fest gegen das Holz, dass ihre Adern hervortraten.

Thommy sah es, sagte aber nichts dazu. Zu dritt beobachteten sie, wie ein Mädchen an die Theke trat und sich einen Latte macchiato bestellte. Elijah wandte sich zu der Kaffeemaschine um. Kaum hatte er das getan, drehte das Mädchen sich zu ihren zwei Freundinnen um, die an ihrem Tisch sitzen geblieben waren. Die beiden steckten die Köpfe zusammen und tuschelten unterdrückt. Als Elijah das gefüllte Glas auf den Tresen stellte, lächelte er das Mädchen an.

»Bitte sehr, Senhorita«, sagte er und seine Stimme hatte plötzlich einen samtweichen portugiesischen Akzent. Leo vermutete, dass er ihn an- und ausschalten konnte, wie es ihm passte.

»Senhorita!« Das Mädchen brach in albernes Gackern aus. Hannah produzierte ein leises, aber deutlich hörbares höhnisches Schnauben.

»Was für Gänse!«, flüsterte sie Leo zu.

Das Mädchen nahm ihr Glas und kehrte zu den anderen an ihren Tisch zurück. Als sie sich gesetzt hatte, begann sie, aufgeregt auf ihre Freundinnen einzureden, und an ihren Blicken in Richtung Tresen war deutlich zu erkennen, wer ihr Thema war.

Elijah schien von ihrem Verhalten völlig unbeeindruckt. Er wollte sich gerade wieder zu seiner Spülmaschine herunterbeugen, als sein Blick quer durch den Raum wanderte und auf Leo fiel.

Kurz erstarrte er.

»Oh, oh!«, murmelte Hannah.

Leo ignorierte sie. Sie fühlte sich wie von Elijahs Blick festgenagelt. Es war ein Gefühl, als könne sie nicht mal mehr den kleinen Finger rühren.

Endlich nickte Elijah ihr zu. Und kniete sich hin, um die letzten beiden Gläser aus der Maschine zu nehmen. Er stellte sie zu den anderen ins Regal, dann hielt er einen Moment mit dem Rücken zu ihnen inne.

»Entweder er ist völlig überrascht, dich hier zu sehen«, kommentierte Hannah trocken. »Oder aber er überlegt sich gerade eine gute Ausrede, um dich abzuwimmeln.«

»Schönen Dank auch!«, grummelte Leo, aber Hannah zuckte nur die Achseln.

Endlich kam Elijah um die Theke herum und steuerte direkt auf ihren Tisch zu.

»Hey Leonie«, sagte er unverbindlich. Warum lächelte er nicht? Gestern hatte er sie doch auch angelächelt. Aber gerade, als sie das dachte, zwinkerte er ihr ganz leicht zu.

»Hey«, gab sie zurück. Zu allem Überfluss wurden ihre Wangen jetzt noch ein bisschen heißer.

Elijah unterdrückte ein Schmunzeln. Geschäftsmäßig ließ er den Blick über Thommy und Hannah schweifen. »Was kann ich euch bringen?«

»Für mich bitte auch eine Latte«, sagte Hannah. Ihre Stimme war plötzlich um einige Töne tiefer als sonst.

»Cola«, bestellte Thommy und Elijah richtete den Blick wieder auf Leo.

Sie nickte mechanisch. »Für mich auch.«

»Alles klar.« Elijah zog ein Tuch unter seinem Gürtel hervor und wischte damit einmal über den Tisch.

»Sag mal!« Thommy wies auf die leere Stelle an der Fotowand. »Klaut hier jetzt schon jemand die Bilder oder wie?«

Elijahs Blick richtete sich auf die entsprechende Stelle. Sein Kehlkopf ruckte einmal heftig. Dann zuckte er die Achseln. »Schon möglich.« Er warf Leo noch einen kurzen Blick zu, dann kehrte er zurück hinter die Theke, um das Bestellte zu holen.

»Ob er schüchtern ist?«, überlegte Hannah laut.

Leo antwortete nicht darauf, sondern klammerte sich stattdessen an die winzigen Signale, die Elijah ausgesendet hatte, das Zwinkern, das schwache Lächeln. Vielleicht war er einfach nur völlig überrumpelt, sie hier zu sehen.

Als er die drei Gläser schließlich vor sie hinstellte, streifte sein Blick erneut Leo. Diesmal lächelte er nicht, sondern nickte Thommy zu und kehrte so schnell hinter seine Theke zurück, als habe er keine Sekunde länger Zeit.

»Definitiv schüchtern!«, kommentierte Hannah.

Thommy schenkte Leo einen fragenden Blick, aber bevor er etwas sagen konnte, kam Susanne, die Inhaberin der Kneipe, von hinten aus dem Lager und entdeckte sie. »Hallo Leo! Schön, dass du auch mal wieder da bist!« Mit langen, energischen Schritten kam sie zu ihnen an den Tisch. »Du kennst Elijah noch gar nicht, oder?«, fragte sie. »Er ist ein echter Segen für mich!«

»Wieso das?« Leo sah zu, wie Elijah hinter dem Tresen ein Telefonat annahm und auf einem Zettel etwas notierte. Einige der kleinen Snacks, die sie auf der Karte hatten, konnte man auch mitnehmen.

Susanne grinste breit. »Seit er hier kellnert, läuft das Noah's viel besser als früher. Er jobbt jetzt schon einige Zeit bei mir. Ungefähr so lange, wie du und Fabian nicht mehr ...« Sie unterbrach sich dezent. Sie kannte jeden Einzelnen ihrer Stammgäste mit Namen und wusste auch über alles Bescheid, was in ihrem Lokal passierte. Natürlich hatte sie Anfang Juni mitbekommen, wie Fabian mit ihr Schluss gemacht hatte.

Leo schaute zu, wie Elijah begann, Salamibaguettes zuzubereiten.

»Seit er da ist, habe ich hauptsächlich weibliche Gäste«, erklärte Susanne mit einem Schmunzeln. »Sie stehen alle auf ihn. Ich glaube, es gibt hier kein weibliches Wesen

– mich eingeschlossen –, das ihn nicht anhimmelt.« Sie deutete auf das fehlende Foto an der Wand. »Ich vermute mal, dass das irgendeine heimliche Verehrerin mitgenommen hat. Er war nämlich mit drauf.«

Leo schaute sich um. Susanne hatte recht. Bis auf Thommy und die zwei Sechstklässler, die an der Theke lehnten und vergeblich versuchten, lässig auszusehen, gab es im gesamten Lokal nur weibliche Gäste. Und die meisten davon sandten, genau wie Hannah, immer wieder betont unauffällige Blicke in Elijahs Richtung. Die allesamt an ihm abzuprallen schienen. Schweigend arbeitete er vor sich hin, ohne irgendjemanden weiter zu beachten. Er bewegte sich dabei mit einer ruhigen Gelassenheit, wie ein professioneller Tänzer, der über keinen Schritt mehr nachdenken muss. Er hatte eine Art Rhythmus an sich, den Leo noch nie zuvor bei einem Menschen bemerkt hatte. Es schien, als bewege Elijah sich zum Takt einer Musik, die nur er selbst hören konnte. Täuschte sie sich oder war da plötzlich wieder dieser grüblerische Ausdruck von damals in seinen Augen?

»Er gefällt dir auch!«

Susannes Worte brauchten einige Augenblicke, bis sie Leos Verstand erreichten.

»Wie? Ich … nein.« Schnell legte sie eine Hand an ihre glühende Wange. Sie war sich der forschenden Blicke von Thommy und Hannah bewusst. Möglichst gelassen zuckte sie die Achseln und rieb sich gleich darauf die Schulter, weil sie immer noch bei jeder Bewegung schmerzhaft protestierte. »Ich bin ihm gestern Abend im alten Industriepark begegnet«, sagte sie. Sie kam sich bei dem vergeblichen Versuch, lässig zu wirken, ziemlich dämlich vor.

Susanne zupfte am Saum ihres Tanktops. »Klar. Er trainiert da.« Ihr schien etwas einzufallen. »Ich muss wieder an die Arbeit«, meinte sie. »Wie gesagt: Schön, dass du mal wieder da bist.« Dann wandte sie sich ab, um eine leere Getränkekiste hinter der Theke hervorzuholen und damit ins Lager zurückzukehren.

Elijah hatte bemerkt, dass ein paar junge Studentinnen bezahlen wollten. Mit einem dicken schwarzen Portemonnaie in der Hand ging er zu den dreien an den Tisch und begann, ihre Getränke auf einem kleinen Block zusammenzurechnen.

»Gott, ist er nicht süß?«, wisperte Hannah.

Leo sah zu, wie Elijah das oberste Blatt von seinem Block abriss und auf den Tisch legte. Die erste Studentin bezahlte. »Was hast du im Gesicht gemacht?«, fragte sie, als sie ihr Wechselgeld von ihm entgegennahm.

Elijah legte den Kopf leicht zur Seite. »Nur ein kleiner Sportunfall.«

»Sportunfall«, wiederholte die Studentin. »Sieht mir eher aus wie eine Schnittwunde. Bei welchem Sport trainiert man denn, bitte schön, mit Messern?«

Elijah ging nicht weiter darauf ein, sondern wandte sich der nächsten zu.

»Sieben Euro dreißig«, sagte er.

Amy

Sie fuhr aus einem unruhigen Schlummer in die Höhe, weil sie fror und Durst hatte. Fröstelnd hob sie ihre Jacke auf und schlang sie sich um die Schultern. So tief wie möglich vergrub sie sich darin. Wie lange war sie jetzt schon eingesperrt? Sie wusste es nicht. Es mussten Stunden sein. War es draußen dunkel? Oder vielleicht sogar schon wieder hell?

Es gab keine Möglichkeit, das festzustellen.

Amy krabbelte zu den Mineralwasserflaschen und öffnete eine davon. Das Zischen der entweichenden Kohlensäure klang in der völligen Stille ihres Verlieses schrecklich laut. Mit langen Zügen leerte Amy die Flasche halb, dann schraubte sie sie sorgfältig wieder zu. Wer wusste schon, wie lange sie mit dem Wasser auskommen musste. Anschließend suchte sie die Betonwände mit den Blicken ab. Feine hervorstehende Linien zogen sich waagerecht über sämtliche Flächen. Sie wusste, dass das von den Verschalungen herrührte, in die der Beton beim Bau des Gebäudes gegossen worden war. Ihre Finger tasteten nach einer dieser Linien. Sie waren scharfkantig, aber als Amy fester drückte, zerbröselte die schmale Naht unter ihren Fingern.

Ob man bereits nach ihr suchte?

Ihre Eltern hatten doch mit Sicherheit die Polizei angeru-

fen, nachdem sie nicht vom Klavierunterricht nach Hause gekommen war. An diesen Gedanken klammerte sie sich. Man würde sie finden. Ganz sicher!
Alles würde gut werden.
Sie kämpfte gegen die Tränen an, die ihr plötzlich in die Augen stiegen, doch diesmal verlor sie den Kampf. Ein paarmal wischte sie die salzigen Tropfen weg, sobald sie ihren Unterkiefer erreicht hatten, aber irgendwann ließ sie auch das bleiben. Heul ruhig, dachte sie mit einem Anflug von gallebitterem Humor. Je mehr du heulst, umso weniger musst du pinkeln.
Als hätte ihre Blase nur auf einen solchen Gedanken gewartet, meldete sie sich mit dumpfem Druck.
»Scheiße!«, flüsterte Amy. »Scheiße, Scheiße, Scheiße!«

Leo

Elijah war mit dem Kassieren bei den Studentinnen noch nicht fertig, als sich die Tür des Lokals öffnete und ein Mann erschien. Leo erkannte ihn sofort. Es war Schröder, der Obdachlose in dem langen, speckigen Trenchcoat. Er blieb einen Moment lang abwartend in der Eingangstür stehen, bis Susanne aus dem Lager kam, ihn sah und zustimmend nickte. Da erst schlurfte er quer durch den Raum und setzte sich auf einen Platz ganz in der Ecke, direkt neben dem Gang, der zu den Toiletten führte. Er bestellte sich einen Kaffee und Susanne selbst brachte ihn.

Schröder trank einen Schluck. Über den Rand des dickwandigen orangefarbigen Bechers hinweg beobachtete er Elijah bei der Arbeit. Elijah hingegen gab sich sichtliche Mühe, den Obdachlosen zu ignorieren, aber Leo konnte ihm ansehen, dass es ihm schwerfiel. Plötzlich waren seine Bewegungen weniger tänzerisch, dafür wesentlich wachsamer.

»Hey Susanne!«, rief einer der Sechstklässler. »Warum erlaubst du so einem, hier die Luft zu verpesten?«

Susannes dichte Augenbrauen zogen sich zu einem einzigen Strich zusammen. »*Herr* Schröder ist ein zahlender Gast, genau wie ihr.« Sie betonte das Wort *Herr*.

Der Sechstklässler senkte den Kopf. Konzentriert starrte er in seine Cola, als könne er darin die Lottozahlen des kommenden Wochenendes entdecken. Schröder hingegen schien die bissige Bemerkung des Jungen überhaupt nicht mitbekommen zu haben. Er hatte den Blick von Elijah abgewendet und starrte nun leise vor sich hin murmelnd ebenfalls in seinen Kaffeebecher.

Susanne lachte leise. Als sie an Leos Tisch vorbeikam, erklärte sie: »Ich habe Schröder erlaubt, da in der Ecke zu sitzen, solange er sich ordentlich wäscht und mir die anderen Gäste nicht vergrault. Er ist meine tägliche Erinnerung daran, an mein Karma zu denken.«

Leo versuchte, den Blick des Obdachlosen aufzufangen, aber ein Luftzug, der durch den Raum wehte und anzeigte, dass die Tür geöffnet worden war, lenkte sie ab. Thommy stieß ein unterdrücktes Stöhnen aus.

»Oje!«, murmelte Hannah.

Leo wandte den Kopf, um zu sehen, wer die Kneipe betreten hatte. »Fabian«, murmelte sie. »Na toll!«

Ihr Exfreund stand mitten im Raum und sah sich suchend um.

Leo hätte sich ohrfeigen können für die bescheuerte Idee hierherzukommen. Seinetwegen hatte sie das Noah's schließlich in den vergangenen Wochen gemieden und bei dem krampfartigen Gefühl in ihrem Magen wurde ihr plötzlich auch der Grund dafür wieder sehr bewusst.

Sie wartete darauf, dass ihr Herz bei Fabians Anblick mit dem altbekannten schmerzlichen Flimmern reagieren würde. Doch sie wartete vergeblich. Nur ihr Magen schmerzte. Ihr Herz nicht mehr. Mit zusammengebissenen Zähnen sah sie zu, wie Fabian zu einer pummeligen Blondine an einen der vorderen Tische ging. Sie hörte, wie er fragte: »Sag mal, weißt du, was mit Michelle los ist? Ich versuche dauernd, sie zu erreichen, aber ich kriege immer nur die Mailbox dran.«

Die Blondine zuckte die Achseln. »Keine Ahnung. Echt!« Sogar auf die Entfernung konnte Leo erkennen, dass sie Fabian anlog. Offenbar wusste sie ganz genau, was mit dieser Michelle war. Leo knirschte mit den Zähnen. Fabian hatte wegen Michelle mit ihr Schluss gemacht. Jetzt ging sie also nicht ans Handy, wenn er anrief. *Wie interessant!*

Bei dem Stichwort Handy musste sie kurz an Amy denken. Heute Morgen hatten sowohl Hannah als auch Leo noch einmal bei ihr angerufen, aber es hatte sich nur die automatische Ansage gemeldet, die ihnen mitgeteilt hatte, dass der gewünschte Teilnehmer gerade nicht zu erreichen war.

In diesem Moment entdeckte Fabian Leo an ihrem Tisch, ein verblüfftes Lächeln erschien auf seinem Gesicht. Er nickte der pummeligen Blondine zu, dann näherte er sich Leo.

»Hey«, grüßte er und schien einen Augenblick lang nicht zu wissen, was er tun sollte. Seit Anfang Juni hatten sie sich nur gesehen, wenn sie sich zufällig auf dem Schulhof über den Weg gelaufen waren, und dann beide einen großen Bogen um den anderen gemacht.

»Hallo Fabian«, sagte Leo hölzern.

Endlich hatte Fabian sich wieder einigermaßen im Griff. Auf ziemlich ungeschickte Weise tat er so, als sei es ganz normal, sie hier zu sehen, und wandte sich als Erstes an Thommy. »Hey Kumpel!« Er ballte eine Faust und hielt sie ihm hin. Er war fast ebenso groß wie Elijah, aber nicht so muskulös. Ein graues Sweatshirt hing ihm lässig über den Gürtel seiner Jeans und seine Haare waren kunstvoll mit Gel zu einer wilden Frisur verstrubbelt.

Thommy warf Leo aus dem Augenwinkel einen Blick zu, dann schlug er die eigene Faust gegen Fabians. »Hi.«

Fabian war anzusehen, dass er sich Leos Gegenwart sehr wohl bewusst war. Trotzdem redete er einfach weiter mit Thommy. »Kennst du den schon?«, fragte er. Und dann begann er, einen Witz zu erzählen, in dem es um einen Mann an einem Kneipentresen ging, der nach zehn Bier und zehn Korn nicht mehr stehen konnte. Es war ein längerer Witz und Leo hörte nur mit halbem Ohr zu, während sie beobachtete, wie Schröder ein paar Worte mit Elijah wechselte und der ein grimmiges Gesicht machte.

Als Fabian mitten in seinem Witz ein Kichern hören ließ, konzentrierte sie sich wieder auf ihn. »Am anderen Morgen sagt die Frau zu dem Mann: ›Du hast gestern wieder mal ganz schön getankt! Sogar deinen Rollstuhl hast du in der Kneipe vergessen!‹«

Thommy lachte schallend. »Der ist gut! Den kannte ich noch gar nicht.«

Fabian grinste. »Schenke ich dir. Für deine Sammlung.«

Ein kurzer Moment der Befangenheit folgte.

Hannah hatte die Unterhaltung der beiden aufmerksam mit angehört und nutzte die Gelegenheit, um zu fragen: »Was ist mit deiner geliebten Michelle, Fabi? Wir haben eben mitbekommen, dass sie sich nicht mehr meldet.«

Eine leichte Röte kroch in Fabians Gesicht, rasch warf er einen Blick in Leos Richtung, schaute dann aber sofort wieder weg. »Ist doch egal!« Noch immer vermied er es,

Leo in die Augen zu sehen. »Hat irgendwer Lust auf Kino heute Nachmittag?«

Thommy schüttelte als Erster den Kopf. »Sorry, hab 'nen Arsch voll Hausaufgaben. Und ich muss auch noch einen Artikel für die *Allgemeine* schreiben, der am Wochenende erscheinen soll.«

Fabian imitierte ein Gähnen. »Klingt spannend«, sagte er. »Und du?«, wandte er sich endlich so lässig wie möglich an Leo.

Oha!

Leo konnte ihre Gefühle in diesem Moment nicht so recht einordnen. Sie zwang sich, ein gleichgültiges Gesicht zu machen. »Auch Hausaufgaben.« Sie wollte etwas hinzufügen, aber sie hatte einfach keine Ahnung, was. Einige Sekunden lang starrten Fabian und sie sich gegenseitig an, als könnten sie es beide irgendwie nicht glauben, was gerade passierte. Fabian schaute als Erster wieder weg. Leos Blick huschte zur Theke, aber Elijah war damit beschäftigt, Saftschorle in Gläser zu verteilen.

Natürlich interessierte er sich nicht im Geringsten dafür, was hier geschah. Warum auch?

Sie stemmte sich in die Höhe. »Ich muss mal eben …« Mit der Hand wedelte sie in Richtung Toiletten. Sie grinste Thommy und Hannah schief an, dann flüchtete sie so eilig aus Fabians Nähe, dass sie beinahe über die kleine Stufe gestolpert wäre, die Gastraum und Gang voneinander trennte.

Der kleine Vorraum der Toilette war leer. Seufzend stützte Leo sich auf den Waschbeckenrand und warf sich selbst einen missmutigen Blick im Spiegel zu. »Selber schuld, blöde Kuh!«, murmelte sie. »Was kommst du auch hierher?« Und als ihr Spiegelbild darauf keine Antwort gab, streckte sie ihm die Zunge raus.

»Alles okay?«

Im Spiegel konnte Leo sehen, wie Hannah den Kopf zur Toilettentür hereinsteckte.

Sie nickte. »Klar«, antwortete sie. »Fabians Auftritt hat mich nur ein bisschen auf dem falschen Fuß erwischt.« Die Vorstellung, wieder da rauszugehen und vielleicht Gefahr zu laufen, dass er sie noch mal bat, mit ihm ins Kino zu gehen, war nicht besonders angenehm. Nachdenklich lauschte sie in sich hinein. Noch vor ein paar Tagen hätte sie gejubelt, wenn er sie das gefragt hätte. Was war passiert? Wieso war heute alles anders? Sie musste nicht besonders lange darüber nachdenken.

Elijahs schüchternes Lächeln von gestern erschien vor ihrem geistigen Auge. Die Art, wie er sie aufgefangen und festgehalten, die Art, wie er ihr vorhin kurz zugeblinzelt hatte.

Hannah betrat den winzigen Toilettenvorraum und schob die Tür hinter sich ins Schloss. »Er sagt …« Sie verstummte, forschte in Leos Gesicht nach Anzeichen, ob sie wissen wollte, was Fabian gesagt hatte.

Leo rümpfte die Nase. »Ist mir egal, was er sagt!« Sie machte den Wasserhahn an und ließ sich kaltes Wasser über die Handgelenke laufen. Dann seufzte sie noch einmal. »Am liebsten würde ich hier drinnen bleiben, bis er weg ist!«

Hannah grinste böse. »Thommy macht ihm in seiner unnachahmlich diplomatischen Art gerade klar, dass er sich besser auf diese *Michelle* konzentrieren soll.« Während sie den Namen aussprach, drehte sie die Augen gen Himmel. »Bloß weil die blöde Kuh drauf und dran ist, ihn abzuservieren, hat er plötzlich wieder Interesse an dir? Der Arsch!«

Die Vorstellung, wie Thommy Fabian erklärte, dass er unerwünscht war, reizte Leo zum Lachen. Es geriet ein bisschen schief und viel zu trocken. »Okay. Ich komme gleich wieder zu euch.«

»Gut.« Hannah schaute prüfend in Leos Gesicht. »Am rechten Auge ist deine Wimperntusche verschmiert«, bemerkte sie. Dann verließ sie den winzigen, gekachelten Raum. Die Tür hatte einen automatischen Schließmechanismus. Ganz langsam schwang sie zu.

Nachdem Leo ihre Wimperntusche mit ein bisschen feuchtem Toilettenpapier in Ordnung gebracht hatte, atmete sie einmal tief durch und öffnete dann die Tür.

»... mich endlich in Ruhe, Schröder!« Elijahs gereizte Stimme ließ sie innehalten. Langsam drückte sie die Tür wieder zu – so weit, bis sie nur noch einen Spaltbreit offen stand.

»Du«, nuschelte Schröder. Durch den Spalt konnte Leo sehen, wie er zurückwich und dadurch in ihr Blickfeld geriet. Er kehrte ihr den Rücken zu, darum bemerkte er sie nicht. Sein Trenchcoat hatte dicht über dem Gürtel einen Riss. »Chrissy war dein Septembermädchen, ne? Ne?« Wie ein Raubvogel stieß er den Oberkörper vor und zurück. »Wer wird es in diesem Jahr, Junge, hä?«

»Ich sage es nicht noch mal, Schröder!« So kalt und drohend klang Elijahs Stimme, dass Leo es nicht mehr aushielt. Sie räusperte sich demonstrativ, dann öffnete sie die Tür und tat überrascht, die beiden auf dem Gang zu sehen.

Elijahs Blick streifte sie. Er hatte eine tiefe, zornige Falte auf der Stirn und in seinen Augen stand wieder dieser grüblerische Ausdruck, den sie inzwischen so gut zu kennen glaubte.

»Entschuldigung«, murmelte sie und wollte sich an Schröder vorbeidrängen.

Doch er kam ihr zuvor. »Niemand sieht die wahre Fratze des Raubtiers!«, zischte er Elijah zu. »Ich schon!« Und damit drehte er sich auf dem Absatz herum und stolzierte davon.

Leo schaute ihm verblüfft hinterher. »Uff«, machte sie und versuchte sich an einem Lächeln. »Er ist ganz schön durchgeknallt, oder?«

Elijahs Miene war undurchdringlich. »Schon möglich. Ist mit dir alles in Ordnung?«

Sie sah ihn verwundert an. »Ja, wieso?«

Er wischte sich die Hände an seiner langen schwarzen Schürze ab. Die Falte zwischen seinen Augen wurde etwas kleiner. »Ich habe gesehen, wie du nach hinten gegangen bist, und dachte mir, ich sehe mal nach. Ist irgendwas mit dem Kerl nicht in Ordnung, der vorhin reingekommen ist?«

Leo wusste nicht, was sie davon halten sollte. Sie hatte noch nie einen Jungen getroffen, der auch nur auf die Idee gekommen wäre, eine solche Frage zu stellen. »Nein, nichts«, sagte sie und war drauf und dran, ihm zu erklären, dass Fabian ihr Ex war. Doch dann fiel ihr ein, dass Elijah das ja wissen musste. Schließlich hatte er im Juni mitbekommen, wie Fabian mit ihr Schluss gemacht hatte. Da sie keine Idee hatte, was sie sonst sagen sollte, schwieg sie lieber.

Elijah betrachtete forschend ihr Gesicht und sie war Hannah dankbar dafür, dass sie sie auf die verschmierte Wimperntusche aufmerksam gemacht hatte. Sie ertappte sich dabei, dass ihre Hand zum Mund wanderte und sie an der Unterlippe herumspielte. Ihre Haut roch nach der Flüssigseife, mit der sie sich gerade noch die Hände gewaschen hatte.

Plötzlich lächelte Elijah. Bei der Düsternis, die noch immer in seinen Augen lag, wirkte das etwas sonderbar. *Genau wie damals,* dachte Leo.

Aber immerhin war es ein Lächeln.

»Du solltest zu den anderen zurückgehen«, sagte er. »Ich glaube, dein Freund macht sich ein bisschen Sorgen um dich.«

»Er ist nicht mehr mein …«

»Thommy«, unterbrach er sie. »So heißt er, glaube ich.«

Mechanisch nickte sie. *Blöde Kuh!* »Ja. Thommy.«

Er gab den Weg frei, sodass sie an ihm vorbeigehen konnte. Aber der Gang war zu eng für sie beide, und als sie sich an Elijah vorbeizwängte, berührten sich ihre Hände für einen ganz kurzen Moment.

Tatsächlich hatte Fabian das Noah's verlassen. Leo setzte sich wieder und war drauf und dran, Thommy auszuquetschen, was er zu ihm gesagt hatte, aber dann entschied sie, dass sie das lieber nicht wissen wollte. Doch wie immer besaß Hannah nur wenig Gespür für das, was in Leo vorging. »Er hat ihm angedroht, dass er seinen Computer mit einem Virus verseucht, wenn er dich nicht in Ruhe lässt!«, lachte sie.

Verlegen starrte Thommy auf seine Hände.

Leo ließ ihn einige Sekunden lang zappeln, dann fragte sie spöttisch: »Wer ist hier der Macho, hm?«

Thommys Ohren wurden rot.

Nach ihrer Begegnung auf dem Toilettengang war Elijah nach hinten ins Lager verschwunden. Jetzt kam er wieder heraus. Er trug einen Sack Arabicabohnen zu der Kaffeemaschine hinter der Theke. Mit knappen, effizienten Bewegungen machte er sich daran, den Bohnenbehälter nachzufüllen.

Mit einem Winken zog Schröder Leos Blick auf sich, und als sie auf ihn aufmerksam geworden war, formte er mit den Lippen lautlos ein einziges Wort. »Septembermädchen!«, las sie und zog voller Unbehagen die Schultern hoch.

Susanne bemerkte es.

»Schröder!«, warnte sie. »Ich glaube, es ist besser, du gehst jetzt, bevor du anfängst, mir meine Gäste zu vergraulen!«

Schröder zuckte kurz zusammen, dann hob er abwehrend die Hände. »Jaja«, grummelte er, nestelte ein paar Münzen aus der Tasche, warf sie auf den Tisch und schlurfte dann zur Tür hinaus.

Durch die Scheibe hindurch suchte er ein letztes Mal Leos Blick, aber bevor er noch einmal irgendwelche bekloppten Zeichen geben konnte, wandte sie sich so demonstrativ wie möglich ab.

Sie hatte sich gerade ein paar Minuten mit Thommy und Hannah unterhalten, als zwei uniformierte Polizisten zur Tür hereinkamen. Bei ihrem Anblick verspürte Leo schlagartig eine Anspannung, die sie sich nicht so recht erklären konnte.

Die beiden Polizisten gingen zu Susanne, wechselten einige rasche Worte mit ihr.

»Natürlich«, sagte sie und nickte. Dabei war sie ein bisschen blass geworden.

Elijah hinter dem Tresen hielt bei seiner Arbeit inne und beobachtete die Szene aufmerksam. Susanne gesellte sich zu ihm. Bevor sie aber irgendeine Erklärung abgeben konnte, stellte sich der ältere der beiden Polizisten, ein grauhaariger Typ mit Schnauzbart und Halbglatze, in die Mitte der Kneipe und erhob die Stimme.

»Darf ich mal kurz um eure Aufmerksamkeit bitten?« Er wartete, bis auch das letzte Getuschel verstummt war, dann erklärte er: »Wir sind hier, weil seit gestern ein Mädchen vermisst wird. Ihr Name ist Amy Krüger, kennt sie jemand von euch?«

Seine Worte hatten zur Folge, dass sich sofort wildes Stimmengewirr erhob. Gleichzeitig zersprang in Leos Brustkorb etwas mit einem spürbaren Ruck – wie ein Gummiband, das um ihr Herz gespannt gewesen war und das sie am Atmen gehindert hatte. Sie hatte es doch gewusst! Es war etwas passiert! Hannah neben ihr stieß ein leises »Oh, mein Gott!« aus, während Thommy den Polizisten einfach nur mit riesigen Augen anstarrte.

Elijah jedoch stand ganz aufrecht und still da. Er war bleich geworden.

Leo sah, wie Susanne leise auf ihn einredete. Er schüttelte den Kopf, langsam, als könne er nicht fassen, was er eben gehört hatte.

»Wir kennen sie«, meldete sich Thommy.

Der Polizist und sein jüngerer Partner kamen zu ihnen an den Tisch, zogen sich zwei Stühle heran und setzten sich.

»Amy ist eure Freundin?«, fragte der ältere. An seiner Uniform war ein kleines Namensschild angebracht. POM Graumann, stand darauf.

POM, das wusste Leo von Nene, die ja ab und an für den Staatsdienst arbeitete, hieß Polizeiobermeister.

»Klassenkameradin«, bestätigte Thommy. Äußerlich wirkte er ruhig und souverän. Das lag wahrscheinlich daran, dass er als Schülerreporter schon öfter mit Polizisten zu tun gehabt hatte. Aber trotzdem konnte Leo an seinem Hals eine Ader pochen sehen, die ihr zeigte, wie sehr auch ihn die Nachricht von Amys Verschwinden mitgenommen hatte.

»Und ihr?« Der jüngere Polizist, Polizeimeister Henning, schaute erst Leo und dann Hannah an.

»Amy ist unsere Freundin«, sagte Leo. Warum klang ihre Stimme plötzlich, als sei sie keinen Tag älter als zwölf? »Wir haben gestern Nachmittag nach dem Training auf sie gewartet, aber sie ist nicht gekommen.«

»Sie geht mit mir zusammen zum Klavierunterricht an der Musikschule«, fügte Hannah hinzu. Auch ihre Stimme kiekste verdächtig, in ihren Augen glitzerte es. »Normalerweise sagt sie ab, wenn sie nicht kann, aber gestern nicht.«

Der Polizist machte sich eine Notiz in ein kleines Buch, das er eigens zu diesem Zweck aus der Tasche geholt hatte. »Hast du bei Amys Eltern angerufen, um dich zu erkundigen, wo sie war?«

Hannah zuckte die Achseln. »Nö. So dicke sind wir nicht, wissen Sie. Ich dachte einfach, sie ist krank oder so.«

»Ich habe versucht, Amy zu erreichen«, warf Leo ein. »Gestern Abend hat sie mir noch eine SMS geschickt, aber seitdem scheint ihr Handy ausgeschaltet zu sein.« Leo verschränkte die Finger ineinander und drückte sie, bis es wehtat.

»Eine SMS?« Polizeiobermeister Graumann beugte sich vor. »Wann?«

Leo zog ihr Handy hervor und suchte die Nachricht aus der Liste. »Gegen acht.« Sie hielt das Gerät so, dass der Beamte auf das Display schauen und die Nachricht lesen konnte.

Alles okay. Melde mich demnächst, las er und der jüngere Polizist schrieb die Worte in sein Notizbuch. »Gut. Bisher haben wir vermutet, dass Amy auf dem Weg zu ihrer Klavierstunde verschwunden ist, aber offenbar gibt es einen Grund dafür, dass sie weg ist. Wisst ihr, ob sie Ärger zu Hause hatte?«

»Ist sie …«, begann Leo, aber Graumann fiel ihr ins Wort.

»Zum jetzigen Zeitpunkt weiß man noch gar nichts! Ausgehend von der SMS, die sie dir geschickt hat, würde ich annehmen, dass sie einfach nur von zu Hause ausgerissen ist.«

»Aber trotzdem haben Sie einen Polizeieinsatz gestartet.« Es war Elijah, der das sagte. Er sprach mit ganz schmalen schneeweißen Lippen.

Leo versuchte, seinen Blick einzufangen, aber Elijah beachtete sie gar nicht. Wachsam schaute er die beiden Polizisten an.

»Und Sie sind?«, erkundigte sich Polizeimeister Henning.

»Elijah Ortega. Ich arbeite hier. Amy kommt regelmäßig her, daher kenne ich sie.« Er warf einen schnellen Seitenblick auf Susanne, die wirkte, als würde sie gleich in Ohnmacht fallen. Fürsorglich trat er ein bisschen näher an sie heran und sie schenkte ihm ein mattes, dankbares Lächeln.

Die beiden Polizisten begannen nun, Leo und alle anderen im Raum nach Amy zu befragen, aber niemand wusste etwas Genaues. Am Ende schrieben sich die Beamten von allen die Personalien auf, bedankten sich und verließen das Noah's.

Unter den Gästen brachen hitzige Diskussionen aus.

»Scheiße!« Thommy fand als Erster die Sprache wieder. »Amy und von zu Hause wegrennen? Das hätte ich ihr im Leben nicht zugetraut!«

Hannah runzelte die Stirn. »Sie hatte in letzter Zeit wirklich häufig Stress mit ihren Eltern.«

Leo hatte einen Bierdeckel aus dem kleinen Ständer auf dem Tisch genommen, drehte ihn zwischen den Fingern und schwieg. War sie die Einzige, der Amys SMS merkwürdig vorkam?

Sie knickte den Bierdeckel in der Mitte durch. Warum gab das eigentlich nie zwei genau gleich große Hälften? Sie legte die beiden Teile auf den Tisch.

Thommy diskutierte noch eine Weile mit Hannah und auch mit ein paar anderen Leuten an den Nachbartischen, bis er gehen musste, um seinen Artikel zu schreiben. Leo blieb mit Hannah allein sitzen, aber sie fühlte sich so verwirrt und vor den Kopf geschlagen, dass sie irgendwann nur noch das Bedürfnis hatte, nach Hause zu fahren. Also winkte sie Elijah, dass sie bezahlen wollte.

Er nahm sein Portemonnaie und kam zu ihr. »Alles okay?«, fragte er leise. Seine Augen waren dunkel vor Sorge.

Sie nickte, aber sie fühlte sich überhaupt nicht okay.

Was, wenn Amy etwas Schlimmes passiert ist?

Ihre Kehle war rau und voller Rasierklingen.

Sie bezahlte, verabschiedete sich von Hannah, verließ das Noah's und stieg in den Bus nach Hause. Erst kurz bevor sie die Haustür aufschloss, fiel ihr etwas ein.

Sie hatte ganz vergessen, den Polizisten von Schröders sonderbarem Gefasel zu erzählen.

»Er hat so etwas gesagt wie ›Amy kommt nicht mehr wieder‹«, erzählte sie wenig später Nene, die in ihrem Arbeitszimmer saß und irgendeinen Bericht tippte. Leo war auf direktem Weg zu ihrer Mutter gegangen und hatte ihr von dem Polizeibesuch im Noah's, von Amys Verschwinden und von Schröder erzählt.

»Hm«, machte Nene jetzt. »Klingt komisch.«

»Er faselt ja immer irgendwas von dieser Chrissy.« Leo hatte die Zimmertür hinter sich geschlossen, als könne sie so alles Böse, das in der Welt lauerte, aussperren. Mit dem Rücken lehnte sie sich gegen die Tür und verschränkte die Arme vor der Brust. »Den nimmt irgendwie niemand mehr ernst. Deshalb haben wir gestern auch gedacht, dass sein Gerede von Amy wieder irgendeiner seiner spinnerten Einfälle ist. Erst hat er gesagt, Chrissy würde nicht mehr wiederkommen, und dann hat er das Gleiche von Amy behauptet. Wir haben das nicht für voll genommen, weil er vorher belauscht hat, wie wir uns über sie unterhalten haben.«

Nene nahm einen Kugelschreiber und drehte ihn langsam zwischen den Fingern hin und her, während sie nachdachte. Als Psychologin war sie allerhand Schräges und

Furchtbares gewohnt, aber die Tatsache, dass ein Mädchen verschwunden war, das sie persönlich kannte, ließ sie doch sehr betroffen aussehen. »Wahrscheinlich habt ihr mit eurer Einschätzung ganz richtig gelegen«, sagte sie langsam. »Aber zur Sicherheit werde ich mal die Kollegen vom Kommissariat anrufen und ihnen berichten, was du mir erzählt hast.«

Leo musste daran denken, wie Schröder heute in dem Toilettengang Elijah konfrontiert hatte. Aus irgendeinem Grund hatte sie Nene nichts davon erzählt. Sie wusste selbst nicht so recht, warum sie es verschwieg, und war drauf und dran, es doch noch zu erwähnen, aber Nene griff bereits nach dem Telefon und wählte die Nummer der Polizei.

»Doris?«, fragte sie, als am anderen Ende jemand ranging. »Bist du mit Jan für den Fall des verschwundenen Mädchens zuständig? Ja, diese Amy Krüger?« Sie legte den Kopf auf eine Schulter, um das Telefon festzuklemmen. »Hm«, machte sie. »Ja, ich weiß, ihr glaubt, dass sie ausgerissen ist, aber Leo hat gestern etwas beobachtet, was ihr erst eben wieder eingefallen ist. Möglich, dass es gar nichts zu bedeuten hat, aber …« Sie nickte Leo zu, während sie zu schildern begann, was passiert war.

Leo stieß sich von der Tür ab, drückte die Klinke hinunter und verließ den Raum. Sie würde Nene später von Schröder und Elijah erzählen. Wahrscheinlich hatte das alles genauso wenig zu bedeuten wie der Unsinn, den der Obdachlose gestern zu ihr gesagt hatte.

In dieser Nacht hatte Leo einen wirren Traum. Sie war allein in dem alten Industriepark und es war dunkel. Aus irgendeinem Grund wusste sie, dass sich im Umkreis von mehreren Kilometern keine Menschenseele aufhielt, außer ihr selbst – und Amy, die irgendwo unter ihren Füßen in einer Art Grab lag. Von schrecklicher Unruhe erfüllt, ging Leo mit Unkraut überwucherte Wege entlang. Sie wusste, sie musste Amy finden, bevor es zu spät war, aber sie hatte keine Ahnung, wo sie suchen sollte. Plötzlich fiel Elijah vom Himmel und landete direkt vor ihr. Er duckte sich wie ein Raubtier. Seine weißen Zähne blitzten auf, aber seine Augen lächelten nicht. Leo wich zurück. Ihr Fuß blieb an etwas hängen, sie verlor das Gleichgewicht und stürzte hintenüber.

Noch bevor sie auf der Erde aufkam, erwachte sie mit klopfendem Herzen.

Amy

Irgendwann hatte sie den Widerstand gegen die Regungen ihrer Blase aufgegeben und in eine Ecke gepinkelt. Danach hatte sie ein weiteres Mal jeden Zentimeter ihres Verlieses abgesucht, aber natürlich gab es noch immer keinen Fluchtweg.

Wie ein gefangenes Tier begann sie, in dem kahlen Raum auf und ab zu gehen. Von einer Wand bis zur anderen waren es genau sieben Schritte. Sie begann zu zählen. Erst als sie bei zehntausend angekommen war, hörte sie auf damit und marschierte einfach so weiter.

Ihre Zunge klebte ihr am Gaumen vor Durst, aber sie trank nur winzige Schlucke von ihrem Wasser. Inzwischen meldete sich auch ihr Magen und sagte ihr, dass sie seit einer halben Ewigkeit nichts zu essen gehabt hatte.

Dicht vor einer der rauen Wände blieb sie stehen. Ihre Fingerspitzen tasteten über die feinen Linien des Betons, winzige Bröckchen brachen ab und fielen mit einem haarfeinen Klicklaut zu Boden.

An einer Stelle war die Betonlinie etwas dicker als die anderen. Auch nach mehrfachem Bemühen gab sie unter Amys Fingerkuppen nicht nach. Fast so scharfkantig wie ein Messer fühlte sie sich an. Amy merkte sich die Stelle und wusste selbst nicht so genau, warum.

In diesem Augenblick durchfuhr es sie wie ein Stromstoß.

Waren da Schritte zu hören gewesen?
So schnell sie konnte, flog sie zur Tür. »Hallo?«, schrie sie mit sich überschlagender Stimme. »Ist da wer? Ich bin hier! Hallo!«
Stille. So dicht, dass es in ihren Ohren schrillte.
Doch dann waren da jenseits der Tür tatsächlich Schritte! Vor Erleichterung sackte Amy in sich zusammen. Jetzt würde sie gerettet werden! Mit aller Kraft, die sie aufbringen konnte, hämmerte sie gegen das massive Eisen. »Ich bin hier! Holt mich raus!«
Die Schritte verstummten direkt auf der anderen Seite der Tür. Amy kauerte sich hin, spähte durch das Lüftungsgitter. Sie sah ein paar alte, ausgetretene Turnschuhe.
Was nun?
Mit wild klopfendem Herzen lauschte sie. »Sagen Sie doch was!«, flehte sie. War es etwa ihr Entführer, der dort draußen stand? Allein bei diesem Gedanken wurden ihre Knie ganz weich.
»Chrissy?«, nuschelte eine undeutliche Stimme.
»Nein, ich bin es! Amy!« Sie rappelte sich auf. Wieder hämmerte sie gegen die Tür. »Bitte! Holen Sie mich hier raus!«
»Chrissy!« Der Typ in den Turnschuhen klang, als freute er sich.
Amy hämmerte stärker. »Ich bin nicht Chrissy!« Entsetzen schnürte ihr die Kehle zu, sodass ihre Stimme sich überschlug. Sie hustete. »Bitte!«, krächzte sie erneut.
Ein leises Klopfen erklang. Der Typ auf der anderen Seite schien mit einem Fingerknöchel gegen die Tür zu schlagen. »Chrissy!«, stammelte er wieder.
»Ich bin nicht Chrissy!« Jetzt kreischte sie.
Auf der anderen Seite wurde es ganz still. Dann entfernten

sich die Schritte – und Amy erstarrte. Ging der Kerl tatsächlich weg? »Hilfe!«, brüllte sie. »Nicht weggehen! Sie müssen mich hier rausholen!«

Aber die Schritte entfernten sich immer weiter. Amy lauschte.

Die Stimme erklang ein letztes Mal. Sie war kaum noch zu verstehen und das, was sie sagte, ergab überhaupt keinen Sinn. Amy schlang die Arme um den Kopf und sank auf die Knie. Schluchzend wiegte sie sich vor und zurück.

»Septembermädchen!«, hatte die Stimme gerufen. »Du bist die Falsche!«

Leo

Der nächste Tag war ein Samstag. Leo verbrachte das Wochenende bei ihrem Vater, der seit mehr als fünf Jahren von Nene getrennt und in einer anderen Stadt lebte. Sonderbarerweise waren die beiden noch immer nicht geschieden, aber Leo hatte es aufgegeben, sich darüber zu wundern.

An diesem Abend gingen sie und ihr Vater zuerst ins Kino und danach chick essen. Obwohl Leo das Zusammensein mit ihm sonst immer sehr genoss, war sie diesmal mit den Gedanken ganz woanders. Was ihrem Vater natürlich nicht entging.

»Hallo! Erde an Leo! Ist da jemand zu Hause?« Er saß ihr gegenüber, an einem kleinen Tisch in dem teuren italienischen Restaurant, das er ausgesucht hatte. Um sie auf sich aufmerksam zu machen, wedelte er ihr mit der Hand vor der Nase herum.

Sie zuckte ein bisschen zusammen. »Was?«

Über ihre Teller mit Carpaccio hinweg grinste er sie an. »Ich dachte, es wäre ganz nett, wenn du nicht nur körperlich in diesem Raum anwesend wärst.«

Leo räusperte sich. »Sorry. Ich musste nur gerade an was denken.«

Ihr Vater legte die Gabel hin, tupfte sich den Mund mit der Serviette ab und nahm einen Schluck von seinem

Rotwein. »An *was* oder an *wen?«*, fragte er mit einem Schmunzeln.

Wieder musste Leo nachhaken: »Was?«

»Wie bitte«, sagte er automatisch. Dann stellte er sein Glas ab. »Ob du an *etwas* denkst oder doch eher an *jemanden«*, wiederholte er.

Leo verdrehte die Augen. »Du bist genauso nervig wie Nene!«, beschwerte sie sich.

Da lachte er. »Kann nicht sein! An Nervigkeit kann kein Mensch der Welt Nene überbieten!« Er sagte es mit einem wohlwollenden Unterton in der Stimme. Leo wusste, dass er Nene noch immer liebte und eher heute als morgen zu ihr zurückgekommen wäre. Aber das war ausgeschlossen, so hatte Nene ihm unmissverständlich klargemacht, obwohl auch sie mit der derzeitigen Situation unglücklich war. Leos Vater hatte sie betrogen und das konnte Nene ihm nicht verzeihen. Leo erinnerte sich noch allzu gut an den Abend, an dem alles herausgekommen war. »Mit deiner Sekretärin, Rainer?«, hatte Nene ihn angebrüllt. »Tiefer konntest du wohl nicht in die Klischeekiste greifen, oder?«

Leos Vater hatte sich nicht zur Wehr gesetzt, als sie ihn ein Arschloch und einen Scheißkerl genannt hatte, und er war widerstandslos ausgezogen, als sie ihm die Koffer vor die Tür gesetzt hatte. Leo wusste, dass aus ihm und seiner Sekretärin nichts geworden war. Er wohnte allein in der kleinen Zweizimmerwohnung, die er nach seinem Auszug gemietet hatte.

»Und?«, fragte er jetzt.

Leo spießte ein Stück von dem hauchdünnen Rindfleisch auf ihre Gabel und steckte es in den Mund. Sie kaute langsam, während sie dabei zusah, wie auch ihr Vater einen Bissen nahm und dann noch einen Schluck Wein trank. »Ist es nicht unfair?«, fragte sie. »Dass alle Sachen, die Spaß machen, unvernünftig sind, meine ich. Warum hat die Natur Rindfleisch erfunden, wenn es ungesund und ethisch verwerflich ist, es zu essen?«

Ihr Vater lächelte und klopfte sich auf den kleinen Bauch. »Die Natur hätte die Vitamine in die Schokolade packen können, oder?« Dann aber kehrte er zu ihrem eigentlichen Thema zurück. »Du weichst mir aus. Wie heißt er? Der Kerl, an den du die ganze Zeit denken musst!« Er machte ein übertrieben grimmiges Gesicht. »Sag mir seinen Namen, damit ich ihm die Kehle durchschneiden kann!«

»Mordlüsterne Psychopathen sehen anders aus«, lächelte Leo. »Das solltest du nach all den Jahren wissen, die du mit einer Psychiaterin verheiratet bist.« Sie biss sich auf die Zunge, weil das vermintes Gelände war, aber zu ihrer Erleichterung ging ihr Vater darüber hinweg.

»Du kennst ihn erst ganz kurz, oder?«, hakte er nach. »So grüblerisch, wie du wirkst, glaube ich, er will nichts von dir wissen.«

»Man könnte meinen, du wärst Klapsendoktor wie Nene«, stellte Leo fest. Ihr Vater arbeitete als technischer Sachbearbeiter für eine große Autofirma. Leo hatte nie verstanden, was er eigentlich genau tat, und es interessierte sie auch nicht besonders.

Bei der ganzen Fragerei musste sie schon wieder an Amy denken – genau wie vorhin im Kino und eben beim Essen. Sie ging ihr einfach nicht aus dem Kopf. Ob man sie inzwischen gefunden hatte? Bevor Leo heute Morgen in den Zug gestiegen war, um zu ihrem Vater zu fahren, hatte Nene ihr erzählt, dass die Kollegen von der Polizei Schröder befragt hatten. Es war aber nichts dabei herausgekommen, da Schröder einfach nur verrückt zu sein schien. Selbst die geschulten Beamten der Kripo hatten aus seinem wirren Gestammel nichts entnehmen können, was ihnen irgendeinen Hinweis auf Amy gegeben hatte. »Vermutlich hat er also tatsächlich einfach nur gehört, wie ihr euch über Amy unterhalten habt«, hatte Nene gesagt. »Und in seinem Wahn hat er dann den Namen Chrissy mit dem von Amy verwechselt.«

Inzwischen war die offizielle Theorie, dass Amy tatsächlich weggelaufen war, aber Leo konnte sich das immer noch nicht vorstellen. Diese seltsame Unruhe verschwand einfach nicht mehr.

»Ich gebe so schnell nicht auf, Tochter!«, hakte ihr Vater nach. »Wie ist denn nun sein Name?«

Leo war froh, dass er sie von Amy und den ganzen schlimmen Gedanken ablenkte. »Elijah«, verriet sie.

»Schöner Name! Erzähl mir von ihm. Ist er ein würdiger Ersatz für Fabian? Und wie wirst du ihn dazu bringen zu erkennen, was für ein Goldschatz du bist?«

»Du bist nicht objektiv! Aber um deine erste Frage zu beantworten: Keine Ahnung, ich habe ihn ja vorgestern erst kennengelernt!« Leo griff nach dem bauchigen Glas, das vor ihrem Vater stand, und trank nun selbst einen Schluck. Der Wein prickelte herb in ihrer Kehle.

»So! Er muss ja wirklich beeindruckend sein, wenn du schon nach so kurzer Zeit nur noch an ihn denkst!«

»Tu ich ja gar nicht!«

»Ach?« Ihr Vater hob beide Augenbrauen und nahm Leo das Glas wieder weg. »Dann erzähl mir doch bitte mal kurz, wovon der Film gehandelt hat, den wir uns eben angesehen haben?«

»Ähm ...« Leo grinste verlegen und verzichtete darauf, ihm zu erzählen, dass sie im Kino nicht an Elijah, sondern an Amy hatte denken müssen. Sie wollte die entspannte Stimmung heute Abend nicht zerstören, indem sie von verschwundenen Mädchen erzählte. Also ließ sie ihn in dem Glauben, dass sie tatsächlich die ganze Zeit an Elijah gedacht und aus diesem Grund den Film nicht mitbekommen hatte.

Empört lehnte ihr Vater sich zurück. »Dachte ich es mir doch! Da muss ich mir eine solche Schnulze anschauen, um danach festzustellen, dass du keine Sekunde lang aufgepasst hast?«

»Der Held war im Krieg«, erklärte Leo und nahm noch einen Bissen Rindfleisch. »Und danach ist er losgewandert.« Das waren in Kurzform die ersten fünf Minuten des Films gewesen, alles, was danach geschehen war, verschwamm zu einer unzusammenhängenden Flut von Bildern. »Einmal hat er sich mit dem Sheriff angelegt.«

Ihr Vater schnaubte. »Schon klar! Wie hast du ihn kennengelernt?« Er war übergangslos wieder bei Elijah und Leo verspürte einen kleinen Kloß im Hals, weil er mit völliger Selbstverständlichkeit davon ausging, dass Elijah und sie zusammenkommen würden. Einen anderen Ausgang der Geschichte konnte er sich einfach nicht vorstellen und dafür liebte sie ihn.

»Er hat mich angerempelt«, sagte sie.

***

Obwohl sie bereits am Sonntagnachmittag nach Hause zurückkehrte, schaffte Leo es an diesem Abend nicht ins Noah's, weil Thommy sie um ihre Hilfe bei seinen Mathehausaufgaben bat. In Amys Fall gab es keinerlei Neuigkeiten – weder hatte sie sich gemeldet noch war ihr Handy wieder eingeschaltet worden. Nene hatte noch einmal bei ihren Kollegen angerufen und in Erfahrung gebracht, dass diese die Suche eingestellt hatten. Leo stellte sich vor, wie jemand auf ihre Akte das Wort »Ausreißerin« geschrieben hatte.

Am Montag hatte Leo Handballtraining. Sie freute sich darauf, weil sie hoffte, Elijah auf dem Nachhauseweg zufällig wiederzutreffen.

Als sie in die Gasse einbog, in der sie letzte Woche mit ihm zusammengestoßen war, wurde sie jedoch enttäuscht. Er war nirgends zu sehen. Sie strich sich ihre vom Duschen noch nassen Haare hinter die Ohren und war wütend auf sich selbst. War sie wirklich so naiv gewesen, davon auszugehen, er würde hier auf sie warten? Er wusste doch überhaupt nicht, dass sie auch montags Training hatte.

Einen Moment lang blieb sie an der Ecke stehen, an der sie letzte Woche fast ohnmächtig geworden war, und überlegte, was sie nun tun sollte. Ihr Blick fiel auf eine Laderampe an der Seite des Gebäudes. Eine kleine Treppe mit Eisenstufen führte dort hinauf und an der Tür, direkt neben diesen Stufen, hing ein quadratisches Schild.

Es zeigte eine zu einem Kreis geflochtene Schnur und in dessen Mitte die verschnörkelten Worte *Cordao branco*. Unter dem Kreis stand in Druckschrift: *Capoeira-Akademie*.

Leo erinnerte sich an den Zeitungsartikel und was darin gestanden hatte. Hier also gab Elijahs Vater seinen Capoeira-Unterricht.

Unschlüssig starrte sie auf das Schild. Sie war drauf und dran nachzusehen, ob die Tür offen war, aber etwas ließ sie zögern. Auf keinen Fall wollte sie den Eindruck erwecken, dass sie hinter Elijah herrannte. Zwar hatte er ihr im Noah's vielversprechend zugezwinkert und auch die Art, wie er sich wegen Fabian bei ihr erkundigt hatte, war fürsorglich und besorgt gewesen. Aber was, wenn er zu allen weiblichen Gästen von Susanne so war?

Leo überlegte noch, was sie jetzt tun sollte, als hinter ihr eine Stimme erklang. »Suchst du wen?«

Hastig drehte sie sich um und wäre fast rückwärts gestolpert.

Elijah! Nein! Der Typ, der vor ihr stand, ähnelte Elijah zwar, aber er schien einige Jahre älter zu sein und er trug die schwarzen Haare auch nicht kurz und strubbelig, sondern lang und zu einem Pferdeschwanz gebunden.

Leo schnappte nach Luft.

»Habe ich dich erschreckt?«, fragte er. »Entschuldige, das wollte ich nicht.«

»Nein, nein!« Jetzt wich Leo tatsächlich einen Schritt zurück, denn der Typ stand ziemlich dicht vor ihr. Er hatte eine Sporttasche über der Schulter hängen und war offenbar auf dem Weg zum Training . »Ich …« Sie überlegte kurz, dann sagte sie: »Du bist Daniel Ortega, oder?«

Sie hatte ihn von dem Foto wiedererkannt, das sie letzte Woche mit Thommy zusammen im Internet gefunden hatte.

Er nickte. »Kennen wir uns von irgendwoher?« Er wirkte so, als halte er es tatsächlich für möglich.

Na?, dachte Leo mit einem Anflug von Spott. *Wohl an jedem Finger zehn Mädchen, was?* Aber statt einen flotten Spruch zu machen, schüttelte sie nur den Kopf. »Nö. Aber du siehst Elijah ziemlich ähnlich.«

Er nickte verstehend. »Stimmt! Dann willst du zu ihm?«

Sie entschied, dass es keinen Grund gab, Nein zu sagen, und nickte ebenfalls. »Ich bin zufällig vorbeigekommen. Wir haben uns letzte Woche kennengelernt.«

»Aha.« Daniels Blick wanderte zu der Tür der Trainingshalle. An seiner Reaktion las Leo ab, dass Elijah ihm offensichtlich nichts von ihrem Zusammenprall erzählt hatte.

Sie schluckte. Was machte sie hier eigentlich?

»Ich glaube, ich …« Sie unterbrach sich, denn gleichzeitig begann auch Daniel zu sprechen.

»Weißt du, was …«

Sie lachten beide.

»Warum kommst du nicht mit rein?«, fragte Daniel. »Elijah ist noch nicht da, aber er müsste gleich kommen. Wir wollen zusammen trainieren.« Er hob seine Tasche von der Schulter. An seinen Unterarmen waren die Muskeln deutlich zu erkennen.

»Ich … weiß nicht«, murmelte Leo. Auf einmal erschien ihr die Idee hierherzukommen, völlig bescheuert. Elijah würde sie für eine dumme Gans halten und sich heimlich über sie lustig machen.

»Warum nicht?« Mit einer selbstbewussten Geste legte Daniel ihr einen Arm um die Schultern und bugsierte sie zu der kleinen Eisentreppe. »Er freut sich bestimmt, dich zu sehen!«

Leo war sich da nicht so sicher, aber Daniel strahlte solche Zuversicht und Freundlichkeit aus, dass sie sich nur allzu gerne überreden ließ. »Wenn du meinst …«

»Meine ich.« Mit dem Kinn wies Daniel auf die Tür. »Warte, ich muss nur eben aufmachen.« Er kramte einen Schlüsselbund aus seiner Jackentasche und schloss auf. Die Tür öffnete sich nach innen und kühle, etwas metallisch riechende Luft schlug Leo entgegen. Das deutlich wahrnehmbare Aroma von Schweiß lag darin. *Turnhallengeruch,* dachte sie. Es roch genauso wie in ihrer Handballhalle.

Daniel führte sie einen kurzen Gang entlang und dann durch eine zweite Tür, die aus zwei Flügeln bestand und auf Augenhöhe zwei Bullaugen hatte, deren Glas trübe und undurchsichtig wirkte. Dahinter lag eine weitläufige Halle mit einer Decke, die von einem Gewirr aus Eisenträgern gestützt wurde. Graues Tageslicht fiel durch die Fenster, die sehr weit oben unter dem Dach lagen. In dem trüben Schimmer konnte Leo außer ein paar Kästen nichts erkennen.

Im nächsten Moment flackerten mit einem leisen Summen ein paar Neonleuchten an den Eisenträgern auf. Leo drehte sich um. Daniel hatte einen Lichtschalter neben der Doppeltür gedrückt.

»Willkommen in der *Academia Cordao branco!«*, sagte er mit einer weitläufigen Geste, die die gesamte Halle umfasste. Er warf seine Tasche in eine Ecke, dann zog er sich ohne Umschweife Trainingshose und -jacke aus. Darunter kamen ein ärmelloses weißes T-Shirt und eine weit fallende, ebenfalls weiße Hose zum Vorschein, die ihm nur bis zur Mitte der Unterschenkel reichte. Er streifte die Turnschuhe und Socken von den Füßen, sodass er schließlich barfuß dastand. Dann kramte er eine aus bunten Fäden geflochtene Schnur aus seiner Tasche und schlang sie sich um die Hüften.

Leo beobachtete ihn interessiert. »Ist das eure Kampfkleidung?«, fragte sie.

Daniel war gerade dabei, einen Knoten zu binden, und schaute auf. »Spiel«, korrigierte er.

Leo runzelte fragend die Stirn.

»In der Capoeira nennt man es nicht Kampf, sondern Spiel.« Er öffnete den Reißverschluss seiner Tasche, holte einen Gettoblaster heraus, stellte ihn auf die Erde und schaltete ihn an. Exotische Berimbau-Musik mit einem starken, hypnotisch wirkenden Rhythmus erklang.

Daniel klatschte zweimal in die Hände. »Wie gesagt, Elijah kommt gleich!« Dann begann er damit, sich warm zu machen. Er lief erst einige Runden um die Halle, vollführte danach diverse Überkreuz- und Diagonalschritte und schwang seine Arme vorwärts und rückwärts im Kreis. Im Grunde sah das nicht anders aus als das Aufwärmtraining, das Leos Handballtrainer verlangte. Doch gerade, als sie das gedacht hatte, veränderte Daniel seine Übungen. Aus dem Stand schwang er sich auf die Hände und lief einige Meter so. Dann vollführte er mehrere Bewegungen, die zu schnell und zu kompliziert waren, als dass Leo ihnen mit den Blicken hätte folgen können. Völlig fasziniert von seiner Kunstfertigkeit, sah Leo ihm zu. Bis hinter ihr ein leises Räuspern ertönte. Sie drehte sich um und ihr Herz machte einen kleinen Hüpfer. Vor ihr stand Elijah.

Er musterte sie einige Sekunden lang, bevor er ihr zunickte. Seiner Miene war nicht anzusehen, was er dabei dachte. In seinen Augen stand ein leichtes Funkeln, das weniger nach Überraschung als vielmehr nach Ärger aussah. Wie Daniel noch kurz zuvor, trug er Trainingsklamotten und über der Schulter eine Sporttasche. Die Pflaster waren aus seinem Gesicht verschwunden, die Wunde hatte inzwischen eine hellrosa Färbung angenommen.

»Hallo Leonie«, sagte er endlich. Seine Stimme war ebenso ausdruckslos wie sein Gesicht und schlagartig kam Leo sich wieder bescheuert vor.

Was musste er von ihr denken? Er hielt sie doch mit Sicherheit für eine dieser aufdringlichen Tussen aus dem Noah's. *Schlimmer!*, schoss es ihr durch den Kopf. Sie war schließlich hier – ohne dass er sie eingeladen hatte. Wahrscheinlich war sie für ihn einfach nur eine Nervensäge.

»Entschuldige«, sagte sie hastig. »Ich bin zufällig vorbeigekommen und habe deinen Bruder getroffen. Er hat mich mit reingenommen.«

Sie wies hinter sich, wo Daniel mit seinen Übungen aufgehört hatte und sie aus einiger Entfernung beobachtete. An Leo vorbei warf Elijah seinem Bruder einen finsteren Blick zu, in dem ein ganzes Repertoire von Gefühlen lag. Wut vor allem. Aber auch Fassungslosigkeit.

Als er bemerkte, dass sie ihn musterte, blinzelte er hastig und sein Blick wurde wieder neutral.

»Ich dachte, Leonie könnte ein bisschen zusehen, wie wir spielen!«, rief Daniel vom anderen Ende der Halle.

Leo presste die Lippen zusammen. Woher wusste er ihren Namen? Sie hatte ihn vorhin nicht genannt und er hatte auch nicht danach gefragt, oder? Offenbar hatte Elijah ihm also doch von ihr erzählt. In ihr wuchs die Verwirrung und mit der Verwirrung wuchs auch der Wunsch, von hier zu verschwinden.

Elijah legte seine Sporttasche neben die seines Bruders und schälte sich ebenfalls aus seinem Trainingsanzug. Er trug die gleichen weißen Klamotten wie Daniel und auch die Schnur, die er sich um die Hüften schlang, war mehrfarbig. Als er sich zu Leo umwandte, zeichneten sich an seinem Kiefer die Muskeln ab. »Es ist besser, wenn du jetzt gehst«, sagte er mit leiser und ziemlich kühler Stimme.

Leo kam sich vor wie ein begossener Pudel. *Selbst schuld!* Sie musste sich beherrschen. »Natürlich«, murmelte sie.

Daniel war jetzt herangekommen. Er vollführte einen eleganten Radschlag und landete direkt vor Leos Füßen. »Lass sie doch bleiben, Eli!« Er lächelte seinen Bruder zuckersüß an. Plötzlich lag eine Spannung in der Luft, die Leo eine Gänsehaut verursachte.

Die Muskeln an Elijahs Kiefer verhärteten sich noch mehr.

Daniel lächelte, doch es war ein abgründiges Lächeln.

Leo verschränkte die Arme vor der Brust.

Elijahs Blick klebte einen Augenblick lang an Daniels Gesicht, dann wandte er sich Leo zu. »Es ist besser, wenn du jetzt gehst«, wiederholte er in exakt dem gleichen Tonfall wie eben. Seine Hände hingen neben seinen Oberschenkeln herab, aber sie waren zu Fäusten geballt.

Leo holte tief Luft. »Entschuldige«, murmelte sie.

Sie hatte schon die Hand an der Klinke der doppelflügigen Tür, als diese von der anderen Seite aufgestoßen wurde. Gerade noch gelang es ihr zurückzuspringen, sodass sie nicht getroffen wurde.

Ein kräftiger Mann in den Vierzigern kam herein, bemerkte sie und riss erstaunt die Augen auf. Auch er sah Elijah sehr ähnlich, sodass es einfach war, seinen Namen zu erraten. Es war Sérgio Ortega, Elijahs und Daniels Vater.

»Sie wollte gerade gehen«, sagte Elijah. Plötzlich klang seine Stimme beunruhigt.

»Sie hat sich in der Halle geirrt«, kam Daniel ihm zu Hilfe und Elijah warf ihm einen kurzen Seitenblick zu. »Sie wollte zu der Handballtruppe.«

Elijah wirkte, als stünde er mit einem Mal auf heißen Kohlen. Was war bloß los mit ihm?

Sérgio Ortega musterte Leo von Kopf bis Fuß. Leo wurde bewusst, dass ihre Haare noch immer nass waren. Nicht besonders glaubwürdig, dass sie auf dem Weg zu den Handballern war.

Aber wenn auch Ortega diesen Gedanken hatte, dann ließ er es sich zumindest nicht anmerken. Er nickte nur. Dann machte er den Weg frei, sodass Leo durch die Tür konnte.

Sie nickte ihm zu und griff nach der Klinke. Bevor sie jedoch die Halle verließ, warf sie einen Blick zurück.

Das Letzte, was sie sah, war Elijah, der ihr nachschaute und dabei schwer schluckte.

Als Leo aus der Halle ins Freie trat, dämmerte es bereits. Sie verbannte jeden Gedanken an das, was eben geschehen war, aus ihrem Gehirn und machte sich auf den Heimweg.

Bei dem schmiedeeisernen Tor mit der illegalen Müllkippe blieb sie kurz stehen. Ein muffiger Geruch von faulenden Küchenabfällen lag in der Luft und sie verzog angeekelt das Gesicht.

Sie wollte gerade weitergehen, als ein Rascheln in den Büschen sie innehalten ließ. Ein leichter Wind ging und im ersten Moment dachte Leo, dass es daher kam. Aber dann hörte sie ein leises Knacken. Es hörte sich an, als sei im Gebüsch jemand auf einen Zweig getreten.

Lauschend drehte sie den Kopf und strengte ihre Augen an, um in dem grauen Dämmerlicht etwas zu erkennen. In ihrem Hinterkopf wisperte eine leise Stimme: *Lauf weg!*

Aber auch wenn ihre Hände vor Angst ganz kalt waren, hörte sie nicht darauf.

»Ist da wer?«, rief sie. Ihrer Stimme zitterte leicht.

»Chrissy?«, wisperte eine Stimme in den Büschen.

Leo atmete erleichtert auf. Schröder! Sie biss sich auf die Lippe, um ihn nicht anzumotzen. Bevor sie ihren Weg fortsetzen konnte, begann der Obdachlose, leise vor sich hin zu summen. *Weißt du, wie viel Sternlein stehen …* Übergangslos bekam Leo am ganzen Körper Gänsehaut. Vor ein paar Monaten hatten Thommy und sie einen Gruselfilm gesehen, in dem der Geist die Gestalt eines kleinen Kindes angenommen hatte. Das Weinen des Kindes im Film hatte so verloren und unheimlich geklungen, dass sie heute noch manchmal davon träumte. Und genauso unheimlich klang jetzt Schröders Summen.

»Schlaf gut, Chrissy!«, flüsterte er zärtlich.

Leo wich einige Schritte zurück. Von ferne hörte sie das Geräusch eines Martinshorns und es kam ihr vor, als dringe es aus einer völlig anderen Welt zu ihr vor.

Dann setzte das Summen wieder ein, wurde zu leisem Gesang.

»Weißt du, wie viel Kindlein frühe stehn aus ihrem Bettlein auf …«

Das war der Moment, in dem Leo es nicht mehr aushielt. So schnell sie konnte, rannte sie davon.

Amy

Sie brauchte lange, bis sie die Enttäuschung darüber verdaut hatte, dass der Mann gegangen war. Lange Zeit heulte sie einfach leise vor sich hin, bis sie keine einzige Träne mehr in sich hatte.
Von den Wasserflaschen waren inzwischen zwei ganz leer und eine zur Hälfte. Sie zählte die verbliebenen. Drei. Dann dachte sie an ihr Handy. Mit dem hätte sie vielleicht herausfinden können, wie lange sie jetzt schon hier drinnen hockte. Es mussten inzwischen Tage sein.
War das realistisch? Das Zeitgefühl war ihr völlig entglitten. Die letzten Stunden hatten sich in ihrer Erinnerung zu einem Klumpen zusammengeballt, der aus nichts weiter bestand als aus Verzweiflung, Angst und auch ein bisschen Hoffnungslosigkeit.
Sie wusste nicht mehr genau, wann es gewesen war, aber vor einiger Zeit hatte sie einen Wutanfall gehabt. Wie eine Irre hatte sie mit den Fäusten gegen die Tür und die Wände getrommelt und nach ihrem Entführer gerufen.
»Komm her, du Scheißkerl!«, hatte sie geschrien, wieder und wieder, bis sie ganz heiser gewesen war. »Ich bin hier, deine Chrissy! Komm endlich her!«
Aber der Kerl hatte sich nicht blicken lassen. Ob er überhaupt vorhatte wiederzukommen? Was, wenn er sie vergaß? Was, wenn sie hier verhungern oder verdursten würde?

Plötzlich glaubte sie, in der Ferne Musik zu hören. Auf allen vieren krabbelte sie zu dem kleinen Gitter an der Tür und presste ihr Ohr daran. Sie hielt den Atem an, um besser lauschen zu können, aber da war nichts mehr. Sie musste sich getäuscht haben. Vielleicht begann sie langsam, den Verstand zu verlieren.
Wie betäubt krabbelte sie in ihre Ecke zurück, zog die Knie vor die Brust und legte den Kopf darauf.

Leo

Am nächsten Tag traf Leo sich mit Hannah und Pauline, einer Klassenkameradin, im Café Riva. Kurz unterhielten sie sich über Amy, aber dann kamen sie bald auf einen Kerl, den Hannah am vergangenen Wochenende kennengelernt hatte. Er war Raußschmeißer in einer Disco in der Friesenstraße und Hannah war völlig hin und weg von ihm. Leo und Pauline redeten sich die Münder fusselig, um ihr klarzumachen, dass dieser Typ vielleicht nicht ganz der Richtige für sie war. Am Ende nahmen sie ihr zumindest das Versprechen ab, ihm aus dem Weg zu gehen.

Hannah zog eine Schnute, doch sie nickte. »Aber nur«, sagte sie widerwillig, »wenn du heute Abend mit ins Noah's kommst, Leo!«

Allein bei dem Namen der Kneipe machte Leos Magen einen kleinen Hüpfer. Sie dachte an Elijah und die Art, wie er sie gestern aus der Trainingshalle geworfen hatte. Sie hatte die halbe Nacht darüber nachgedacht, was es gewesen war, das sie dabei in seinen Augen gesehen hatte, und war zu dem Schluss gekommen, dass es Angst war. Aber wovor sollte er Angst haben? Viel wahrscheinlicher war doch, dass er einfach nur genervt von ihr gewesen war. Jedenfalls hatte er ihr überdeutlich zu verstehen gegeben, dass sie gehen sollte. Sie würde sich deshalb damit abfinden und ihm auf keinen Fall weiter auf den Geist gehen!

»Können wir nicht woandershin gehen?«, fragte sie lahm.

Hannah schüttelte den Kopf. »Noah's oder Pascha!«, bestimmte sie energisch.

Leo seufzte. Auf keinen Fall würde sie einen Fuß ins Pascha setzen! Früher, vor ein oder zwei Jahren, hatte man dort bedenkenlos hingehen können, aber neuerdings hingen dort eine Menge Dealer herum, die harte Drogen verkauften.

»Also schön«, gab sie nach. »Dann ins Noah's. Um acht?«

Hannah nickte und Leo sah auf die Uhr. Sie musste dringend los. Heute Abend war sie mit Kochen dran und vorher musste sie noch einkaufen. Sie bezahlte ihren Kakao und das Stück Apfelkuchen, das sie sich gegönnt hatte, dann verabschiedete sie sich von Hannah und Pauline.

»Um acht!«, erinnerte Hannah sie. »Im Noah's! Nicht vergessen!« Sie zwinkerte Leo vertraulich zu. »Wenn du Glück hast, ist Elijah auch da!«

Mechanisch nickte Leo. Und obwohl sie versuchte, vernünftig zu sein, verspürte sie wieder diesen kleinen Twist im Magen. »Bis nachher«, verabschiedete sie sich.

Sie kaufte Eier und frische Pilze für Omelettes und machte sich auf den Heimweg. Gerade, als sie begonnen hatte, die Pilze zu putzen, klingelte ihr Handy. Sie legte das Messer weg.

»Ja?«, meldete sie sich.

»Leo? Ich bin's!«

Es war Fabian. Leo war so überrascht, dass sie sich unwillkürlich auf einen der Küchenstühle plumpsen ließ. »Fabian!«, murmelte sie.

Er lachte nervös. »Du bist hoffentlich nicht böse, dass ich mich einfach so melde …« Er ließ den Satz in der Luft hängen, schien auf eine Antwort zu warten.

»Nein …«, stammelte sie. »Natürlich nicht, aber was …«

»Ich dachte …«, fiel er ihr ins Wort, verstummte dann aber wieder. Erneut war ein nervöses Lachen zu hören. »Ich dachte irgendwie, es wäre schön, mal wieder deine Stimme zu hören.«

Leo stützte einen Ellenbogen auf den Küchentisch und nahm das Handy in die andere Hand. »Okay«, sagte sie gedehnt, weil sie nicht wusste, was sie von dieser unerwarteten Wendung der Dinge halten sollte. »Was ist mit Michelle?«, fragte sie vorsichtig. Sie biss sich auf die Unterlippe.

Fabian schwieg kurz und Leo stellte sich vor, wie er darüber nachdachte, was für eine Antwort er geben sollte. Wie sie ihn kannte, überlegte er, wie er die ganze Sache so darstellen konnte, dass er derjenige war, der Schluss gemacht hatte. Aber er überraschte sie, indem er einfach sagte: »Sie will nichts mehr von mir wissen.«

»Aha. Das tut mir leid.« *Was soll das?,* fragte Leo sich. Versuchte er jetzt die Mitleidsmasche, um sie zurückzugewinnen?

»Es geht mir zurzeit nicht besonders«, sagte er.

Definitiv die Mitleidsmasche!

Leo überlegte, warum sie nicht einfach auflegte. Der leise Schmerz, der sich bei Fabians Anruf sofort wieder gemeldet hatte, war auf sonderbare Weise schön, eine Art Melancholie, in die sie sich einhüllen konnte, wie in eine warme Decke.

Laut sagte sie: »Kann ich dir irgendwie helfen?«

Sie hatte definitiv eine masochistische Ader! Ihr Blick fiel auf das Küchenmesser und die Pilze auf der Anrichte.

»Vielleicht.« Fabian holte tief Luft, als müsse er sich ein Herz fassen. »Susanne hat mir erzählt, dass du neulich das erste Mal wieder im Noah's warst, nachdem wir … Schluss gemacht haben.«

Das angenehme Gefühl war von einem Moment auf den anderen verschwunden. Dafür fühlte Leo sich plötzlich wie eine Katze, die man gegen den Strich streichelte. »Du«, rutschte es ihr heraus.

»Hm?«

»Du hast Schluss gemacht«, korrigierte sie. »Nicht ich.« *Ich habe nächtelang in mein Kopfkissen geheult.*

»Oh. Stimmt. Tut mir leid.«

Leo lehnte sich zurück. Ihr Ellenbogen schmerzte von dem Druck, mit dem sie ihn auf die Tischplatte gepresst hatte. Fabians Worte ließen sie an Elijah denken und in ihrem Magen begann es zu kribbeln. In diesem Moment akzeptierte sie die Erkenntnis, dass sie wirklich über Fabian hinweg war. »Was tut dir leid?«, fragte sie und hörte selbst, dass sie plötzlich kühl klang. »Dass du mir den Laufpass gegeben hast oder dass sich deine Michelle als Flop herausgestellt hat?«

Unterdrückt stöhnte er auf und Leo kam sich auf einmal gemein vor. Aber wenigstens ein bisschen Rache für all die Tränen, die sie seinetwegen vergossen hatte, durfte sie sich doch wohl gönnen, oder? Sie versuchte, so was wie Triumph zu empfinden, aber es gelang ihr nicht. Im Grunde tat ihr Fabian eher leid.

»Eigentlich wollte ich dich fragen«, sagte er und zögerte, »ob wir nicht wieder …? Du weißt schon!«

Leo verspürte Bewunderung für ihn. Sie hatte ihm eben ihre Ablehnung ziemlich deutlich um die Ohren gehauen, oder nicht? Und trotzdem traute er sich, diese Frage zu stellen. »Eigentlich nicht«, erwiderte sie langsam.

Fabian atmete einmal tief durch. »Klar, logisch, dann …«

»Ich bin heute Abend im Noah's«, hörte sie sich sagen. *Verdammt! Was soll das denn?*

»Okay …« Er zog das Wort wie ein Kaugummi in die Länge.

Leo biss sich auf die Lippe. »Ich möchte nicht mehr mit dir zusammenkommen, Fabian«, sagte sie und hoffte, dass sie jetzt nicht mehr ganz so kühl klang. »Ich finde es nur fair, dir das von Anfang an zu sagen. Aber ein Treffen im Noah's wäre vielleicht ganz nett, finde ich. Als Freunde.«

Er schwieg einen Moment und sie fragte sich, was er jetzt wohl dachte. Glaubte er, es wäre ein Neuanfang?

Sie musste an ihr erstes Treffen mit Elijah denken und daran, wie sie ihn gefragt hatte, woran er dachte. Nene hatte mal gesagt, dass Leo ein Gespür für die Sorgen anderer hatte und dass sie wahrscheinlich später selbst mal eine gute Psychiaterin werden würde. Warum also nicht damit anfangen, den Typen zu therapieren, der ihr das Herz gebrochen hatte!

Klasse, Leonie, wenn du so weitermachst, entwickelst du dich langsam zu einer echten Mutter Teresa!

»Super«, sagte Fabian und er klang, als könne er es noch nicht so recht glauben. »Dann treffen wir uns dort?«

»Von mir aus.«

»Toll.« Er zögerte. »Leo?«

»Tschüss, Fabian«, sagte sie und legte rasch auf.

Das Essen mit ihrer Mutter brachte Leo so schnell wie möglich hinter sich – froh darüber, dass Nene in Gedanken völlig beschäftigt war mit einer depressiven Ladendiebin, deren Fall sie gerade bearbeiten musste. So blieb es Leo erspart, analysiert zu werden und eventuell von Fabians Anruf erzählen zu müssen.

»Ich gehe heute Abend mit Hannah noch für ein, zwei Stunden ins Noah's«, verkündete sie beim Tischabräumen.

»Bleib nicht zu lange!«, war alles, was Nene darauf erwiderte, dann zog sie sich in ihr Zimmer zurück, um irgendein Fachbuch zu lesen.

Leo stellte das schmutzige Geschirr in die Spülmaschine. Dann ging sie in ihr Zimmer, warf sich aufs Bett und rief Thommy an. Nach Fabians überraschendem Anruf hatte sie das Bedürfnis nach ein paar lässigen Sprüchen und ein bisschen freundschaftlichem Verständnis.

Er enttäuschte sie nicht. »Soll ich rüberkommen?«, fragte er sofort, als sie ihm erzählt hatte, wer eben angerufen hatte.

Sie warf einen Blick in den Spiegel, der ihrem Bett gegenüber hing. Es war ein kitschiges Ding mit einem weißen Rahmen aus Gipsrosen. Als kleines Mädchen hatte sie ihn geliebt, weil sie sich vorstellen konnte, Schneewittchen zu sein, wenn sie davorstand. Inzwischen behielt sie das Ding nur noch ihrer Tante zuliebe, die es ihr damals geschenkt hatte.

Sie schüttelte den Kopf. »Telefonieren reicht«, murmelte sie. »Ich muss nachher noch mit Hannah ins Noah's.«

»Du hast aber nicht geheult, oder? Ich kann den Anblick von rot geheulten Augen zwar nur schwer ertragen, aber deinetwegen würde ich es mir glatt antun, das weißt du!«

Sie lachte. Thommy war einfach unglaublich gut darin, sie aufzumuntern! »Kein Geheule«, gab sie zurück. »Ich glaube, ich bin wirklich über Fabian weg.« Bei diesen Worten schossen ihr tatsächlich Tränen in die Augen, aber sie wusste, dass das nicht an Fabian lag.

»Das ist gut! Er ist nämlich ein Arschloch.«

»In deinen Augen sind alle Jungs Arschlöcher.« Leo blinzelte gegen die Tränen an.

»Nur die, die dir wehtun.« Er schmunzelte, das konnte sie an seiner Stimme hören. Lieber Gott, warum konnte sie sich nicht einfach in ihn verlieben? Das würde die Sache wesentlich vereinfachen.

Sie kicherte leise und wischte sich über die Augen. »Danke für die Blumen«, sagte sie. Nach der Definition, die er ihr gerade gegeben hatte, war Elijah in Thommys Augen wahrscheinlich das allergrößte Arschloch der Stadt. Sie schob den Gedanken von sich. »Weißt du, was? Irgendwie habe ich das ungute Gefühl, dass Fabian einfach nur jemanden zum Reden braucht.«

»Er soll sich einen Hund kaufen«, knurrte Thommy.

Leo unterdrückte ein Lachen. »Wenn Hannah erfährt, dass ich dich angerufen habe, um über Fabian zu quatschen, und nicht sie, ist sie stinksauer.«

»Dann verrat es ihr nicht. Ich kann schweigen wie ein Grab.« Thommy hielt Hannah für eine echt hohle Nuss und verbrachte nur Zeit mit ihr, weil sie Leos Freundin war.

»Gestern ist mir übrigens Schröder wieder über den Weg gelaufen«, wechselte Leo das Thema.

»Der Penner, der ab und zu ins Noah's kommt?«

»Ja. Er hat in einem Gebüsch gehockt und dieser Chrissy

Schlaflieder vorgesungen. Er ist wirklich ziemlich neben der Spur, oder?«

»Hm«, machte Thommy. Im Hintergrund konnte Leo Stimmen hören und sie vermutete, dass er den Fernseher laufen hatte. Im Gegensatz zu ihr hatte er ein eigenes Gerät im Zimmer.

Leo erzählte ihm davon, dass die Polizei Schröder wegen Amy befragt hatte. Bei der Erwähnung von Amys Namen schauderte sie.

»Macht er dir Angst?«, fragte Thommy.

Sie lauschte in sich hinein. »Nein«, sagte sie und das war die Wahrheit. Wenn sic an Schröder dachte, verspürte sie eher so etwas wie Bedauern.

»Ich kann mich ja mal ein bisschen über ihn schlau machen.« Weil Thommys Vater Reporter war und Thommy selbst schon für die Tageszeitung geschrieben hatte, kannte er eine Menge Leute, die er nach Schröder fragen konnte. Regionalreporter waren im Allgemeinen ziemlich gut informiert über die Dinge, die in ihrer Stadt geschahen. Wenn jemand herausfinden konnte, was mit Schröder los war, dann war es Thommy.

»Ja«, murmelte Leo. »Das wäre gut.«

»Kein Problem. Bist du sicher, dass ich nicht doch noch rüberkommen soll?«

Leo dachte an ihr Treffen mit Hannah. »Nicht nötig«, sagte sie.

Abends war das Noah's meistens voller als nachmittags und so war es auch heute. Leo und Hannah hatten sich an der Bushaltestelle getroffen und waren danach gemeinsam zu der kleinen Kneipe in der Seitenstraße gegangen.

Als sie das Lokal betraten, wanderte Leos Blick als Erstes zur Theke. Susanne stand dahinter und füllte gerade eine ganze Batterie Gläser mit Cola. Sämtliche Tische bis auf einen waren besetzt. Mindestens dreißig oder fünfunddreißig Personen befanden sich im Raum.

Einer davon war Fabian.

Er versuchte, einen Tisch freizuhalten, und musste ihn offenbar heftig verteidigen. Gerade redete er mit zwei Jungen aus der siebten Klasse und schüttelte energisch den Kopf dabei. Einer der beiden Jungen hatte die Hand auf der Lehne eines Stuhles liegen, aber nachdem Fabian etwas zu ihm gesagt hatte, ließ er wieder los. Die beiden zogen ab und in diesem Augenblick entdeckte Fabian Leo. Ein Strahlen erschien auf seinem Gesicht.

Leo nickte ihm zu, dann ließ sie ihren Blick umherschweifen, konnte aber Elijah nirgendwo entdecken. Sie wusste nicht genau, ob sie darüber enttäuscht oder erleichtert sein sollte. Sie steuerte durch die Menschenmenge auf Fabians Tisch zu und streifte sich dabei ihre Jacke von den Schultern.

»Hey«, sagte sie, als sie ihn erreicht hatte, und setzte sich.

»Du scheinst ja ziemlich gute Laune zu haben«, sagte Fabian statt einer Begrüßung.

Sie zuckte nur die Achseln.

Er nickte. Dann sah er Hannah, die noch mitten im Raum stand und sich mit einer Klassenkameradin unterhielt. »Verstärkung wäre nicht nötig gewesen«, behauptete er. »Ich habe nicht vor, zudringlich zu werden.«

Leo musterte ihn. Er war sichtlich aufgeregt. An seinem Hals hatten sich kleine dunkelrote Flecken gebildet und sein Kehlkopf zuckte einige Male verdächtig. »Schon klar.« Sie nahm die Getränkekarte. »Hast du schon was bestellt?«

»Ich wollte auf dich warten.«

Hannah beendete das Gespräch mit ihrer Klassenkameradin und kam an ihren Tisch. Ohne Umschweife setzte sie sich. »Hallo Fabi!« Sie war die Einzige, die Fabian so nannte.

Er verzog das Gesicht. »Hallo Hanni! Wo hast du Nanni gelassen?«

Hannah streckte ihm die Zunge heraus. »Ich habe Durst!«, verkündete sie. »Was trinkt ihr?«

Leo und Hannah wählten eine Rhabarberschorle, Fabian ein Bitter Lemon. Während sie darauf warteten, dass Susanne zu ihnen kam, um die Bestellung aufzunehmen, beobachtete Leo die anderen Gäste. Mehrere Gruppen von Leuten aus ihrer Schule waren da, aber auch einige Typen, die sie nicht kannte. Der Geräuschpegel war ziemlich hoch, da viel gelacht und geredet wurde. Aus ein paar Boxen hinter der Theke dudelten die aktuellsten Charthits, Songs, die Leo schon längst nicht mehr hören konnte.

»Tolle Musik!«, sagte sie grinsend, als Susanne endlich Zeit fand, zu ihnen zu kommen.

Susanne verzog das Gesicht. »Reine Zielgruppenanpassung«, sagte sie. Dann zückte sie ihren Block und notierte die Getränke.

»Wo ist Elijah heute?«, fragte Hannah und sprach damit das aus, was Leo auf der Seele brannte.

Susanne steckte ihren Block weg. »Er musste kurz weg. Sein Bruder hat sich wohl beim Sport verletzt und Elijah musste ihn zum Arzt bringen, aber er kommt noch mal wieder.«

Hannah nickte und wirkte zufrieden. Susanne musterte Leo fragend.

Die zuckte nur die Achseln. Insgeheim jedoch freute sie sich, dass sie Elijah wahrscheinlich später noch sehen würde. Wieder verspürte sie diesen Anflug von Melancholie. Sie wusste, dass es schmerzen würde, wenn er sie heute auch wieder so kühl behandeln würde, aber gleichzeitig freute sie sich auch darauf. Vielleicht sollte sie mal mit Nene darüber reden, ob sie einen kleinen Dachschaden hatte.

Hannah verwickelte Fabian in ein Gespräch über Lehrer, bis sie irgendwann jemanden entdeckte, den sie unbedingt begrüßen musste. Mit einem bedeutungsvollen Grinsen ließ sie die beiden allein.

»Tja«, sagte Fabian. »Wurde ja auch Zeit.«

Leo wusste nicht genau, was er damit meinte, aber sie nickte. Ihre Schorle, die Susanne ihr vor einer halben Stunde gebracht hatte, war halb ausgetrunken. Leo hielt sich an dem mit Feuchtigkeit beschlagenen Glas fest. »Was hast du so getrieben in der letzten Woche?«, fragte sie.

Er verdrehte die Augen. »Nicht besonders viel«, gab er zu. »Drei Arbeiten geschrieben und dafür mehr gelernt, als ich mit meiner geistigen Gesundheit vereinbaren kann.« Er war eine Klasse über Leo und dabei, sich aufs Abi vorzubereiten.

»Und?«, erkundigte sie sich. »Erfolgreich?« Sie war froh, über ein harmloses Thema reden zu können. Aber gleichzeitig fragte sie sich auch, wann er sich ein Herz fassen würde und endlich das ansprach, was ihm schon die ganze Zeit auf der Zunge lag.

Er zog eine Grimasse. »In Englisch ja. Mathe und Erdkunde haben wir noch nicht wieder, aber das Gefühl ist eher mittelmäßig.«

»Mathe ist dein Leistungsfach, oder?« Es hatte einmal eine Zeit gegeben, da hatte Leo Fabian dafür bewundert, dass er sich für dieses schwierige Fach entschieden hatte. Heute war es ihr einfach nur egal.

»Ja.« Er trank einen Schluck. »War einer der beiden großen Fehler, die ich in meinem Leben gemacht habe.«

Also dann! Auf ins Gefecht! In Erwartung dessen, was jetzt kommen würde, lehnte Leo sich zurück.

»Ich bin kein Idiot, Leo«, sagte er vorsichtig. »Ich weiß, dass ich mich dir gegenüber wie ein Arschloch benommen habe, und ich weiß auch, dass du lieber Rasierklingen essen würdest, als wieder meine Freundin zu sein …«

Während der kurzen Pause, die er an dieser Stelle machte, zuckten ein paar Bilder durch Leos Geist. Eines davon war, wie Elijah ihr auf der flachen Hand ein paar Rasierklingen reichte. Sie schüttelte den Kopf über sich selbst und Fabian verstand es falsch.

»Oder?«, fragte er hoffnungsvoll.

Rasch nickte sie. »Stimmt«, sagte sie.

Er sackte ein bisschen in sich zusammen. »Okay. Klar.«

Täuschte sie sich oder schimmerten plötzlich Tränen in seinen Augen? Er blinzelte und das verdächtige Glitzern war fort. Wahrscheinlich hatte sie sich wirklich getäuscht.

Um Zeit zu gewinnen, trank sie mehrere Schlucke. Sie wollte etwas sagen, irgendwas Freundliches, Unverbindliches, aber sie wurde abgelenkt, weil in diesem Moment Elijah das Lokal betrat.

Fast verschluckte sie sich an ihrer Rhabarberschorle.

»Mann!«, hustete sie. »Trinken sollte man schon noch können!«

Fabian lachte, aber es klang ein bisschen gläsern. Er hatte sehr genau registriert, wen sie entdeckt hatte.

Auch Elijah bemerkte Leo nun zusammen mit Fabian an einem Tisch. Für einen kurzen Moment erstarrte er, dann durchquerte er mit langen Schritten den Raum und verschwand, ohne zu grüßen, hinten in dem kleinen Gang, der zu den Toiletten führte.

Leo biss die Zähne zusammen.

Die nächste halbe Stunde verging mit weiteren eher belanglosen Gesprächen, die Leo einfach nur quälend langweilig fand. Die ganze Zeit über war sie sich der Gegenwart von Elijah sehr bewusst. Wenn er zu einem der Tische ging, die so standen, dass sie ihn unauffällig beobachten konnte, dann tat sie es. Wenn er sich aber hinter ihrem Rücken befand, dann glaubte sie, seine Gegenwart als leichtes Kribbeln in ihrem Nacken spüren zu können. Es war ein angenehmes und zugleich auch unheimliches Gefühl.

Endlich räusperte Fabian sich. »Leo«, sagte er vorsichtig.

»Nein, Fabian!«

»Du weißt doch noch gar nicht, was ich fragen will!« Er klang so überrascht, dass sie sich dumm vorkam. Was, wenn sie die Lage völlig falsch einschätzte und er gar nicht vorhatte, sie noch mal zu fragen, ob sie wieder mit ihm gehen wollte?

»Dann frag!«, forderte sie ihn auf. Aus dem Augenwinkel sah sie, dass Elijah hinter die Theke zurückgekehrt war. Er drehte ihr das Profil zu, aber aus irgendeinem

Grund hatte sie das Gefühl, dass er sie sehr genau im Auge behielt. Wieder verspürte sie eine Gänsehaut.

»Ich dachte mir, dass du und ich …« Fabian stockte. »… dass wir beide … ich meine, wir waren doch ein gutes Paar, oder?«

»Nein, Fabian«, wiederholte Leo und diesmal sagte sie es noch energischer als eben. Besser, sie bereitete dem Ganzen hier und jetzt ein Ende, bevor er sich zu viele Hoffnungen machte. »Ich möchte nicht wieder mit dir zusammen sein und ich glaube, es war ein Fehler, sich hier zu treffen.«

Er zog sich ein Stück zurück, als habe sie ihm eine Ohrfeige angedroht. »Nicht?« Jetzt sah er ehrlich verwirrt aus und Leo konnte ihn sogar verstehen. Warum hatte sie sich bloß auf dieses Treffen eingelassen?

Wieder fiel ihr Blick auf Elijah, der sich ihr nun vollständig zugewandt hatte, den Blick aber nach wie vor auf seine Arbeit gerichtet hielt. Der Zusammenstoß und die wenigen Begegnungen mit ihm hatten Fabian so gründlich aus Leos Herzen operiert, dass dort kein Fitzelchen Platz mehr für ihn war.

»Es tut mir leid, Fabian«, murmelte sie.

Fabian beugte sich vor und griff so schnell nach ihren Händen, dass sie keine Gelegenheit hatte, sich ihm zu entziehen. Unbehaglich schaute sie ihn an. »Lass das!«, sagte sie ein bisschen zu laut.

Hinter der Theke blickte Elijah auf.

Leo versuchte, Fabian ihre Hände zu entziehen, doch er hielt sie so fest, dass sie fürchtete, alle Blicke auf sich zu ziehen, wenn sie sich stärker wehren würde. »Bitte, Fabian!«, murmelte sie stattdessen.

»Ich … vermisse dich, Leo!« Er biss sich auf die Lippe.

Sie starrte auf ihre ineinander verschränkten Hände, schluckte. »Lass meine Hände los, Fabian!«, flüsterte sie.

»An deiner Stelle würde ich tun, was sie sagt!«

Ganz leise war Elijahs Stimme, wie die von jemandem, der ebenfalls Aufsehen vermeiden wollte. Er stand dicht hinter Leo, sodass sie ihn nicht sehen konnte, aber sie spürte seine Gegenwart, wie man die Hitze eines Ofens spüren konnte.

Fabian schaute zu ihm auf. Er öffnete den Mund, aber offenbar sah er etwas in Elijahs Gesicht, das ihn warnte. Zögernd ließ er Leos Hände los.

Sie schlang die Arme um ihren Körper. Plötzlich fröstelte sie. Ganz langsam nur wandte sie den Kopf.

Elijah ragte über ihr auf wie ein Berg. Unendlich finster wirkte seine Miene. »Alles in Ordnung, Leonie?«, fragte er.

»Natürlich!« Sie wusste nicht, ob sie erleichtert oder ärgerlich sein sollte. »Ich komme schon klar!«

Da endlich sah er ihr in die Augen. Einige Sekunden lang wanderte sein Blick in ihrem Gesicht umher, dann nickte er und kehrte wortlos hinter seinen Tresen zurück.

Fabian starrte ihm verblüfft hinterher. »Was ist das denn für ein Tarzan?«, fragte er fassungslos.

Nach diesem kleinen Zwischenfall wollte Leo nur noch nach Hause, aber Hannah, die die Sache natürlich mitbekommen hatte, bestürmte sie, noch zu bleiben. Fabian besaß wenigstens genügend Feinfühligkeit, um sich nach kurzer Zeit zu verabschieden, und so hatten Leo und Hannah den Tisch schließlich für sich allein.

»Habe ich das eben richtig gesehen?«, fragte Hannah begierig. »Hat Elijah dich gegen Fabi verteidigt?«

Leo zuckte die Achseln, aber im Grunde, dachte sie, war es so gewesen. Was er wohl getan hätte, wenn Fabian keinen Rückzieher gemacht hätte? Die Frage allein ließ ihren Magen schon wieder Karussell fahren.

»Wie im Film!«, seufzte Hannah. »Du Glückliche!« Solche Reaktionen waren ein Grund, warum Leo Hannah so mochte. Sie war manchmal eine echte Nervensäge, aber sie gönnte jedem Menschen auf der Welt nur das Allerbeste.

Jetzt seufzte Hannah erneut. Es klang richtig theatralisch.

Leo musste lachen. »Du klingst wie diese Tussi aus *Vom Winde verweht,* weißt du das?« Sie hatten den Film neulich gemeinsam gesehen und sich über die altmodischen Bilder sehr amüsiert.

Hannah schnitt ihr eine Grimasse. »Und wenn?«

Leo suchte gerade nach einer passenden Erwiderung, als die Kneipentür aufgestoßen wurde und mehrere junge Männer in Bomberjacken hereinmarschiert kamen.

Susanne, die hinter der Theke kniete und die Geschirrspülmaschine volllud, richtete sich erschrocken auf. »Scheiße!«, hörte Leo sie fluchen. Dann atmete die Kneipenbesitzerin einmal tief durch und kam hinter dem Tresen hervor. Aber bevor sie sich an die Neuankömmlinge wenden konnte, trat Elijah ihr in den Weg und schüttelte leicht den Kopf. »Ich mache das.«

Sie wollte etwas erwidern, doch er ließ sie nicht mehr zu Wort kommen, sondern drehte sich zu den Typen um, die sich in der Zwischenzeit mitten im Raum aufgebaut hatten.

Leo schluckte. Aus dem Radio wusste sie, dass es in der letzten Zeit häufiger zu Ausschreitungen von Neonazis gekommen war, die sich einen Spaß daraus machten, harmlose Leute anzupöbeln und einzuschüchtern. Was sie noch nicht gewusst hatte, war, dass so etwas offenbar nicht nur auf der Straße geschah, sondern inzwischen auch in Kneipen und Lokalen wie dem Noah's.

Rasch zählte sie die Typen. Es waren fünf.

Fünf gegen einen.

Sie versuchte, Elijahs Blick einzufangen. Sie wollte ihn davon abhalten, diese Kerle zu konfrontieren, aber er war jetzt so konzentriert, dass sie keine Chance hatte, seine Aufmerksamkeit zu bekommen. Voller Unbehagen sah sie zu, wie er der Gruppe entgegentrat. »Ihr seid hier unerwünscht«, sagte er mit ruhiger Stimme.

Einer der fünf, ein ziemlich schlaksiger Typ, der in riesigen Springerstiefeln steckte, lachte höhnisch auf. »Wer sagt das?« Seine Stimme war ein wenig schrill.

Elijah stand sehr aufrecht, aber er wippte leicht auf den Fußballen, was Leo allerdings nur auffiel, weil sie im Internet so intensiv Capoeira-Techniken angesehen hatte. Was hatte er vor? Gegen fünf gewaltbereite Glatzen hatte er nicht den Hauch einer Chance – egal, wie gut er war.

Oder?

Er strahlte eine Gelassenheit aus, die schon beinahe provozierend wirkte. »Hast du deine Dialoge aus dem Fernsehen?«, fragte er mit einem schmalen Lächeln.

Der Schlaksige stierte ihn an, verblüfft von so viel Selbstsicherheit.

Leo sah, wie der Typ hinter ihm den Arm ausstreckte, als wolle er den Schlaks vorwärtstreiben. Elijahs Hände hingen locker rechts und links von seinen Oberschenkeln herunter.

Im Raum hätte man eine Stecknadel fallen hören können, so still war es.

»Lebensmüde, oder was?«, knurrte der Schlaks, nachdem er dem anderen über die Schulter einen raschen Blick zugeworfen hatte.

Elijah zuckte nur die Achseln. »Verschwindet und heute muss keiner ins Krankenhaus.«

Leo hielt den Atem an. Vor lauter Anspannung war ihr plötzlich schlecht. Die fünf würden Elijah zu Hackfleisch verarbeiten, da war sie sich ganz sicher. Wenn hier heute einer ins Krankenhaus kam, dann Elijah.

Der Meinung schien auch der Schlaks zu sein. Er langte in die Tasche seiner Bomberjacke, und als er die Hand wieder hervorzog, lag ein Springmesser darin.

Die Gäste des Noah's stießen kollektiv ein entsetztes Keuchen aus.

Und dann geschah alles mit blitzartiger Geschwindigkeit.

Elijah machte einen Schritt rückwärts. Nur einen Sekundenbruchteil später schnellte sein Fuß vor, aber er flog an dem Schlaksigen vorbei, traf den Typen dahinter seitlich am Knie. Der Kerl schrie vor Schmerzen auf und knickte ein.

»Was …?«, schrie der Schlaks.

Zwei der anderen Glatzen kümmerten sich um den Verletzten, zogen ihn hoch und stützten ihn.

»Du Scheißkerl!«, jaulte der Getroffene. Er stand nur noch auf einem Bein, in dem anderen schien irgendetwas kaputtgegangen zu sein.

Elijah richtete den Blick auf die Gruppe. Alle fünf schienen plötzlich völlig von der Rolle. Der Schlaksige war sogar richtig blass geworden.

»Ich habe dich gewarnt«, sagte Elijah. »Und jetzt verschwindet! Ihr seid hier nicht erwünscht, das habe ich schon gesagt.« Er machte einen Schritt vorwärts. Die Neonazis traten den Rückzug an.

Nur zwei Sekunden später waren sie weg. In ihrer Eile vergaßen sie, die Tür zu schließen.

Elijah trat schweigend vor und zog sie zu.

In Leos Brust entstand ein Flattern, so heftig, dass sie kaum noch Luft bekam.

»Wow!«, hörte sie Hannah neben sich wispern. »Was für ein Traumtyp!«

Und es war exakt das, was Leo auch dachte.

Teil 2

Gehe nachts nicht unter dicht belaubten Bäumen.

(Verhaltensregel aus der Capoeira)

Leo

Den ganzen nächsten Tag über fühlte Leo sich wie auf die Folter gespannt, und das hatte mehrere Gründe. Zum einen hatte Thommy ihr in der Schule erzählt, dass er mit seinen Nachforschungen zu Schröder noch nicht vorangekommen war. Zweitens grübelte sie immer wieder über Fabian nach und darüber, wie sie mit seinen Annäherungsversuchen umgehen sollte. Und natürlich beschäftigte es sie auch, dass es nach wie vor keine Spur von Amy gab. Am allermeisten dachte sie jedoch an jemand ganz anderen.

An Elijah!

Nachmittags setzte sie sich zusammen mit Nene vor den Fernseher, um sich mit einer Folge ihrer gemeinsamen Lieblingssoap ein bisschen abzulenken, aber auch das half nicht wirklich. Leo rutschte so zappelig auf ihrem Sessel herum, dass Nene schließlich entnervt ausrief: »Himmel, Leo!« Sie drückte auf die Stopptaste der Fernbedienung. »Was ist eigentlich los?«

»Ich muss andauernd an gestern Abend denken!« Leo zog die Beine auf den Sessel und umklammerte die Knie mit den Armen. Nachdem Elijah gestern Abend die Glatzen aus dem Lokal geworfen hatte, hatte Susanne alle rausgeschmissen und das Lokal geschlossen, weil sie mit den Nerven völlig am Ende gewesen war. Elijah hatte Leo zur Seite genommen und sie gebeten, jemanden anzurufen, der sie mit dem Auto abholen konnte.

»Warum?«, hatte sie gefragt und damit eigentlich gemeint, warum er sich von allen Gästen in der Kneipe ausgerechnet um sie so sehr sorgte. Aber er verstand ihre Frage falsch.

»Weil es sein kann, dass die Glatzen noch irgendwo in der Gegend lauern«, erklärte er. »Und wenn das der Fall ist, werden sie sich unter den Gästen, die ihre Niederlage mit angesehen haben, ein leichteres Opfer suchen.« Er wandte sich zu Susanne um, die mit einer Tasse Tee in den Händen auf einem Stuhl saß und ziemlich blass wirkte. »Ich würde dich begleiten, aber ich kann Susanne nicht allein lassen.«

Leo hatte eingewilligt und Nene angerufen. Die war zwar nicht begeistert gewesen, dass sie so spät noch losmusste, aber als sie von dem Vorfall hörte, war sie sofort gekommen. Sie hatte auch Hannah mitgenommen und sicher zu Hause abgeliefert.

Jetzt nickte Nene verständnisvoll. »Kein Wunder. Nach dem, was du erzählt hast, war das ganz schön knapp!«

Leo dachte an Elijah und ihr gesamter Körper kribbelte, als hätte sie Ameisen in den Adern und kein Blut. Er hatte sich um sie Sorgen gemacht, um niemanden anderen, nur um sie!

Alles, was sie wollte, war, jetzt und auf der Stelle mit ihm darüber reden. Sie war drauf und dran, Nene zu sagen, dass sie frische Luft brauchte, als ihr Handy klingelte, das in der Tasche ihrer Strickjacke steckte.

Sie warf einen Blick auf das Display. Es war Fabian. Sie seufzte. Für ein Gespräch mit ihm hatte sie jetzt wirklich keine Nerven, also drückte sie den Anruf weg. Hoffentlich begriff er, was das zu bedeuten hatte.

Doch die Hoffnung wurde keine zehn Sekunden später zerstört, als der Signalton eine SMS verkündete.

Nene runzelte die Stirn, als Leo die kurze Nachricht aufrief und las.

Können wir uns treffen?, hatte Fabian geschrieben.

»Was ist?«, fragte Nene.

»Fabian«, murmelte Leo nur.

»Was schreibt er?«

Wortlos zeigte Leo ihrer Mutter die Nachricht. Auf Nenes Gesicht erschien ein finsterer Ausdruck, aber bevor sie etwas dazu sagen konnte, kam eine weitere SMS. Auch die öffnete Leo.

Bitte!!!!!, hatte Fabian geschrieben und dahinter fünf Ausrufezeichen gemacht.

»Er manipuliert dich«, sagte Nene nur.

»Die Mitleidsmasche«, nickte Leo. »Ich weiß schon. Das Problem ist …« Sie lauschte in sich hinein und spürte, dass sie drauf und dran war, ihn zurückzurufen.

Bewusst ließ sie ihre Gedanken stattdessen zu Elijah wandern.

»Ich muss ein bisschen raus«, sagte sie.

Nene warf einen skeptischen Blick aus dem Fenster. »Es regnet und es sind ungefähr fünf Grad.«

Doch das war Leo egal. »Ich muss was klarkriegen«, sagte sie. »Bin bald wieder da.« Sie verschwieg ihrer Mutter, wo sie hinwollte.

Zum Industriepark, wo Elijah trainierte.

Nene nahm die Fernbedienung und schaltete den Fernseher ganz aus. »Pass auf dich auf!«, bat sie.

Amy

Die Mineralwasserflaschen waren bis auf eine leer und Amys Gehirn hatte begonnen, die Leere der Untätigkeit mit Bildern und Erinnerungen zu füllen.
Sie sah sich im Noah's sitzen und Cola trinken. Die Rucola-Baguettes, die Susanne anbot, hatte sie immer am liebsten gemocht. Ob sie in ihrem Leben noch einmal eines essen würde?
Sie empfand nichts mehr bei diesem Gedanken. In ihr drin war alles dumpf und abgestumpft.
Warum kam keiner und holte sie hier raus?
Sie lehnte den Kopf gegen den rauen Beton und starrte gegen die gegenüberliegende Wand. Ihre Augen fühlten sich an wie mit Sand gefüllt, aber weinen konnte sie schon lange nicht mehr.
Jemand musste endlich kommen und sie hier rausholen.
»Elijah!«, wimmerte sie und krümmte sich zusammen.

Leo

Zu Leos Erleichterung hatte es aufgehört zu regnen, als der Bus an der Haltestelle beim alten Industriepark hielt. Trotzdem war es ziemlich ungemütlich, darum zog Leo sich die Kapuze ihrer Jacke über den Kopf. Ihre Haare verfingen sich in dem hellbraunen Fellkragen und kitzelten sie im Gesicht.

Die Akademie war verlassen. Kein Licht drang durch die schmutzigen Fenster heraus, und auch als Leo an der Tür zog, tat sich nichts. Es war abgeschlossen.

Mist!

Mit einer energischen Geste schob sie den Riemen ihres Rucksacks die Schulter hinauf und wandte sich ab.

»Hey!« Die Stimme erwischte sie wie ein kleiner Stromschlag.

Elijah!

Rasch sah sie sich um, aber sie konnte ihn nirgends entdecken.

»Ich bin hier!«

Sie legte den Kopf in den Nacken und da war er! Er saß auf einem Eisenträger, der sich mindestens fünf bis sechs Meter über der Erde quer über die Gasse zog. Seine Beine baumelten in der eisigen Luft, und als er sich jetzt ein wenig vorbeugte, um Leo besser ansehen zu können, hielt sie unwillkürlich den Atem an.

»Spinnst du?«, rutschte es ihr heraus.

Er beugte den Oberkörper wieder zurück. »Nette Begrüßung«, kommentierte er trocken.

»So war das nicht gemeint!« Klang sie wirklich so panisch? Auf keinen Fall wollte sie den Eindruck erwecken, dass sie sich nicht freute, ihn zu sehen. »Ich habe mich nur erschrocken, weil du …« Ihr blieb die Luft weg, weil er jetzt mit einer geschmeidigen Bewegung aufstand. »Elijah …!«

Er lachte nur. »Keine Angst!«, sagte er. Mit sicheren Schritten balancierte er über den Träger und verschwand durch ein zerborstenes Fenster in der Halle, die der Trainingshalle gegenüberlag. Nur wenige Sekunden später kam er durch das offen stehende Tor und blieb vor Leo stehen. »Schön, dich zu sehen!« Er lächelte.

Und seine Augen lächelten mit!

Leos Hand krampfte sich um ihren Taschenriemen. »Bist du lebensmüde oder was?«, fragte sie und wies nach oben zu dem Träger, auf dem er eben noch gesessen hatte.

Er folgte ihrem Fingerzeig. »Nö.« Heute trug er Jeans und ein langärmliges T-Shirt unter einer Lederjacke. Um seinen Hals lag ein Lederband mit einem silbernen Anhänger daran.

Auf einmal fehlten Leo sämtliche Worte und ein langes, unangenehmes Schweigen entstand zwischen ihnen.

»Schön, dich zu sehen«, wiederholte Elijah schmunzelnd. Nach seinem abweisenden Verhalten neulich in der Akademie kam Leo seine plötzliche Freundlichkeit sonderbar vor, aber sie entschied, dass sie sie einfach genießen würde.

In seinen Augen suchte sie nach dem grüblerischen Ausdruck von neulich, aber sie konnte ihn nicht mehr entdecken. Sie räusperte sich. »Ja. Finde ich auch.«

»Wollen wir ein bisschen spazieren gehen?« Er sah hoch zum Himmel. »Das Wetter lässt zwar zu wünschen übrig, aber vielleicht …«

»Ja«, fiel Leo ihm ins Wort. *Mann! Leo, reiß dich zusammen!* »Das wäre schön.« Sie hatte sich selten so unbeholfen gefühlt wie in diesem Moment. Noch einmal wies sie zu dem Eisenträger hinauf. »Sitzt du öfter da?«

Er nickte. »Ist mein Lieblingsplatz.« Völlig selbstverständlich kam er neben sie und gemeinsam gingen sie die unkrautüberwucherte Gasse entlang. Aber an der Art, wie er immer wieder den Blick senkte, sobald sie ihn ansah, erkannte sie, dass er genauso nervös war wie sie.

Das gab ihr ein bisschen Sicherheit zurück. »Lieblingsplatz!«, murmelte sie. »In sechs Metern Höhe, ein zehn Zentimeter breiter Balken!«

»Der Balken ist zwanzig Zentimeter breit.« Statt etwas hinzuzufügen, kniete er sich hin, griff nach einem herumliegenden Stock und ritzte zwei parallel laufende Rillen in die Erde. Dann erhob er sich wieder. »Geh da mal lang!«, forderte er Leo auf.

Sie schaute auf die beiden Linien. Sie waren ungefähr zwanzig Zentimeter weit auseinander. Leo trat an ihren Anfang. Sie breitete die Arme aus wie eine Seiltänzerin. Aus dem Augenwinkel sah sie, dass Elijah darüber schmunzelte. Sie grinste ihn an. Dann tänzelte sie wie eine Primaballerina die gesamte Strecke zwischen den beiden Rillen entlang.

»Kein Problem«, sagte sie hinterher. »Aber das ist ja auch auf der Erde.«

Elijah schaute nach oben. Auch hier zogen sich ganz ähnliche Eisenträger entlang. »Die Höhe ist nur ein Problem für den Kopf. Nicht für die Füße.«

Leo nickte. »Klar.« Sie sah ihm in die Augen und er erwiderte ihren Blick, sodass ihr ganz warm wurde. »Ist das irgendeine fernöstliche Weisheit?«, fragte sie ein bisschen zu hastig.

Er schüttelte den Kopf. »Nö. Wieso?«

»Nur so. Klingt irgendwie so.« Was jetzt? Sie brauchte ein Gesprächsthema. Dringend! »Das gestern Abend ...«, begann sie zögernd.

»Die Glatzen, meinst du.« Er sagte es ganz ruhig, so, als habe er schon darauf gewartet, dass sie es ansprach. »Das war nichts.«

»Nichts?« Fassungslos blieb sie stehen. »Du hast dich fünf von diesen ... diesen ...« Ihr fiel kein anderes Wort ein. »... Scheißkerlen entgegengestellt!«

Da lachte er. »Scheißkerlen?«

»Warum hast du den hinteren Typen angegriffen und nicht den mit dem Messer?« Erst jetzt, wo Leo darüber nachdachte, wurde ihr bewusst, wie absurd das eigentlich gewesen war.

»Er war der Anführer«, erklärte Elijah schlicht. »Hack der Schlange den Kopf ab und du hast gesiegt.« Auch das klang wie ein Spruch von Konfuzius. Ein ziemlich kriegerischer Konfuzius allerdings.

Leo starrte Elijah an. »Woran hast du erkannt, dass er der Anführer ...« Sie überlegte, was geschehen wäre, wenn er sich getäuscht hätte, und die Vorstellung allein raubte ihr den Atem.

Elijah vergrub die Hände in den Taschen seiner Jacke. »Er hatte das Sagen. Man erkennt das, wenn man genau hinschaut. Der Typ mit dem Messer war nur ein kleines Licht. Ich vermute, die Sache war seine Bewährungsprobe.«

Leo wurde ein bisschen schwindelig bei all diesen merkwürdigen Dingen, von denen er so völlig selbstverständlich sprach. »Du meinst, eine Art Mutprobe?«

»Ein Aufnahmeritual. *Schüchtere ein paar arme Bürger ein, zertrümmere ein paar Nasen, dann gehörst du zu uns.* Er war ganz schön aufgeregt.«

»Du nicht«, stellte sie fest.

Da blieb er stehen und warf ihr einen Seitenblick zu.

»Du warst nicht aufgeregt«, präzisierte Leo.

»Doch«, sagte er völlig gelassen.

»Davon hat man aber nichts gemerkt!«

Wieder lächelte er, aber diesmal blieben seine Augen freudlos. »Das war der Sinn der Übung.«

»Der Kerl, den du angegriffen hast. Was, meinst du, ist mit seinem Knie?«

»So wie es sich angefühlt hat, sind seine Außenbänder gerissen.« Auch das kam lässig, viel zu ruhig, fand Leo. Plötzlich war Elijah ihr unheimlich und sie hatte das dringende Bedürfnis, das Thema zu wechseln.

»Woher weißt du all diese Dinge?«, fragte sie trotzdem weiter.

Er antwortete eine ganze Weile nicht, sondern ging schweigend neben ihr her. An seinen Gesichtszügen erkannte sie, dass die Gedanken in ihm arbeiteten, und sie beschloss zu warten, bis er bereit war weiterzusprechen.

Es dauerte lange.

»Mein Vater«, begann er schließlich zögernd. »Er stammt aus den Favelas von Rio de Janeiro und dort hat er gelernt, wie man sich in gefährlichen Situationen am besten verhält, wenn man überleben will.«

»Wir sind nicht in Brasilien. Du hättest einfach die Polizei rufen können«, sagte Leo.

»Mein Vater hat früh gelernt, sich auf niemand anderen zu verlassen als auf sich selbst. Das hat er meinem Bruder und mir auch beigebracht. Das und das Prinzip von Malicia.«

»Malicia?«, wiederholte Leo.

»Es ist wichtig, den Gegner glauben zu machen, dass man schwach ist.« Elijahs Stimme hatte jetzt einen dumpfen Tonfall angenommen. »Und dann, wenn der andere sich für überlegen hält, muss man blitzschnell zuschlagen. In der Capoeira nennt man dieses Prinzip *Malicia.«*

Leo fröstelte. »Und das hat dein Vater dir beigebracht?« Sie flüsterte fast. Beim Weitersprechen musste sie sich zwingen, die Stimme etwas anzuheben. »Obwohl wir hier in Deutschland leben.«

Elijah zuckte die Achseln. »Wölfe gibt es überall! Hast du ja gestern selbst gesehen.« Sein Unterkiefer war verkrampft, als er das sagte.

Wölfe. Schlangen.

Malicia. Leo hatte Spanisch in der Schule, das dem Portugiesischen ähnelte. Ihre Sprachkenntnisse reichten aus, um zu wissen, dass dieses Wort so viel wie *Boshaftigkeit* bedeutete.

Mit dieser Erkenntnis wurde ihr noch mulmiger. Um diesem unguten Gefühl zu entgehen, wechselte sie jetzt doch lieber das Thema. »Du arbeitest seit Anfang Juni im Noah's, nicht wahr?«, fragte sie.

Er nickte und schien darauf zu warten, dass sie etwas hinzufügte. Aber Leo war sich nicht ganz sicher, ob es klug war, jetzt das anzusprechen, was ihr auf der Seele lag. Trotzdem musste sie es einfach wissen. »Nachdem wir uns da zum ersten Mal gesehen haben.« Sie sagte es möglichst neutral, um ihm Gelegenheit zu geben, es falsch zu verstehen.

Aber das tat er nicht. »Ja«, sagte er. »Ich habe Susanne nach einem Job gefragt, weil ich dich da gesehen habe.«

Er hatte *weil* gesagt. Nicht *nachdem*. Diese Eröffnung kam so unerwartet, dass Leo mit einem Ruck stehen blieb. »Du nimmst mich doch auf den Arm!«, entfuhr es ihr.

Er schüttelte den Kopf. Sie suchte nach einem verräterischen Grinsen in seiner Miene, aber vergeblich. Da war weder Spott noch irgendein anderes Anzeichen dafür, dass er sich über sie lustig machte.

Auf einmal wusste sie nicht mehr, was sie sagen sollte, also ging sie einfach nur schweigend weiter. »Ab und an dort vorbeizuschauen, hätte auch genügt, um mich zu treffen«, murmelte sie schließlich.

Sachte schüttelte er den Kopf. »Hätte es nicht. Weil du drei Monate lang keinen Fuß in die Kneipe gesetzt hast.« Als er ihr zweifelndes Gesicht sah, lachte er auf. »Die Wahrheit ist, dass ich sowieso auf der Suche nach einem Job war. Da konnte ich das Angenehme mit dem Nützlichen verbinden.«

Das Angenehme. Leo biss sich auf die Zunge.

»Was denkst du?«, erkundigte Elijah sich.

»Das Angenehme?«, meinte sie vorsichtig.

»Dich wiederzutreffen.«

»Quatsch!« Unwillkürlich hatte sie ihre Schritte beschleunigt, aber Elijah hielt mühelos mit.

»Warum Quatsch?«

Sie wog schnell alle möglichen Antworten ab. *Weil ich absolut durchschnittlich aussehe? Weil sich ein Typ wie du niemals auf jemanden wie mich einlassen würde?* Sie sprach keine davon aus. »Warum?«, stieß sie nur hervor.

»Warum ich dich wiedersehen wollte?«

Himmel, warum nur verstand er alles, was sie sagte, absolut richtig? Irgendwie erinnerte es sie an die Art, wie Nene mit ihr sprach. Wenn ihre Mutter sie ansah, fühlte sie sich auch immer bis auf den Grund des Herzens durchschaut. Mit zusammengepressten Lippen nickte sie.

»Damals in der Kneipe ...«, setzte er an und verstummte wieder.

»Anfang Juni«, half sie nach.

Sein Kehlkopf ruckte einmal auf und ab. »Du hast gefragt, woran ich denke.«

Eine Weile lang hingen die Worte in der Luft. In Elijahs Gesicht arbeitete es.

»Und?«, fragte Leo schließlich.

»Die Mädchen schauen gewöhnlich nicht hinter mein Lächeln.« Er legte den Kopf schief und begann zu grinsen, als begreife er mit einem Mal, wie ernst und angespannt dieses Gespräch verlief. »Ein ziemlich sexy Lächeln, das musst du zugeben!«

Sie war ihm dankbar für den Scherz, der die Situation entspannte. Nur allzu gern ging sie darauf ein. »Eingebildet bist du gar nicht, oder?«

»Hm.« Er tat, als lausche er in sich hinein. »Nö«, sagte er dann.

Sie lachte.

Eine Weile schlenderten sie nebeneinanderher und zu Leos Verblüffung fühlte sie sich auf einmal gar nicht mehr nervös. Ganz im Gegenteil. Aus den Augenwinkeln betrachtete sie Elijahs Profil. Der Schnitt an seiner Wange war noch mehr verblasst.

Sie zeigte darauf. »Verrätst du mir, wie du dazu gekommen bist?« Viel lieber, dachte sie, hätte sie ihn eigentlich nach dem Grund für seinen Kuss gefragt, aber das traute sie sich nicht. *Noch nicht.*

Statt ihr zu antworten, berührte Elijah die Narbe mit den Fingerspitzen. Er wirkte sofort wieder angespannt und Leo war drauf und dran, einen Rückzieher zu machen. Doch dann fügte sie hinzu: »Als das Mädchen dich neulich im Noah's danach fragte, hatte ich das Gefühl, dass dir die Frage unangenehm ist.«

Er wandte den Kopf und musterte sie prüfend. »Aber du stellst sie trotzdem.«

»Ich würde gern mehr über dich erfahren«, gestand sie. »Und ich …« Mitten im Satz unterbrach sie sich, weil ihr klar wurde, wie viel sie von sich preisgab. Ihre Wangen wurden heiß und sie verfluchte sich für ihre lose Zunge. »Meine Freundin Hannah meint, die Wunde lässt dich ziemlich verrucht aussehen.«

Er schaute Leo einige Sekunden lang in die Augen, dann grinste er schon wieder. »Gut zu wissen!«

»Idiot!« Mit einer Mischung aus Scham und Erleichterung schlug sie nach ihm.

Reflexartig zuckte seine Hand hoch. Und – als sei all das hier kein Spiel – schlossen sich seine Finger hart um Leos Gelenk.

»Au!«, rief sie. »Du tust mir …«

Sie kam nicht dazu, zu Ende zu sprechen, denn so blitzartig, wie Elijah zugefasst hatte, so schnell ließ er auch wieder los. »Entschuldige!« Er streckte die Hände nach ihr aus, wirkte ehrlich erschrocken. »Ich wollte dir nicht wehtun!«

Sein plötzliches Entsetzen reizte Leo zu einem unpassenden Lacher. Sie unterdrückte ihn. Die Gefühle in ihr fuhren Achterbahn. »Schon gut«, murmelte sie und rieb sich das Handgelenk. »Ist ja nichts passiert. Himmel, bist du schnell!«

Er presste die Lippen aufeinander. »Jahrelanges Training. Zeig mal her!« Er griff nach ihrer Hand und zog sie zu sich heran. Diesmal fühlte sich seine Berührung zart an, kein bisschen eisern, so wie eben.

Leo schluckte. »Es ist nichts!« Sie wollte sich ihm entziehen, aber er hielt sie fest.

Über ihre Hände hinweg sah er ihr in die Augen.

»Wehe!«, gelang es ihr zu murmeln.

»Wehe, was?«

»Wehe, du entschuldigst dich schon wieder!« Plötzlich war ihre Stimme rau.

Da, endlich, lächelte er. »Tue ich nicht. Aber ich habe dir jetzt schon das zweite Mal wehgetan.«

Diesmal schaute sie nur fragend.

Mit dem Kinn wies er auf ihre Schulter. »Da. Als wir neulich zusammengestoßen sind.«

Sie bewegte die Schulter im Kreis. Schon seit Tagen hatte sie nicht mehr an die Prellung gedacht. »War nicht so schlimm!«

»Hm.« Er hielt noch immer ihre Hand fest. Sanft streichelten seine Fingerspitzen ihr Gelenk. Das Kribbeln, das von seiner Berührung ausging, zog sich bis hinauf in Leos Genick. »Tags drauf im Noah's hat es aber offenbar noch ganz schön wehgetan.«

Erstaunt sah sie ihn an. »Das hast du bemerkt?«

»Klar.« Er lächelte schmal. »Du bist ein paar Mal zusammengezuckt, wenn du dich falsch bewegt hast.«

Leo schluckte. »Dass du das sehen konntest …«

Er wirkte gleichgültig. »Glaub mir: Mit Schmerzen kenne ich mich aus.«

Und endlich ließ er ihre Hand los.

Sie gingen schweigend weiter. Die düstere Stimmung verflog irgendwann und Leo genoss es wieder, in Elijahs Nähe zu sein. Als sie an dem schmiedeeisernen Tor mit der illegalen Müllkippe vorbeikamen, bemerkte Leo, dass zu den grünen Müllsäcken mehrere neue hinzugekommen waren. »Also?«, fragte sie Elijah.

Von der Seite her sah er sie an. »Also, was?«

»Erzählst du mir jetzt, woher der Schnitt in deinem Gesicht kommt, oder nicht?«

Seine Lippen gingen leicht auseinander. »Du bist ganz schön hartnäckig, weißt du das?«

Sie nickte. Und wartete.

Für einen Moment sah es so aus, als suche Elijah nach den passenden Worten, aber dann schüttelte er nur den Kopf. »Ein kleiner Trainingsunfall.«

»Das hast du neulich auch schon gesagt. Wie …«

Aber jetzt hob er abwehrend die Hand und ganz kurz war da ein warnender Ausdruck in seinen Augen. »Mein Bruder Daniel ist schuld daran, aber ich möchte eigentlich lieber über was anderes reden.«

»Okay.«

Und über was?

Elijah verschränkte die Arme vor der Brust. »Ehrlich

gesagt wundere ich mich, warum du mich gar nicht auf diesen Kuss ansprichst.«

Ohne dass Leo es verhindern konnte, zuckte ihre Hand hoch. Gerade noch rechtzeitig hielt sie inne, bevor sie sich an die Lippen fassen konnte.

In Elijahs Augen erschien ein amüsiertes Glitzern. »Die meisten Menschen wissen nicht, wie sehr sie sich durch ihre Körpersprache verraten«, sagte er. »Du schon.«

Verdammt! Weil ihr nichts Besseres einfiel, entschloss Leo sich, zum Angriff überzugehen. »Also: Warum hast du mich geküsst?«

Das Glitzern in seinen Augen verschwand. »Das war unangemessen«, gab er zu. Dann lächelte er. »Aber nett!«

»Nett!«, entrüstete sie sich. »Du weißt schon, dass Nett der kleine Bruder von Scheiße ist?«

Er lachte nur.

»Du hast das Thema angeschnitten, also jetzt rede auch!«, befahl Leo und verspürte einen eigenartigen Anflug von Ärger, der jedoch gleich wieder verflog. »Warum der Kuss?«

Er neigte den Kopf zur Seite, und während der nächsten paar Schritte fragte Leo sich, was er wohl dachte. Schließlich sagte er: »Weil ich nicht anders konnte.«

Was sollte das nun schon wieder heißen?

»Du bist mir schon bei diesem ersten Zusammentreffen im Noah's aufgefallen. Wenn ich ehrlich bin, habe ich mich wohl beim ersten Blick in dich verknallt.« Er blieb stehen. Sie hatten einen weiten Bogen durch den Industriepark geschlagen und befanden sich jetzt auf der Rückseite der Halle, in der sich die Akademie befand. In den letzten paar Minuten waren sie an einer Buchenhecke entlanggelaufen, die dringend mal geschnitten werden musste. Direkt vor ihnen hatte die Hecke eine kleine Einbuchtung und an dieser Stelle stand eine blau angestrichene Bank. Elijah wies darauf und sie setzten sich nebeneinander. Das Holz war unangenehm kalt, aber Leo achtete nicht weiter darauf.

Ich habe mich beim ersten Blick in dich verknallt …

Sie konnte es einfach nicht glauben. »Du machst dich lustig über mich!«

»Wieso sollte ich?«

»Weil ich …« Leo suchte nach den passenden Worten. Wie konnte er sich in sie verknallt haben, wenn er sie überhaupt nicht kannte? An ihrem Aussehen konnte es nicht liegen. Das war bestenfalls durchschnittlich. Sicher, sie hatte eine ganz passable Figur, aber diese langweiligen hellbraunen Haare. Nicht ein bisschen Locken! Wie Spaghetti hingen sie ihr rechts und links vom Gesicht herunter.

Elijah lehnte sich zurück, legte die Ellenbogen auf die Rückenlehne der Bank und wartete, dass sie weitersprach.

»… nicht besonders bin«, endete sie lahm.

Seine dunklen Augen wurden weit. »Denkst du das wirklich?«

Langsam wurde Leo das Gespräch unangenehm. Sie zog die Schultern zu den Ohren und umklammerte sich selbst mit beiden Armen. »Können wir über was anderes reden?«, fragte sie kleinlaut.

Er schien ebenfalls erleichtert. »Klar! Worüber?«

Tja. Worüber?

»Dieses Capoeira …«, sagte sie.

»Die*se!*«

»Wie bitte?«

»Diese. Es heißt *die* Capoeira.«

Leo dachte an die akrobatischen Sprünge und Drehungen, die sie im Internet gesehen hatte, und an die Aufwärmübungen, die Daniel ihr vorgeführt hatte. Dann fiel ihr wieder ein, wie Elijah auf dem schmalen Eisenträger in luftiger Höhe entlangbalanciert war. »Du trainierst das auch.« Es war keine Frage, sie wusste es ja.

»Yep.«

»Kannst du all diese Dinge? Ich meine Flickflacks und so.«

Diesmal nickte er nur. Leo hatte das Gefühl, schon wieder ein unangenehmes Thema gewählt zu haben.

»Zeig!«, forderte sie ihn auf.

Er schüttelte den Kopf.

»Bitte! Nur ein einziges Kunststück!«

»Capoeira hat nichts mit Kunststücken zu tun«, sagte er vorwurfsvoll. »Es ist eine Kampfsportart. Ursprünglich wurde es von Sklaven erfunden, denen es verboten war, Waffen zu tragen.«

»Zur Verteidigung gegen Schlangen und Wölfe, ich weiß.«

Elijah wirkte nicht glücklich über diesen Scherz. »Abgesehen davon bin ich nicht dein Pausenclown.«

»Das denke ich doch auch gar nicht!« Leo ließ ihren Blick den Weg entlangschweifen. Sie waren ganz allein, nirgendwo war eine Menschenseele zu sehen. Kein Wunder: Der Himmel hing tief und grau über ihnen und der Wind war inzwischen regelrecht eisig. »Ich bin einfach nur neugierig, was du so treibst. Es sieht dich ja auch niemand. Nur ich.«

Elijah wollte etwas erwidern, aber dann sah er ihr wieder in die Augen. Sie hatte keine Ahnung, was er dort suchte oder bereits herausgelesen hatte. Doch er senkte nur seufzend den Kopf. »Okay. Aber nur ein einziges Mal.« Mit einer federnden Bewegung erhob er sich, dann stand er für einige Sekunden einfach nur vor der Bank, den Kopf leicht gesenkt, die Schultern locker und entspannt.

Im nächsten Moment wirbelte er dicht an ihrem Kopf vorbei. Und landete hinter ihr.

Sie drehte sich um, atemlos von der Schnelligkeit seiner Bewegung. »Wie hast du das gemacht?«, keuchte sie.

Seine Zähne blitzten auf. Statt ihr eine Antwort zu geben, legte er die rechte Hand auf die Lehne der Bank, dann drückte er sich darauf zu einem einarmigen Handstand in die Höhe. Es war eine langsame, zeitlupenartige, kontrollierte Bewegung, der man ansah, wie viel Kraft sie kostete. Für einen Augenblick balancierte er auf der Lehne, etwas rutschte aus seiner Jackentasche und flatterte zu Boden. Elijah stützte sich mit der Linken auf der Sitzfläche der Bank ab, stieß sich in die Höhe und landete nach einem halben Salto sicher auf den Füßen. »So«, antwortete er auf ihre Frage. »Nur umgekehrt.« Er strich sich die Haare aus der Stirn. »Und natürlich schneller.«

Er bemerkte das Stück Papier, das er verloren hatte, und wirkte einen kurzen Moment erschrocken. Rasch hob er es auf und steckte es in die Tasche zurück.

Leo jedoch war das Papier völlig egal. Vor Staunen über Elijahs Können fielen ihr fast die Augen aus dem Kopf. »Unfassbar!«

Mit einer fließenden Bewegung setzte er sich wieder neben sie. Und wartete. Als sie nichts sagte, grinste er: »Habe ich die Prüfung bestanden, *Senhorita?*«

»Ich weiß nicht, was ich sagen soll«, gestand sie.

Sein Grinsen verblasste. Er beugte sich ein wenig vor und in Leo begann alles zu flattern. Würde er sie jetzt wieder küssen? Es sah fast so aus!

Doch im nächsten Moment richtete er sich erschrocken auf. Plötzlich wirkte er angespannt, und als ein Mann um die Hecke kam, wusste Leo auch, warum.

Der Mann war Sérgio Ortega, Elijahs Vater.

Mit einem Satz war Elijah auf den Beinen. Sein Gesichtsausdruck verwandelte sich, wurde hart und abweisend.

Ortega war stehen geblieben und rührte sich nicht.

»Elijah«, sagte er nur. Sein Tonfall machte sehr deutlich, dass es ihm missfiel, was er gerade sah.

»Vater.« Elijah straffte die Schultern. Fehlte nur noch, dass er salutierte.

Ortega ignorierte ihn total. Stattdessen musterte er Leo, wie man ein Insekt mustert, das man unerwarteterweise unter einem Stein gefunden hat. *Nein, kein Insekt. Eine Schlange.* So viel Ablehnung sprach aus Ortegas Augen, dass auch Leo sich unwillkürlich mehr aufrichtete.

Elijah sah es und biss die Zähne zusammen, sagte aber nichts.

Wenn Leo etwas tat, was ihrer Mutter nicht gefiel, dann verzog Nene immer den Mund, als hätte sie auf etwas sehr Bitteres gebissen – und ihm nächsten Moment motzte sie los. Bei Nene wusste man immer sofort, wenn man etwas falsch gemacht hatte. Das nervte zwar oft, aber es war tausendmal besser als das, was Leo jetzt in dem Gesicht von Elijahs Vater beobachtete. Die verschiedensten Gefühle mischten sich darin. Wut, Fassungslosigkeit. Vor allem aber stumme, vorwurfsvolle Enttäuschung.

»Warum bist du noch nicht beim Aufwärmen?«, fragte Ortega, ohne Leo dabei aus den Augen zu lassen.

»Tut mir leid«, murmelte Elijah. »Ich habe die Zeit vergessen.«

Ein harter Zug erschien um Ortegas Mundwinkel. »Dann beeil dich!« Es war ein Befehl, keine Bitte.

Elijah suchte Leos Blick und bat sie stumm um Entschuldigung.

»Bist du noch nicht weg?«, herrschte Ortega.

Noch immer ließ er Leo keine Sekunde aus den Augen und der Vergleich mit dem Insekt kam ihr wieder in den Sinn. Diesmal fühlte sie sich wie aufgespießt.

Als Elijah sich langsam abwandte, nickte Ortega ihr einmal knapp zu. Dann ging auch er.

Verdattert und auch ein bisschen beunruhigt blieb Leo zurück.

Amy

Als diesmal Schritte ertönten, hielt Amy sie im ersten Moment für die Folge ihrer verrückt spielenden, erschöpften Fantasie. Matt hob sie den Kopf und sah durch das kleine Gitter dieselben ausgelatschten Turnschuhe wie beim letzten Mal.

Diesmal klang die Stimme des Mannes nicht lallend und undeutlich, sondern fast normal. »Du bist das falsche Septembermädchen!«, sagte er.

»Holen Sie mich hier raus!«, wisperte sie. Ihre Stimme war dünn wie Papier.

»Geht leider nicht, Mädchen. Er hat den Schlüssel und die Tür ist abgeschlossen.«

»Dann gehen Sie doch Hilfe holen!« Mühsam stemmte Amy sich an der Wand in die Höhe. »Jemand kann doch ...«

»Ich muss Leo warnen«, sagte die Stimme völlig zusammenhanglos.

»Nein!« So schnell sie es mit ihren zitternden Beinen schaffte, stürzte Amy zur Tür und warf sich vor dem kleinen Gitter auf den Boden. »Bitte! Holen Sie Hilfe!«, rief sie.

»Ich warne Leo«, sagte die Stimme. »Alles ist gut.«

Dann entfernten die Schritte sich wieder.

Nichts war gut.

Leo

Auf dem Weg zum Geländeausgang wurde Leo zum ersten Mal bewusst, dass sie Elijahs Handynummer nicht hatte. Irgendwie war ihr bis eben nicht in den Sinn gekommen, dass er überhaupt ein Handy besitzen konnte, aber jetzt hätte sie gern seine Nummer gehabt, um ihn nachher anzurufen. Sie musste unbedingt wissen, ob er schlimmen Ärger bekommen hatte. Leo wusste zwar nicht genau, wie alt Elijah war, aber sie schätzte ihn auf achtzehn oder neunzehn. Wie konnte er sich da noch so von seinem Vater unterbuttern lassen?

Schlurfende Schritte näherten sich. Noch bevor Leo sie richtig wahrnehmen konnte, bog Schröder um eine Ecke und trottete direkt auf sie zu. »Ich muss dich warnen!«, rief er und winkte hektisch.

Aber Leo war jetzt nicht in der Lage, sich sein wahnsinniges Gequatsche anzuhören. Schnell bog sie in eine schmale Gasse zwischen zwei Hallen und begann zu rennen.

»Warte doch!«, hallten Schröders Rufe hinter ihr her. »Ich muss dir was sagen! Septembermädchen!«

Den Großteil der Nacht und auch den gesamten nächsten Vormittag verbrachte Leo damit zu grübeln und wurde im Chemieunterricht deswegen zweimal ermahnt. Auch als sie sich in der zweiten großen Pause mit Hannah traf, beschwerte die sich, dass Leo mit ihren Gedanken ganz woanders war. Leo ging nicht weiter darauf ein, deutete nur an, dass sie heute wieder ins Noah's gehen würde. Dann hörte sie sich mit halbem Ohr Hannahs Gejammer an. Es drehte sich hauptsächlich darum, was für ein Glück Leo hatte, weil jemand wie Elijah sich für sie interessierte.

Als Leo das Noah's betrat, war außer einer Gruppe Siebtklässler niemand da. Der Platz hinter dem Tresen war verwaist und die Tür zu den Lagerräumen nur angelehnt. Susanne unterhielt sich dort hinten mit jemandem. Leo vermutete, dass es Elijah war, auch wenn sie seine Stimme nicht hören konnte.

Sie setzte sich auf ihren Stammplatz vor der Fotowand und wartete. Der Fleck, an dem das gestohlene Foto gehangen hatte, war immer noch leer.

Es dauerte nur ein paar Minuten, da kam Susanne nach vorne, nahm Leos Bestellung auf und ging anschließend hinter den Tresen, um ihr eine heiße Schokolade zuzubereiten. Gleich darauf erschien Elijah. Er trug einen Karton, der offenbar ziemlich schwer war. Unter seinen hochgeschobenen Ärmeln zeichneten sich seine Armmuskeln ab. Als er Leo entdeckte, blieb er mit einem Ruck stehen.

Jetzt erst konnte Leo einen Blick auf seine rechte Gesichtshälfte werfen. Sie keuchte auf.

Die schon fast verheilte Schnittwunde war wieder aufgeplatzt und neu verpflastert worden. Zusätzlich zog sich eine deutlich sichtbare, blaurot verfärbte Prellung über Elijahs Wangenknochen.

»Was hast du denn gemacht?«, rutschte es Leo heraus.

Elijah antwortete nicht. Er sagte überhaupt nichts, sondern trug den Karton einfach schweigend an ihr vorbei und brachte ihn hinter den Tresen. Dort stellte er ihn auf dem Boden ab und kniete sich hin, um ihn auszuräumen. Auf diese Weise war er minutenlang Leos Blicken entzogen.

Sie starrte irritiert zu Susanne, doch die Kneipenbesitzerin zuckte nur die Achseln. »Keine Ahnung, was mit ihm los ist«, raunte sie Leo zu, als sie ihr die Schokolade hinstellte. Aber bevor sie wieder hinten im Lager verschwand, fügte sie noch hinzu: »Sieht aus, als hätte er sich geprügelt. Seine Rippen haben auch was abbekommen, wie es scheint. Er bewegt sich sehr vorsichtig.«

Als Elijah sich wieder aufrichtete, schaute er kurz in Leos Richtung, und als er bemerkte, dass sie ihn noch immer fragend anschaute, senkte er in einer resigniert aussehenden Bewegung den Kopf.

Er hob den Karton auf und trat mit ihm in der Hand vor Leos Tisch. »Entschuldige wegen gestern«, sagte er leise.

Fast hätte Leo aufgelacht, weil seine Worte so absurd klangen. Ihm musste doch klar sein, dass sie wegen seiner Verletzung so erschrocken war. »Was ist passiert?«, fragte sie und deutete auf seine Wange.

Sein Blick irrte über ihre Schulter hinweg, als könne er es nicht ertragen, sie anzusehen. »Ich kann dich nicht mehr treffen.«

»Wie bitte?« Sie suchte in seinen Augen nach Zeichen dafür, dass er nur einen Scherz machte, aber sie fand nichts. Wie zum allerersten Mal, als sie ihm begegnet war wirkte sein Blick wieder grüblerisch und düster. *Leer,* präzisierte sie im Stillen und schauderte. *Und gleichzeitig auch wütend.* Ging das überhaupt?

»Mein Vater.« Elijah hielt inne, weil Susanne aus dem Lager kam. Er wartete, bis sie vorbeigegangen war, ehe er weitersprach. »Er duldet es nicht, dass ich eine Freundin habe. Ich muss das respektieren.«

Leo glaubte, ihren Ohren nicht zu trauen. »Er hat dir verboten, mich zu treffen?« Fassungslos ballte sie die Hände zu Fäusten. Ihr wurde bewusst, wie zornig ihre Körperhaltung auf ihn wirken musste, und sie ließ die Hände in ihren Schoß sinken.

»Er hat … es gibt gute Gründe dafür.«

»Was für Gründe?« Langsam beugte Leo sich vor. Das Zögern in seinen Worten war ihr nicht entgangen.

Sie sah ihn schlucken. »Er …« Zornig presste er die Lippen aufeinander.

»Das war er, oder?« In Leos Herzen entstand ein unangenehm schmerzhaftes Brennen allein bei dem Gedanken daran, dass jemand Elijah wehtat. »Er hat dir eine geknallt!« Sie war sich dessen jetzt ganz sicher.

Elijah schluckte erneut. Dann zog er sich einen Stuhl heran und setzte sich. Er bewegte sich tatsächlich ziemlich vorsichtig. So, als täten ihm die Rippen weh.

Leo spürte, wie ihr Tränen in die Augen schossen. Hastig zwinkerte sie sie weg.

Elijah unterdrückte ein Stöhnen, als er es sah. »Er hat es nicht nötig, mich zu schlagen«, sagte er leise.

Leo sah ihn verständnislos an.

»Er hat andere Wege, mir zu zeigen, dass er der Mestre ist.«

»Was bedeutet das?«, flüsterte Leo.

Er zögerte. Dann fügte er hinzu: »Er hat mich zu einem Spiel aufgefordert.«

Ein Spiel, daran erinnerte sich Leo, war ein Kampf zwischen zwei Capoeirista. Sie dachte daran, wie Elijah vorgestern dem Neonazi das Knie zertreten hatte, und ihr wurde kalt bei dem Gedanken, dass sein eigener Vater diese Form der Gewalt gegen ihn angewendet hatte.

Ihr fiel ein, was Elijah gestern Nachmittag zu ihr gesagt hatte.

Mit Schmerzen kenne ich mich aus.

Schon wieder kamen ihr die Tränen. »Eli…«

Er unterbrach sie mit einer harschen Geste. Vorsichtig stand er auf. »Mein Vater will nicht, dass wir uns wiedersehen.« Die Prellung in seinem Gesicht leuchtete unerträglich grell.

Leo schloss die Augen. Er machte Schluss mit ihr, bevor es überhaupt richtig begonnen hatte. Mechanisch nickte sie.

Er drehte sich um und ging davon. »Darf ich eine kurze Pause machen?«, fragte er Susanne.

Die Kneipenwirtin nickte überrascht.

Sie saß da wie vom Donner gerührt. Susanne hatte ihr Gespräch aus der Ferne verfolgt und wartete ab, bis Elijah durch die Hintertür im Hof verschwunden war, bevor sie an Leos Tisch kam.

»Was war das denn?«, fragte sie.

Leo kämpfte mit den Tränen. Hastig wischte sie sich über die Augen. »Frag mich nicht!«

»Sah aus, als hättet ihr Schluss gemacht …«

In diesem Moment verlor Leo den Kampf. Sie spürte, wie ihre Augen überliefen, und ließ es einfach geschehen. Betrübt nickte sie. »Sieht so aus.«

Susanne schüttelte den Kopf. »Das kapier ich nicht! So, wie er dich ansieht, sobald du die Kneipe betrittst. So ganz anders als …« Sie ließ den Rest des Satzes in der Luft hängen.

Leo verspürte nicht das geringste Bedürfnis, ihr zu erklären, was Elijahs Gründe waren, und Susanne schien auch keinerlei Erklärungen zu brauchen.

»Er ist ein Idiot!«, stieß sie hervor.

Leo war sich da nicht so sicher. Vor ihrem geistigen Auge erschien das Bild von Elijah, der mit seinem Vater trainierte. *Nicht trainierte! Kämpfte!* Sie atmete tief durch.

»Morgen Abend ist Mottoparty«, sagte Susanne und deutete auf eines der Fotos an ihrer Wand.

Leo begriff nicht sofort.

»Elijah muss helfen, er kann dir also nicht entkommen. Lass ihm ein bisschen Zeit, um zur Besinnung zu kommen, und dann rede morgen mit ihm.«

Leo wollte den Kopf schütteln, aber sie tat es nicht. Susanne gab regelmäßig solche Mottopartys. Sie waren legendär. Aber das war Leo im Moment völlig egal. Alles, was sie wollte, war, mit Elijah reden, ihn umstimmen. Anflehen, wenn nötig. »Was ist denn das Motto?«

»Die goldenen Zwanziger.«

»Klingt gut.« Vor allem war es praktisch! Ihre Mutter hatte vergangenen Fasching ein Kostüm getragen, das genau zu dieser Zeit passte. Das konnte sie sich bestimmt ausborgen.

In diesem Augenblick kehrte Elijah bereits aus seiner Pause zurück. Im Vorbeigehen warf er Leo einen kurzen Blick zu, aber sie schaffte es nicht, ihm standzuhalten.

»Also?«, fragte Susanne so laut, dass er es hören musste. »Kommst du morgen Abend?«

Leo zögerte. »Ja«, sagte sie dann und hob endlich den Kopf.

Elijah stand hinter der Theke. Er wirkte böse auf Susanne.

Die jedoch schien seinen Blick nicht zu bemerken. Sie war sichtlich zufrieden. »Gut!«, sagte sie und schenkte ihm ein strahlendes Lächeln.

***

Den halben Freitagnachmittag lang tigerte Leo in dem Kleid, das Nene ihr gegeben hatte, wie ein gefangenes Raubtier durch die Wohnung und probierte ein ums andere Mal die hochhakigen Schuhe aus, die dazugehörten. Eine Federboa und ein mit Strasssteinen besetztes Stirnband lagen unbeachtet auf ihrem Bett. Wieder und wieder war sie drauf und dran, die ganze Aktion einfach abzublasen, aber wenn sie sich gerade dazu entschlossen hatte, wurde ihr bewusst, dass es vielleicht ihre einzige Chance war, Elijah zur Rede zu stellen. Sie war das reinste Nervenbündel. Wenn sie jetzt nicht den Stier bei den Hörnern packte, würde sie es womöglich niemals tun.

»Du machst mich ganz irre!«, lachte Nene, als sie zum wohl hundertsten Mal über den Flur rannte und dabei an der offenen Zimmertür ihrer Mutter vorbeikam.

»'tschuldigung!«, rief Leo, machte aber keine Anstalten, sich ruhig hinzusetzen. Stattdessen stellte sie sich vor den Spiegel im Flur und betrachtete sich in dem weit fallenden, irgendwie sackartig aussehenden Kleid. Sie gefiel sich nicht besonders gut darin. Auch ihre Haare waren zwar glatt genug für die jungenhaften Frisuren der Zwanzigerjahre, aber eigentlich viel zu lang. Sie seufzte tief.

»Na?« Nene streckte den Kopf zur Tür heraus. »Stimmt was nicht?«

Leo breitete die Arme aus und drehte sich einmal um ihre eigene Achse. »Sieht irgendwie bescheuert aus, oder?«

Nene verzog das Gesicht. »Zieh mal die Schuhe an!«

Leo schlüpfte hinein und wartete dann auf das Urteil ihrer Mutter.

Nene neigte den Kopf, erst auf die eine, dann auf die andere Seite. »Also, ich würde sagen ...« Sie verstummte. »Sieht irgendwie bescheuert aus!«

Leo lachte trocken auf. Sie fühlte sich am Rande eines Nervenzusammenbruchs »Sag ich ja!« Missmutig schaute sie an sich herunter. Der Rock endete zwar ungefähr auf der Mitte ihrer Schienbeine, aber trotzdem konnte man ihre Knie erahnen, sobald sie sich bewegte. Ihre viel zu knubbeligen Knie. »Ich habe nicht die Beine für so ein Kleid!«, seufzte sie. »Das viele Handballtraining sieht man irgendwie.«

»Hm. Warte mal!« Nene wandte sich ab und verschwand in ihrem Zimmer. »Ich glaube, ich habe eine Idee!« An ihrer dumpfen Stimme erkannte Leo, dass sie mit dem Kopf tief in ihrem Kleiderschrank steckte. Als sie wieder auf den Flur kam, trug sie einen Stapel schwarzen und weißen Stoff über dem Arm. »Versuch das mal!« Sie gab Leo die Sachen. Es war ein Kostüm mit einer weiten schwarzen Hose und einer kurzen, ebenfalls schwarzen Jacke. Dazu eine elegante, aber ganz schlichte weiße Bluse. Leo rümpfte die Nase. »Glaubst du, das ist besser?«

Nene grinste breit. »Marlene-Dietrich-Style. Probier's aus!«

Und das tat Leo. Sie schlüpfte in die Hose, die ihr nur ein kleines bisschen zu weit war. Das ließ sich durch einen schmalen Gürtel kaschieren. Die Bluse passte zum Glück perfekt und auch die Jacke. »Jetzt noch die hohen Schuhe«, kommandierte Nene. »Die Hosenbeine sind sonst viel zu lang.«

Sie hatte recht. Der Stoff stieß unten auf dem Boden auf, aber das änderte sich, als Leo in die High Heels schlüpfte.

»Voilà!«, sagte Nene. »Wenn das nicht perfekt ist, weiß ich es auch nicht!« Sie drehte Leo so, dass sie sich im Spiegel anschauen konnte, und tatsächlich! Das Kostüm stand ihr sehr viel besser als das merkwürdig weite Kleid. Sie sah darin ziemlich mondän aus, fast ein bisschen verrucht.

»Das ist eigentlich geschummelt«, gab Nene zu. »Marlene Dietrich ist erst 1930 richtig berühmt geworden, aber geschauspielert hat sie vorher auch schon. Wenn sich jemand beschwert, kannst du ja sagen, sie hatte diesen Look in dem Film *Café Elektric*. Der ist von 1927. Prüft wahrscheinlich niemand nach, ob das stimmt.«

Leo unterdrückte ein Schmunzeln, weil Nene keine Ahnung hatte. Wenn sie tatsächlich diesen Film ins Spiel brachte, dann würde es nur eine Frage der Zeit sein, bis ihn jemand auf seinem Smartphone googelte und nachsah, ob das mit dem Kostüm wirklich stimmte. Aber es war ohnehin egal, denn niemand nahm es auf diesen Kostüm-Partys so dermaßen genau wie Nene in diesem Moment.

»Was machen wir mit den Haaren?«, fragte Leo und hob ihre langen Strähnen in die Höhe.

»Das haben wir gleich. Komm mit!« Mit einem Anflug von kindlicher Begeisterung zog Nene Leo ins Bad. Dort musste sie sich die Haare waschen, dann bugsierte Nene sie in der Küche auf einen Stuhl. Sie kramte ihre uralten Lockenwickler aus dem Schrank und drehte Leo die Haare ein. Mangels Trockenhaube griff sie zum Fön. Nachdem die Haare trocken waren, kämmte Nene sie, zupfte hier und dort und fixierte anschließend alles mit ungefähr einer Tonne Haarspray.

Leo musste niesen.

»Gesundheit!«

Nachdem sie mit der Frisur endlich zufrieden war, machte sich Nene über Leos Gesicht her, malte die Augenbrauen nach, puderte ihre Lider und trug Wimperntusche auf. Das Ganze dauerte noch einmal fast zwanzig Minuten, dann endlich war sie fertig.

»Jetzt darfst du gucken!« Sie zog Leo vor den großen Spiegel auf dem Flur.

Leo war sprachlos. Vor ihr stand ein völlig anderer Mensch! Wenn sie nicht gewusst hätte, dass sie ihr eigenes Spiegelbild betrachtete, hätte sie sich wahrscheinlich nicht wiedererkannt. Ihre langen Haare lagen in weich fallenden Locken um ihre Wangen und wippten sachte, wenn sie den Kopf bewegte. Warum nur hatte sie solche Locken nicht von Natur aus? Ihre Augen wirkten riesig durch den dunklen Lidschatten, den ihre Mutter ihr aufgetragen hatte. Nene lief in ihr Schlafzimmer und holte eine schwarze Baskenmütze. Mit ihr vervollständigte sie das Outfit endgültig.

»Die Auferstehung der Marlene Dietrich!«, lächelte sie. »Du siehst fantastisch aus, Süße!«

Und sie übertrieb nicht. Leo starrte sich im Spiegel an und bekam beinahe keine Luft mehr.

»Jetzt musst du mir aber verraten, wozu du diesen ganzen Aufwand betreibst!«, verlangte Nene.

Leo hatte schon die ganze Zeit über auf diese Frage gewartet. Sie wusste, dass sie Nene schon längst von Elijah hätte erzählen müssen, aber noch immer sträubte es sich in ihr, wenn sie daran dachte. »Ich habe dir doch von dem Jungen erzählt, der nichts von mir wissen will«, begann sie gedehnt.

Nene nickte.

»Heute Abend überzeuge ich ihn, dass es ein Fehler ist, mich nicht zu wollen.« Noch einmal bewunderte Leo sich im Spiegel. Was Elijah wohl sagen würde, wenn er sie so sah?

Zunächst einmal bekam allerdings nicht Elijah sie zu sehen, sondern Hannah.

»Hammer!«, entfuhr es ihr, als Leo ihr die Tür aufmachte. »Wie geil ist das denn?«

Sie selbst trug ein ganz ähnliches Kleid wie das, was Leo zuerst anprobiert hatte, und an ihr sah es richtig hübsch aus. Hannah hatte ohnehin einen Pagenschnitt, den sie sich ganz streng glatt geföhnt und mit einer Menge Gel zu einer helmartigen Frisur gelegt hatte. Kleine Kringellocken klebten an ihren Wangen und zur Vervollständigung des Ganzen hatte sie eine lange Zigarettenspitze in der Hand.

»Du bist auch nicht von schlechten Eltern!«, grinste Leo. »Warte mal, ich glaube, wir können das noch perfektionieren.« Sie rannte in ihr Zimmer und holte das glitzernde Stirnband. Es passte perfekt zu Hannahs Outfit.

Sie verabschiedeten sich von Nene, die ihnen einen schönen Abend wünschte, und machten sich auf den Weg ins Noah's.

Sie waren ziemlich früh dran. Außer Susanne waren erst ungefähr zehn Leute da. Leo scannte den Raum und registrierte sofort, dass von Elijah keine Spur zu sehen war. Alarmiert warf sie Susanne einen Blick zu. »Er ist nur noch mal kurz nach Hause, weil er etwas vergessen hatte«, beruhigte die Wirtin sie im Flüsterton.

Im selben Moment betrat Elijah die Kneipe. Mitten in der Tür blieb er wie angewurzelt stehen.

»Céu!«, entfuhr es ihm. *»Himmel!* Wer bist du, schöne Frau?« Er wirkte ehrlich verblüfft und schien völlig vergessen zu haben, dass er Leo eigentlich nicht mehr sehen wollte.

Schlagartig standen Leos Wangen in Flammen. »Du kannst dich aber auch sehen lassen«, murmelte sie und hielt den Blick dabei auf ihre eigenen Füße gerichtet. Elijah trug eine enge hellbraune Hose und ein weites weißes Hemd, das sich unter einem Paar Hosenträgern bauschte. Eine Schiebermütze, ein kariertes Tuch, das er sich um den Hals geknotet hatte, und grobe Stiefel vervollständigten das Bild eines Mannes aus der Arbeiterklasse. Die inzwischen etwas verblasste Prellung in seinem Gesicht passte perfekt dazu.

»Du siehst aus wie Leonardo DiCaprio in Titanic!«, rief Hannah aus. Und bis auf die Wunde stimmte das sogar.

Elijah zog seine Mütze vom Kopf und machte eine galante Verbeugung. »Danke für das Kompliment, schöne Dame!«

Hannah kicherte und fast hätte Leo mitgekichert. Sie schluckte, denn sie wusste plötzlich nicht mehr, was sie tun sollte. Genau wie ganz zu Anfang, als sie Elijah kennengelernt hatte, fühlte sie sich in seiner Gegenwart auf einmal wieder linkisch und tollpatschig. Sie war froh darüber, dass sich das Lokal jetzt zu füllen begann und Elijah alle Hände voll zu tun bekam. Auf diese Weise würde die anstehende Aussprache noch etwas auf sich warten lassen müssen. *Gut so!*

Während Hannah zwei Mädchen aus ihrem Englischkurs entdeckte und zu ihnen ging, suchte Leo sich einen Platz bei der Theke, sodass sie in Elijahs Nähe bleiben und einen passenden Moment für ihr Gespräch erwischen konnte. Er wich ihr jedoch immer wieder aus, was einfach war, denn es wurde bald so voll, dass er kaum Zeit hatte, ihr überhaupt einen Blick zuzuwerfen.

Einmal huschte Susanne mit einem voll beladenen Tablett in ihrem Tisch vorbei. »Tut mir leid!« Wegen der lauten Musik musste sie ziemlich schreien. »Ich werde ihn bald zwingen, eine Pause zu machen, versprochen!«

Leo zuckte die Achseln. »Keine Eile!«, schrie sie zurück. »Ich find's toll so!« Und das stimmte. Sie genoss es, einfach hier zu sitzen und ihm zuzusehen, wie er mit den Leuten redete und geschäftig hinter der Theke hin und her eilte.

Hannah kam an ihrem Platz vorbei. »Alles gut?«, fragte sie und nahm einen Schluck von Leos Ananasbowle. Leo nickte und lächelte ihr zu.

Ungefähr eine Viertelstunde später sprach Susanne Elijah an. Er schaute kurz in Leos Richtung, dann nickte er und band seine lange schwarze Schürze ab. Gleich darauf verschwand er im hinteren Teil des Lokals.

Susanne suchte Leos Blick. Mit dem Kopf gab sie ihr einen Wink, ihm zu folgen.

Leo atmete einmal tief durch. Auf dem Weg hierher hatte sie sich ein paar Dinge zurechtgelegt, die sie ihm sagen wollte, aber dummerweise konnte sie sich plötzlich an kein einziges Wort erinnern.

Mit etwas zittrigen Knien betrat sie den Gang, der an den Toiletten vorbei- und weiter zum Lagerraum führte. Außer den Vorräten, die Susanne brauchte, standen hier auch ein kleiner Tisch und drei metallene Rohrstühle mit roten Plastikbezügen. Offenbar nutzte Susanne diesen Ort als Pausenraum.

Von Elijah war allerdings nichts zu sehen.

Leo überlegte. Wenn er nicht auf der Toilette war, gab es eigentlich nur noch eine einzige Möglichkeit, wo er sein konnte. Ihr Blick fiel auf die Hintertür, die auf den Hof hinausführte. Sie brauchte einen Moment, um sich ein Herz zu fassen. Dann jedoch ging sie auf die Tür zu und streckte zögernd die Hand nach der Klinke aus. Langsam drückte sie sie hinunter. Die Tür schwang fast von alleine auf.

»Elijah?«, fragte Leo leise.

Sie erhielt keine Antwort, also trat sie in den Innenhof hinaus. Hier standen nur ein paar leere Getränkekisten und mehrere Mülltonnen herum, sonst nichts weiter.

Enttäuscht wollte Leo sich schon wieder abwenden, als sie plötzlich gepackt und gegen die Wand gedrückt wurde. Ein erschrockener Kiekser kam aus ihrem Mund, sie wollte sich wehren, aber es ging nicht. Kräftige Arme hielten sie fest und im nächsten Moment wurde sie mitten auf den Mund geküsst.

Gleich darauf war sie wieder frei. Sie löste sich von der Wand, stolperte einen Schritt in Richtung Hintertür. »He!«, stieß sie empört hervor, erst da wurde ihr bewusst, dass es Elijah war, der sie geküsst hatte. Ganz dicht stand er vor ihr. »Was sollte das?«, keuchte sie. Der Kuss war ähnlich heftig gewesen wie der erste, den er ihr nach ihrem Zusammenstoß gegeben hatte.

Mit weit aufgerissenen Augen sah Elijah ihr ins Gesicht. Er war blass. Seine Lippen teilten sich und pressten sich gleich darauf zu schmalen Strichen zusammen. »Das war eine weiße Flagge«, erklärte er und senkte den Blick. »Genau wie an dem Tag, an dem ich dich angerempelt habe.« Abwartend schaute er sie an.

»Eine weiße Flagge?«, echote Leo. Sie fühlte sich überrumpelt. Atemlos. *Panisch.*

Er nickte nur. Dann sah er ihr in die Augen. »Als Zeichen für meine Kapitulation.«

Leo schluckte, weil dies in ihren Ohren gleichzeitig dramatisch und etwas albern klang. »Wovor kapitulierst du?«, fragte sie leise.

»Vor dir.« Er verschränkte die Arme vor der Brust, aber die Geste sah nicht abwehrend aus, sondern eher Schutz suchend. Die Sekunden verstrichen und Leo spürte jede einzelne davon wie winzige, eisige Wassertropfen, die ihr das Rückgrat hinunterrieselten. Dann, nach einer gefühlten Ewigkeit, erklärte Elijah endlich: »Ich kann nicht in deiner Nähe sein und so tun, als interessierst du mich nicht. Und da du offenbar nicht vorhast, Abstand zu halten, egal, wie unfreundlich ich zu dir bin, ergebe ich mich.« Sein Gesicht näherte sich ihrem ganz langsam. Sie konnte nicht wirklich glauben, was gerade geschah. Hatte er etwa vor, sie erneut zu küssen? Zärtlich diesmal und nicht so heftig wie die beiden Male zuvor? Sämtliche Knochen in ihrem Leib verwandelten sich in irgendetwas Weiches, Wabbeliges. Sie schwankte ein wenig.

»He!«, rief Elijah. »Du taumelst ja. Ist dir nicht gut?«

Sie nickte. »Doch! Alles okay!«

Aber er wirkte nicht überzeugt. Behutsam legte er die Arme um sie und zog sie an seine Brust. Dabei stieß sie ihm ungeschickt ihren Ellenbogen in die Rippen. Offenbar erwischte sie genau jene Stelle, die er sich im *Spiel* mit seinem Vater geprellt hatte. Scharf zog er Luft durch die Zähne.

Leo fuhr zurück. »Entschuldige!«, rief sie erschrocken aus. Und im gleichen Moment wurde ihr bewusst, dass er noch viel mehr Ärger bekommen würde, wenn er sie tatsächlich weiter traf.

Sie schluckte schwer. »Elijah …«

»Scht!«, machte er und legte ihr zwei Finger auf die Lippen. Eiskalt war seine Haut. Er ließ die Finger an ihren Wangen entlang bis nach hinten in ihren Nacken gleiten. Sie konnte spüren, wie sich dort die feinen Härchen aufrichteten. Seine Lippen waren nur noch Zentimeter von ihren entfernt und dann – mit einem lauten Krachen – wurde die Hintertür aufgestoßen.

Wie ertappt fuhren Leo und Elijah auseinander.

Ein Junge kam ins Freie gestolpert. Er wirkte ziemlich betrunken. »'tschulligung«, lallte er. »Ich wolle eigentlich zur Tol… zur … zum Klo!«

Elijah stieß einen unterdrückten Fluch aus, dann wies er aber zuvorkommend in die Richtung der Toilettentür. »Da lang!« Seine Stimme war ganz freundlich, doch in seinen Augen stand ein verärgertes Flackern.

»Oh. Danke.« Der Junge wollte gerade zurück ins Gebäude wanken, als Leo bemerkte, dass noch jemand bei ihm war.

»Fabian!«, rutschte es ihr heraus.

Fabian hatte eine Hand gegen die Wand gestützt. Sein Blick zuckte von Leo zu Elijah und wieder zurück. »Oh«, murmelte er.

Sie senkte den Kopf – nicht, weil sie sich schämte, mit Elijah hier zu sein, sondern, weil sie den niedergeschlagenen Ausdruck in Fabians Gesicht nicht ertragen konnte.

»Scheiße!«, flüsterte sie.

Der andere Junge machte die Tür wieder zu und entzog Fabian damit ihren Blicken.

Elijah schaute fragend.

»Er …« Sie wusste nicht, was sie sagen sollte. »Ich bin nicht sicher, aber ich habe das Gefühl, er wäre gern wieder mit mir zusammen«, fasste sie es dann in knappe Worte.

»Verstehe.« Elijah legte ihr eine Hand unter das Kinn und zwang sie so, zu ihm aufzusehen. »Und du?«

»Ich?« Sie schüttelte den Kopf. »Ich habe eine Weile gebraucht, um über ihn hinwegzukommen, aber jetzt? Nein!«

Elijah lächelte leicht. »Das ist gut.« Sein Gesicht war nun wieder ganz nah an ihrem, aber er machte keine Anstalten mehr, sie zu küssen. Stattdessen zog er sie wieder an sich und hielt sie ganz fest.

Leo schloss die Augen. Tief sog sie seinen Geruch ein, genoss die Wärme, die von seinem Körper ausging, und träumte davon, seine Lippen noch einmal auf ihren zu spüren.

Sie hatte keine Ahnung, wie lange sie dagestanden hatten, aneinandergeschmiegt und schweigend, als Elijah aufseufzte. »Ich fürchte, ich muss wieder rein.«

»Nein!«, murmelte sie, aber er machte sich sanft von ihr los.

»Leider doch.«

Leo verzog das Gesicht. Am liebsten hätte sie für den Rest ihres Lebens so dagestanden und sich von ihm festhalten lassen. »Okay«, seufzte sie.

Amy

Die letzte Wasserflasche war leer. In einem Anflug von Verzweiflung schleuderte Amy sie gegen die Wand. Mit einem Klirren zersprang sie, die Scherben landeten auf dem Fußboden.
»Na, na!«
Endlich eine vertraute Stimme!
Elektrisiert fuhr Amy zur Tür herum, und tatsächlich: Davor stand jemand und diesmal war es nicht der Irre mit den ausgelatschten Turnschuhen.
Sie glaubte, ihren Augen nicht zu trauen, als die Tür langsam aufschwang. Kam sie jetzt tatsächlich frei?
Vor Erleichterung begann sie, am ganzen Leib zu zittern.
»Gott sei Dank!«, flüsterte sie, als sie erkannte, wer jetzt den Raum betrat. Sie wollte auflachen, wollte jubeln, aber dann fiel ihr Blick auf das Messer, und sie begriff.
»Warum?«, schluchzte sie. »Warum tust du das?«
Er kam zu ihr, brachte seinen Mund ganz dicht an ihr Ohr. Doch seine Worte ergaben überhaupt keinen Sinn.
»Weil September ist …«, hauchte er. »Weil wieder September ist!«

Leo

Während Elijah wieder zurück an die Arbeit ging, verschwand Leo kurz auf der Toilette und warf anschließend beim Händewaschen einen prüfenden Blick in den Spiegel. Ihr Make-up war noch okay, aber die kunstvollen Locken hatten unter Elijahs Berührungen ziemlich gelitten. So gut es ging, behob Leo den Schaden, dann stützte sie sich auf dem Waschbeckenrand ab und wartete, bis sich ihr noch immer heftig klopfendes Herz einigermaßen beruhigt hatte. Erst als sie sicher war, dass sie sich wieder im Griff hatte, kehrte sie nach vorne in den Kneipenraum zurück.

Neugierig und mit einem leichten Schmunzeln auf den Lippen schaute Susanne ihr entgegen. »Er hat mich eine intrigante, blöde Kuh genannt«, grinste sie.

Leo setzte sich wieder und musste lächeln. »Bist du ja auch!«

»Er hat gelächelt«, fügte Susanne an. »Mit den Augen. Er lächelt sonst nie mit den Augen.«

Leo verspürte Freude angesichts dieser Worte. »Danke!«, sagte sie.

Susanne strich ihr mit einer mütterlichen Geste über die Wange. »Gern geschehen!«

Leo wollte noch etwas fragen, aber genau in diesem Moment klingelte ihr Handy. Sie warf einen Blick auf das Display. Es war Nene.

Sie wollte schon rangehen, aber da fiel ihr Blick auf Fabian, der in einiger Entfernung stand und sie anschaute, als habe er eben eine Tracht Prügel bekommen.

Leo unterdrückte ein Seufzen. Sie lenkte Nene auf die Mailbox um, dann steckte sie ihr Handy weg und steuerte auf Fabian zu. Aber er schüttelte nur den Kopf.

Sie blieb stehen.

»Lass gut sein, Leo. Ich hab's kapiert!«, sagte er. Dann wandte er sich ab und verließ das Lokal.

Leo kämpfte gegen das Bedürfnis, ihm nachzulaufen. *Mutter Teresa!*, raunte die gemeine kleine Stimme in ihrem Hinterkopf. Aber dann fiel ihr Blick auf Elijah, der gerade dabei war, frische Ananas für neue Bowle in Stücke zu schneiden. Über die Schulter hinweg warf er ihr einen Blick zu, bei dem ihr heiß und kalt zugleich wurde.

Sie verbannte jeden Gedanken an Fabian aus ihrem Schädel. Er hatte sie damals in die Wüste geschickt. Sie hatte keinerlei Verpflichtungen ihm gegenüber.

Langsam kehrte sie zu ihrem Platz zurück und konzentrierte sich auf sich selbst. In ihr war ein ziemliches Gefühlschaos. Sie war gleichzeitig glücklich und ängstlich. Was, wenn Elijahs Vater herausbekam, dass sein Sohn sich über das Verbot, sich mit einem Mädchen zu treffen, hinwegsetzte? Würde Elijah dann wieder Prügel kassieren, so wie neulich? Noch schlimmere Prügel womöglich? Es fühlte sich aufregend und beängstigend zugleich an, dass Elijah offenbar bereit war, ihretwegen dieses Risiko einzugehen. Wenn sie nicht wegen seiner puren Nähe schon Herzklopfen ohne Ende gehabt hätte, hätte sich bei diesem Gedanken ihr Pulsschlag noch mehr beschleunigt.

Sie waren wie ein Paar auf der Flucht vor der eigenen Verwandtschaft. *Romeo und Julia.*

Leo lachte leise.

Elijah warf einen Blick in ihre Richtung. »Was hast du?«

»Nichts!«, log sie.

Nur dass ich mir gerade vorkomme wie Bonnie, die von Clyde entführt wurde.

»Sicher?« Elijah legte das Messer fort.

Romeo und Julia. Bonnie und Clyde.

Gibt es nicht auch ein Paar, dessen Geschichte gut ausgeht?

Leo nickte energisch. »Ganz sicher.« Sie lächelte ihn an und das schien ihn zu überzeugen.

Vom anderen Ende des Raumes winkten mehrere Leute nach ihm.

»Sorry«, sagte er. »Ich muss dahin.«

Sie nickte. »Kein Problem.«

Sie sah zu, wie er sich durch die Menge drängte. Ein Mädchen aus der Zwölften, die sich ebenfalls als Marlene Dietrich verkleidet hatte, hielt ihn unterwegs am Arm fest und beugte sich zu ihm, um ihm etwas ins Ohr zu sagen. Er nickte, wollte sich schon wieder abwenden, als sie ihn ganz zu sich heranzog und ihm einen Kuss auf die Wange drückte.

Er befreite sich höflich, aber bestimmt aus ihrem Griff, dann sagte er etwas und deutete dabei mit dem Kopf auf Leo.

Das Gesicht der Zwölftklässlerin wurde schlagartig finster, dann lachte sie hämisch auf und machte irgendeinen Spruch. Elijah erwiderte nichts und setzte seinen Weg zu den Gästen fort, die nach ihm gewinkt hatten.

»Was hast du ihr gesagt?«, fragte Leo, als er wieder hinter die Theke kam. Sie deutete auf die Zwölftklässlerin.

Er folgte ihrem Fingerzeig. »Zu Jenny? Dass sie sich keine Mühe geben soll.«

Angestrengt bewahrte Leo ihre coole Fassade. »Warum nicht?«, fragte sie so lässig wie möglich.

Einer seiner Mundwinkel hob sich ein Stück. »Wenn du das noch fragen musst, nach der Sache im Hinterhof eben …«

Sie schüttelte den Kopf. »Muss ich nicht.« Schlagartig fühlte sie sich, als habe sie nicht nur ein Glas Bowle getrunken, sondern die ganze Schale geleert. Vor lauter Glücksgefühl wurde ihr regelrecht schwindelig.

Sie warf einen Blick in Jennys Richtung und die prostete ihr zu.

Elijah runzelte die Stirn. Plötzlich stand in seinen Augen wieder dieser grüblerische Ausdruck, den Leo schon kannte. Doch bevor sie ihn danach fragen konnte, kehrte er zu seiner Arbeit zurück und ließ sie einfach stehen.

Jenny hingegen wandte sich demonstrativ ab und drängte sich durch die Menge davon. Fast tat sie Leo ein bisschen leid.

»Hast du der irgendwas getan?« Einige Minuten später war Hannah plötzlich wieder da und ließ sich mit einem Ächzen auf einen Stuhl fallen. »Puh! Ganz schön voll!«

»Wen meinst du?«

Hannah deutete auf Jenny, die jetzt an einem der Tische am Fenster lehnte. »Sie war gerade hinten auf dem Klo und ist ziemlich fies über dich hergezogen.«

Gewöhnlich schmerzte es Leo, wenn jemand schlecht

über sie redete, aber heute war ihr das völlig egal. Nichts würde die Hochstimmung vertreiben können, in die Elijah sie versetzt hatte. »Elijah hat ihr gerade gesagt, dass er mit mir zusammen ist.«

»Echt?« Hannah griff sich Leos Cola, die sie sich kurz zuvor von Susanne hatte geben lassen, und trank sie ungefragt halb leer. »Ich hatte schon die ganze Zeit das Gefühl, dass das mit euch was Besonderes ist. Tja, da muss sich die versammelte Damenwelt wohl mit dem Gedanken vertraut machen, dass der begehrteste Typ vom Noah's vergeben ist.« Sie sagte es so, dass es gleichzeitig anerkennend und voller Neid klang. »Arme Jenny!«

»Wieso arm?« Leo nahm ihr das Glas aus der Hand, schaute vorwurfsvoll hinein, aber Hannah schien den Wink mit dem Zaunpfahl nicht zu verstehen.

»Vor zwei Jahren oder so ist ihr mal was ziemlich Schräges passiert«, erzählte sie. »Ich weiß nichts Genaues, aber ich habe gehört, sie ist mit dem Auto verunglückt und eine ganze Weile halb verrückt vor Angst durch den Wald geirrt. Sie hat tatsächlich geglaubt, dass ihr eigener Freund sie umbringen will, kannst du das glauben?« Hannah lachte, als sei das eine ziemlich gute Anekdote. »Ganz schön paranoid!«

Leo fühlte wieder die eigene Dünnhäutigkeit und fragte sich, was mit ihr los war. Sie versuchte, sich vorzustellen, was Jenny empfunden haben musste, aber es ging nicht. Was für eine schreckliche Vorstellung, dem eigenen Freund nicht trauen zu können!

»He, ich glaub's ja nicht!« Hannah stieß Leo in die Seite und riss sie damit aus ihren düsteren Gedanken. »Ist das eine Halluzination?«

Sie deutete auf den Neuankömmling, der soeben die Kneipe betreten hatte. Er war in der Tür stehen geblieben, wie jemand, der einen übervollen Raum betritt und nicht genau weiß, ob er hier richtig ist.

Es war Daniel, Elijahs Bruder. Er hatte sich in einen ganz normalen Anzug geworfen, aber ein altmodischer Hut schaffte wenigstens einen Anflug von Zwanzigerjahre-Look. Die langen Haare darunter trug er heute offen.

»Ich glaube, ich sehe doppelt!«, flüsterte Hannah.

Leo schüttelte den Kopf. »Tust du nicht! Das ist Elijahs älterer Bruder.« Sie winkte und machte Daniel so auf sich aufmerksam.

Seine Miene hellte sich auf, als er sie sah. Zielstrebig steuerte er ihren Tisch an.

»Wie Zwillinge!«, flüsterte Hannah aufgeregt und begann plötzlich, nervös an ihrem Kleidersaum herumzuzupfen. Als Daniel sie erreicht hatte, krampfte sich ihre Hand um den dünnen Stoff.

»Hallo Leo!« Daniel streckte die Hand aus.

»Hey Daniel!« Leo schlug ein. »Ich wusste gar nicht, dass du auch kommen wolltest.« Dann wies sie auf ihre Freundin. »Das ist Hannah.«

Er gab auch Hannah die Hand. »Schön, dich kennenzulernen.« Aufmerksam streiften seine Blicke durch das Lokal, bis er Elijah entdeckte, der gerade eine neue Colakiste aus dem Lager geholt hatte. Er winkte ihm übertrieben freundlich zu.

Elijah nickte knapp, dann brachte er die Kiste hinter die Theke und beachtete seinen Bruder nicht weiter. Leo jedoch warf er einen langen, warnenden Blick zu.

Daniel neben ihr lachte auf. »Besitzansprüche?«, fragte er.

Leo schnitt ihm eine Grimasse.

»Mein kleiner Bruder neigt gegenüber seinen Freundinnen dazu«, erklärte Daniel.

Seinen Freundinnen? Ärger bildete sich als kleiner, harter Knoten in Leos Magen. Dabei war ihr nicht ganz klar, worüber sie sich genau ärgerte. Über sich selbst, weil sie auf die Erwähnung von früheren Freundinnen so empfindlich reagierte? Oder eher über Daniels blöden Spruch? Dennoch war der Gedanke, dass sie nicht die Einzige oder sogar Erste war, für die er seinen Hals riskierte, überaus schmerzhaft.

Sie beobachtete Elijah dabei, wie er sich nach einer Weinflasche auf einem der obersten Regalborde recken musste. Ganz kurz zuckte seine Hand dabei zu seinen schmerzenden Rippen.

Leo schluckte.

Daniel wandte sich Hannah zu und verwickelte sie in ein Gespräch über Gott und die Welt. Die ganze Zeit über warf er Leo immer wieder lange, bedeutungsvolle Blicke zu. Und er achtete sorgsam darauf, dass Elijah das auch ja mitbekam.

Elijah gab sich alle Mühe, sich keine Gefühlsregung anmerken zu lassen, aber Leo konnte ihm sogar über die Entfernung hinweg ansehen, dass er sich über Daniels Verhalten ärgerte.

Schließlich wurde es ihr zu viel. »Ich hole uns noch mal was zu trinken«, sagte sie. »Will noch jemand?«

Hannah unterbrach sich mitten in einer langen, komplizierten Erzählung über einen ungeschickten Lehrer, die sie gerade zum Besten gab, und überlegte kurz. »Ein Glas Bowle wäre toll!«

»Und du, Daniel?«, fragte Leo.

»Keinen Alkohol«, sagte er automatisch. »Irgendwas. Eine Apfelschorle oder so.«

»Apfelschorle?« Hannah verzog das Gesicht. »Ganz schön langweilig!«

»Capoeirista trinken keinen Alkohol«, erklärte er. »Er macht die Muskeln langsam.«

»Apfelschorle. Geht klar.« Leo nahm ihr leeres Glas und stand auf. Inzwischen war es so voll geworden, dass sie sich sogar auf den paar Metern bis zur Theke durchkämpfen musste. »Was geht hier gerade zwischen euch vor?«, fragte sie, als sie das Glas vor Elijah hinstellte.

Elijah musste schon wieder neue Früchte für die Bowle schneiden. Mit dem Messer in der Hand schaute er zu seinem Bruder hinüber. Er schüttelte leicht den Kopf. Seine Miene war undurchdringlich. »Er versucht, mir klarzumachen, dass ich mich gegen die Gebote meines Vaters auflehne.« Mit einer Kopfbewegung deutete er auf Leos Glas. »Nachschub?«

»Eine Cola, eine Apfelschorle und eine Bowle. Ich finde sein Verhalten irgendwie unheimlich.«

»Er …« Elijah legte das Messer fort. »Sagen wir, er hat einige Probleme mit mir.«

»Probleme?«

Aber Elijah schien nicht vorzuhaben, ihr mehr darüber zu erzählen.

»Er ist älter als du«, machte sie einen neuen Versuch.

Elijah blinzelte. »Fünf Jahre. Warum?«

»Er sieht gar nicht so alt aus. Er hat eben ziemlich deutlich durchblicken lassen, dass ich nicht deine erste Freundin …« Rasch biss sie sich auf die Lippen, weil ihr bewusst wurde, wie dämlich und eifersüchtig sie klang. »Hatte *er* etwa noch nie eine Freundin?«, schob sie eilig nach. Weil sie sich schämte, rutschte ihr die Frage viel zu laut heraus und Daniel hörte sie.

Sein Kopf wanderte zu ihr herum und ein Lächeln erschien auf seinen Lippen, das Leo eine Gänsehaut verursachte. »Erzähl ihr von Chrissy!«, verlangte er.

Bei der Nennung des Namens wurde Elijah bleich. »Ich ...« Seine Stimme kippte und er brauchte einige Sekunden, bis er sich wieder im Griff hatte. »Was soll das, Daniel? Ich kapier's nicht! Neulich nimmst du Leonie mit in die Akademie und jetzt ...«

»Es geht hier nicht um Leo!«, sagte Daniel so scharf, dass Leo zusammenzuckte. »Und das weißt du ganz genau!«

»Lass Chrissy aus dem Spiel, Daniel«, drohte Elijah. »Ich warne dich nur ein einziges Mal!« Unbewusst krampfte sich seine Hand um das Messer und Leo sah, dass Daniel es ebenso registrierte wie sie.

Eine Weile sagte keiner von beiden ein Wort. Die anderen Gäste rings herum waren inzwischen aufmerksam geworden. Nach und nach verstummten die Gespräche und es wurde still.

Elijah wurde sich des Messers in seiner Hand bewusst. Er warf es hin, sodass es quer über die Tresenoberfläche schlidderte. Haarscharf an der Kante blieb es liegen.

»Was, wenn ich nicht mache, was du sagst?«, fragte Daniel kühl. »Was, wenn ich dich niemals vergessen lasse, was mit Chrissy passiert ist?«

Elijah musste sich jetzt an der Kante des Tresens festhalten. »Daniel, ich weiß, dass du mir die Schuld gibst an dem, was ...«

»Oh ja!« Jetzt hatte Daniel die Stimme erhoben. »Das tue ich Eli! Ich gebe dir die Schuld! Und ich …«

Elijah redete einfach weiter, ohne ihn zu beachten. »Und ich weiß auch, dass du alles dransetzen wirst, dass ich niemals vergesse, was passiert ist, aber ich bitte dich: Lass Leonie da raus!« Er klang jetzt beschwörend, fast flehend. »Das mit Chrissy ist zwischen dir und mir! Bitte zieh Leonie da nicht mit rein!«

Chrissy.

Leos Herz klopfte ihr bis zum Hals. Wovon sprachen die beiden? Ihr war auf einmal so unbehaglich, dass sie es nicht mehr aushielt.

Daniel feixte, aber bevor er noch einmal den Mund öffnen konnte, sprang Leo auf die Füße. »Hört auf!«, schrie sie. Sie wollte sich eine von Nenes kunstvollen Locken hinter die Ohren streichen, aber ihre Finger zitterten so sehr, dass sie die Hand wieder sinken ließ.

Elijah sah es und biss die Zähne zusammen. Er schwieg.

»Bist du sicher, dass du allein gehen willst?« Elijah stand mit ihr vor der Eingangstür des Noah's und wirkte besorgt. Nachdem Leo Elijah und Daniel angeschrien hatte, hatte Daniel ohne ein weiteres Wort das Lokal verlassen. Nur ein paar Minuten später, als die anderen Gäste längst zu ihren eigenen Gesprächen zurückgekehrt waren, hatte Hannah Leo darauf aufmerksam gemacht, dass es bereits halb zwölf war und sie nach Hause mussten. Sie hatten beide nur die Erlaubnis bekommen, bis Mitternacht wegzubleiben.

Leo war darüber unendlich erleichtert gewesen. Jetzt nickte sie Elijah ziemlich gereizt zu. »Ich bin die ganzen

Jahre ohne deine Begleitung ausgekommen.« Der sonderbare Streit zwischen den beiden Brüdern saß ihr noch immer ganz schön in den Knochen. »Es fährt ein Nachtbus, den nehmen wir und dann bin ich null Komma nichts zu Hause.«

Hannah war noch drinnen, weil sie vor ihrem Aufbruch noch einmal auf die Toilette gehen wollte.

Elijah schien nachzudenken, was er jetzt am besten sagen sollte. »Kann ich deine Handynummer haben«, bat er dann. »Damit ich mich vergewissern kann, dass du sicher angekommen bist?«

»Klar.« Leo nannte ihm ihre Nummer, und statt sie gleich in sein Handy einzutippen, schrieb er sie mit dem Kugelschreiber, den er sonst zum Kassieren benutzte, auf die Innenseite seiner Handfläche.

Sie verspürte das sonderbare Bedürfnis, einen Scherz zu machen, um den grüblerischen Ausdruck in seinen Augen etwas abzumildern. »Handynummern tauschen kommt eigentlich *vor* dem Zusammensein!«, erklärte sie.

Tatsächlich lächelte er, aber es war ein trauriges Lächeln. »Wir sind eben ein ungewöhnliches Paar!«

»Ein Paar«, wiederholte Leo, aber bevor sie noch etwas hinzufügen konnte, kam Hannah nach draußen.

»So! Fertig. Wir können!« Sie schien nichts davon zu bemerken, dass die Erde unter Leos Füßen angefangen hatte zu schwanken wie bei einem Erdbeben.

Elijahs Lächeln verblasste. Mit dem Daumen wies er über die Schulter ins Innere der Kneipe. »Ich muss leider wieder rein. Wie lange brauchst du, bis du zu Hause bist?«

»Ungefähr eine halbe Stunde«, antwortete Leo.

Er schaute auf seine altmodische Armbanduhr, die so gar nicht zu seinem Zwanzigerjahre-Outfit passte. »Gut. Ich rufe dich gegen Viertel nach zwölf an, okay?«

Sie nickte und er strich ihr sanft über die Wange. »Tschüss«, murmelte er.

Hannah und sie waren noch nicht an der nächsten Straßenecke angekommen, als sich aus dem Schatten zwischen zwei Laternen eine Gestalt löste und auf sie zukam.

Etwas erschrocken blieb Leo stehen. Sie musste gegen das Licht der Laterne anblinzeln, um zu erkennen, wer da vor ihr stand.

»Schröder!«, entfuhr es ihr.

»Ach du Scheiße!«, hörte sie Hannah flüstern.

Schröder wackelte mit dem Kopf wie eine Marionette, die nur noch an einem dünnen, brüchigen Faden hing. »Leonie, nich wahr?«, lallte er. In der Hand hielt er eine fast leere Schnapsflasche.

Genervt verdrehte Leo die Augen. »Lassen Sie mich endlich in Ruhe!«, motzte sie. Ihr Bedarf an Unheimlichem war für heute mehr als gedeckt.

Doch Schröder ließ sich nicht beeindrucken. »Septembermädchen«, brabbelte er. Eine üble Fahne begleitete das eine Wort.

Leo wich ein Stück zurück. Aber dann konnte sie sich nicht mehr zurückhalten. »Entweder Sie sagen mir jetzt klar und deutlich, was Sie von mir wollen, oder Sie lassen mich ein für alle Mal in Ruhe!«, schrie sie ihn an.

Seine Augen weiteten sich bei der unerwarteten Abfuhr. »September … Das ist der Monat, in dem …« Er unterbrach sich, weil er rülpsen musste.

Angewidert verzog Leo das Gesicht.

»Komm doch!« Hannah grapschte nach ihrem Arm und versuchte, sie mit sich zu ziehen. Leo war drauf und dran, ihr zu folgen und den Obdachlosen einfach stehen zu lassen, aber dann sagte er etwas, das sie zu Eis erstarren ließ.

»Du wirst sterben, Mädchen!«

»Was?« Sie glaubte, sich verhört zu haben. Schlagartig war ihr so kalt, dass ihre Zähne anfingen zu klappern.

»Weil September ist! Und weil er begreifen wird, dass er die Falsche hat.« Er stieß die Hand mit der Flasche in Leos Richtung, als wollte er sie ihr gegen die Brust schlagen. Dabei stolperte er vorwärts und rempelte mit seinem vollen Gewicht gegen sie.

Erschrocken wich Leo ihm aus, doch sie brachte es nicht übers Herz, ihn einfach hinfallen zu lassen. Reflexartig fasste sie zu. Unter seinem Gewicht ging sie in die Knie, aber sie konnte zumindest verhindern, dass er auf den Asphalt knallte.

»Hilf mir doch mal!«, zischte sie ihre Freundin an. Hannah zögerte, und bevor sie sich entschließen konnte, näher zu kommen, machte Schröder sich schon aus Leos Griff los.

Torkelnd stand er vor ihr. »Septembermädchen!« Er trank einen tiefen Schluck aus seiner Flasche. »Niemand sieht die Raubtiere. Nur ich.«

»Schröder!« Elijahs Stimme war nicht besonders laut, aber sehr scharf.

Der Obdachlose zuckte zusammen wie unter einem Hieb. Als er Elijah mit langen, zornigen Schritten auf ihn zukommen sah, zog er schuldbewusst den Kopf zwischen die Schultern. »Nicht!«, murmelte er.

Elijah schob sich zwischen Leo und den Obdachlosen. »Wenn du Leonie noch einmal belästigst«, drohte er finster, »dann sorge ich dafür, dass du da landest, wo du schon lange hingehörst! In der Klapsmühle!«

Bei diesen Worten zuckte Schröders Kopf hoch. Plötzlich wirkte er weitaus weniger betrunken als noch kurz zuvor. Herausfordernd reckte er das Kinn vor. »Wer gehört dahin?«

An Elijahs Schläfe bewegte sich ein einzelner Muskel. »Lass Susannes Gäste in Ruhe! Und jetzt verschwinde, sonst mache ich Ernst!«

Schröders Blick war noch immer herausfordernd auf sein Gesicht gerichtet. »Ja«, meinte er gedehnt. »Das tust du ja gerne, nicht wahr? Chrissy könnte ein Lied davon singen!«

Diese Bemerkung traf Elijah ziemlich hart, das konnte Leo sehen. Erschrocken fragte sie sich, was der Obdachlose wohl gemeint hatte.

Ohne auf Schröders letzte Worte einzugehen, verschränkte Elijah die Arme vor der Brust und da trat Schröder den Rückzug an. Mit abwehrend erhobenen Händen wich er zurück. »Schon gut, schon gut! Ich geh ja schon!« Er blitzte Leo wütend an, dann wankte er davon.

Erleichterung überkam sie, als er endlich weg war, und sie atmete tief durch.

Elijah wandte sich zu ihr um. »Alles in Ordnung?«

Leo nickte beklommen, auch wenn ihr Herz noch immer oben im Hals klopfte. »Was hat das alles zu bedeuten, Elijah?«

Sein Gesichtsausdruck war undurchschaubar. Er wirkte

angespannt. »Ich muss wieder rein, Leonie«, sagte er. »Ich erkläre dir alles, versprochen. Aber später.«

»Du kannst mich nicht so …«

Doch er schnitt ihr mit einer harschen Geste das Wort ab. »Du musst nach Hause, sonst kriegst du Ärger mit deiner Mutter.« Sein Blick suchte Hannah, die sorgsam Abstand von der Szene gehalten hatte. »Kümmre dich um sie!«, verlangte er.

Hannah nickte mechanisch.

Leo spürte, dass aller Widerstand keinen Sinn hatte. »Okay«, sagte sie, »aber …«

»Ich rufe dich nachher an, Leonie.« Elijah nahm ihr Gesicht in beide Hände und gab ihr einen sanften Kuss. Auf die Stirn.

Als er sie wieder losließ, nickte sie. »Gut.«

Er lächelte, aber seine Augen waren noch viel leerer dabei als sonst. Einen Augenblick stand er regungslos wie eine Statue, dann drehte er sich um und kehrte in die Kneipe zurück.

Verwirrt und zutiefst beunruhigt sah Leo ihm nach.

Nene wartete auf sie.

Als Leo die Haustür aufschloss, hörte sie, dass im Wohnzimmer der Fernseher lief. Irgendeine amerikanische Serie, jedenfalls den Geräuschen nach zu urteilen. Leo konnte hören, wie Schüsse fielen.

»Bin wieder da!«, rief sie, während sie im Flur die Schuhe auszog. Ihre Fußsohlen protestierten mit einem krampfartigen Schmerz, weil sie nach dem langen Stehen auf hohen Absätzen nun wieder eine natürliche Haltung einnehmen sollten. Leo rieb sich die Waden.

Nene streckte den Kopf aus dem Wohnzimmer. »Gott sei Dank! Ich hatte versucht, dich zu erreichen!« Sie wirkte ziemlich aufgelöst, sodass Leo sofort ein schlechtes Gewissen bekam.

»Ich habe den Anruf weggedrückt«, gab sie zu. »Weil ich gerade mit Fabian ... Was ist los?« Plötzlich fühlte sie sich wie unter Strom.

So wie Nene aussah, war irgendwas Schlimmes passiert!

Im Fernseher schrie jemand: »Stehen bleiben oder ich schieße!« Nene warf einen raschen Blick über die Schulter. »Meine Kollegen von der Polizei haben vorhin angerufen. Offenbar haben sie einen Zeugen gefunden, irgendeinen von Schröders Obdachlosenkumpels, der weniger verrückt ist als er. Er hat ausgesagt, dass er gesehen hat, wie ein Mann ein junges Mädchen davongezerrt hat.«

»Scheiße!«, murmelte Leo. Die ganze Zeit über hatte sie schon so ein mulmiges Gefühl gehabt. Amy und weggelaufen. Das hatte von Anfang an nicht besonders gut zusammengepasst.

»Sie haben seine Aussage überprüft«, fuhr Nene fort. »Und sind dabei im Industriepark auf eine Art Verlies gestoßen. Offenbar ist Amy dort mehrere Tage lang gefangen gehalten worden.«

Leo schluckte schwer, aber ihre Mutter sprach nicht weiter.

»Was ist mit der SMS, die sie mir geschickt hat?«, fragte Leo endlich.

»Die Polizei geht jetzt davon aus, dass sie von ihrem Entführer stammt, um alle in die Irre zu führen.«

Leo merkte erst, dass sie taumelte, als sie mit der Schulter hart gegen den Türrahmen stieß. »Du hast nicht gesagt, dass Amy in diesem Verlies ...«

»Sie haben sie dort nicht gefunden, nein. Sie haben jetzt Spürhunde angefordert.«

Entsetzt schloss Leo die Augen. Als auf der Mattscheibe erneut geschossen wurde, zuckte sie erschrocken zusammen.

Sie hatte kaum ihre Zimmertür hinter sich zugemacht, da klingelte ihr Handy. Das Display zeigte eine Nummer an, die sie nicht in ihrem Speicher hatte.

»Ja?«, meldete sie sich.

»Bist du gut angekommen?« Elijahs Stimme streichelte ihre Haut wie eine leichte Sommerbrise. Leo schauderte.

»Heil und gesund«, murmelte sie und fügte in Gedanken hinzu: *Und mit einer furchtbaren Nachricht empfangen worden.*

Sie zog ihre Unterlippe zwischen die Zähne und kaute darauf herum.

»Dann schlaf gut!«, sagte Elijah.

Er wollte doch wohl nicht einfach auflegen? Leo ließ sich auf ihren Schreibtischstuhl fallen. »Elijah!« Fast schrie sie seinen Namen.

Er stieß ein unterdrücktes Seufzen aus.

»Du hast versprochen, mir zu erklären …« Leo hielt inne, wartete darauf, dass er etwas sagen würde. Aber er schwieg einfach nur. Die Leitung summte an ihrem Ohr. »Wer ist Chrissy?«, fragte sie schließlich vorsichtig.

Aber in ihrem Kopf hallte ein ganz anderer Name wider. *Amy!*

Es klang, als ziehe Elijah Luft durch die Zähne.

»Du hast mir versprochen …«, wiederholte Leo und diesmal unterbrach er sie.

»Ich weiß. Aber es fällt mir schwer, darüber zu reden. Gib mir ein bisschen Zeit, okay?«

Sie fasste sich in die Locken und zog daran. »Wie viel?«

»Bis morgen Mittag. Dann erzähle ich dir alles. Aber nicht am Telefon. Wir treffen uns vor der Akademie, okay?«

Leo stellte sich vor, wie sie sich die Nacht über von einer Seite auf die andere wälzen würde, weil bei all den Fragen, die ihr auf der Seele brannten, an Schlaf nicht zu denken war. Trotzdem sagte sie: »Okay!« Sie schloss die Augen. »Elijah?«, fügte sie dann hinzu.

Er wartete.

»Es ist was Schlimmes mit Chrissy passiert, oder?«

Und mit Amy?

Es knisterte in der Leitung. »Schlaf gut, Leonie«, sagte Elijah. Und legte auf.

Erschrocken und beunruhigt starrte Leo ihr Handy an. Dann warf sie es auf ihren Schreibtisch und ging seufzend ins Bad, um sich bettfertig zu machen. Sie brauchte nur zwei Minuten fürs Zähneputzen und Abschminken, aber fast eine Viertelstunde, um all das Haarspray aus ihren Locken zu bürsten. Als sie anschließend das Licht löschen wollte, hatte sie das Gefühl, dass der Erdboden unter ihr noch immer schwankte.

Missmutig schlug sie auf den Lichtschalter.

Die Nacht war der reinste Horror. Nachdem es Leo endlich gelungen war, in einen leichten Schlummer zu gleiten, hatte sie einen schlimmen Albtraum. Sie sah sich durch das finstere Industrieviertel gehen, aber egal, welchen der vielen Wege sie auch einschlug, sie fand den Ausgang nicht. Schritte waren hinter ihr, doch sie näherten sich nicht, sondern hielten stets genau den gleichen Abstand. Eine Stimme sang leise: »Weißt du, wie viel Sternlein stehen?« Sie wandte sich um, aber niemand war zu sehen. Sie wollte loslaufen, aber Wände wuchsen rings um sie aus der Erde, erst hüfthoch, dann höher und höher, bis sie bis in den Himmel zu ragen schienen. Als Leo ihr Ende nicht mehr erkennen konnte, begannen die Wände, sich auf sie zuzuschieben.

Sie schrie. Mit beiden Fäusten hieb sie auf den rauen Beton ein und zu ihrer grenzenlosen Erleichterung hörten die Wände auf, sich zu bewegen. Leo drehte sich um und entdeckte plötzlich eine Tür, die vorher nicht da gewesen war. Noch während sie überlegte, schwang die Tür auf. Sie zögerte hindurchzugehen. Was würde sie dahinter erwarten?

Da lösten sich die Wände in Luft auf und Leo stand auf einer Wiese.

In weiter Ferne sah sie Elijah und im ersten Moment verspürte sie eine unendliche Erleichterung. Doch gleich darauf erkannte sie, dass etwas mit ihm nicht stimmte. Seine Bewegungen wirkten irgendwie – unnatürlich. Zunächst konnte sie sich nicht erklären, woran das lag, aber als er näher kam, sah sie, dass er auf den Händen lief. Sein Kopf war ihm auf den Rücken verdreht, sodass er sie ansehen konnte.

Sein Grinsen war breit und schneeweiß.

»Hallo Leonie«, sagte er. Er sprach mit Schröders Stimme. Leo verspürte eine beunruhigende Irritation deswegen, aber merkwürdigerweise fand sie es nicht wirklich ungewöhnlich. Erst als Elijah dicht vor ihr stand und mit einer federnden Bewegung auf die Füße sprang, sah sie, dass er einen Rucksack trug. Ihren Rucksack, dessen Inhalt auf dem Boden verstreut worden war, als sie mit Elijah nach dem Handballtraining zusammengeprallt war. Elijah ließ ihn von den Schultern gleiten und öffnete ihn. »Sieh hinein«, forderte er sie auf, jetzt mit seiner richtigen Stimme. Sie wollte sich weigern. Etwas sagte ihr, dass es keine gute Idee war, aber sie konnte nicht anders. Wie magisch angezogen trat sie näher und warf einen Blick ins Innere ihres Rucksacks. Sie schaute in einen unendlichen, wirbelnden Abgrund, der sie aufzusaugen schien. Sie blinzelte.

»Sieh genau hin!«, forderte Elijah sie auf und das tat sie.

Der Rucksack war voller Blut …

Das war der Moment, in dem sie mit einem panischen Schrei aufwachte. Ihr Atem ging schwer und kalter Schweiß bedeckte ihr Gesicht und ihren Hals. Zitternd legte sie eine Hand auf ihr rasendes Herz.

»Leo?« Ein leises Klopfen an der Tür. »Ist alles in Ordnung?« Die Tür öffnete sich einen Spalt, Nene streckte ihren verstrubbelten Kopf herein.

»Ja«, krächzte Leo und musste sich räuspern. »Nur ein doofer Traum.«

Da öffnete Nene die Tür ganz. »Ein Traum? Erzähl!« Sie unterdrückte ein Gähnen und kam ans Bett. Sie trug einen Schlafanzug, es war also spät in der Nacht.

»Schon gut!«, wehrte Leo ab, aber sie kannte ihre Mutter gut genug, um zu wissen, dass sie damit nicht durchkommen würde. Und tatsächlich setzte Nene sich auf ihre Bettkante. »Die Sache mit Amy ist schlimm, Leo. Es ist klar, dass dich das beschäftigt, und ich gehe hier nicht eher wieder weg, bevor du mir erzählt hast, was du geträumt hast!«

Leo verdrehte die Augen. »Du musst mich nicht therapieren!«, stöhnte sie. »Mir geht es gut, ehrlich!« Aber noch während sie das behauptete, spürte sie deutlich, dass genau das Gegenteil der Fall war. Die Nachricht von Amys Entführung hatte sie ziemlich mitgenommen. Nenes Worte hallten in ihrem Kopf nach.

Sie haben jetzt Spürhunde angefordert.

Leichenspürhunde! Es waren bestimmt Leichenspürhunde! Leo schluckte schwer.

Nene saß einfach da und wartete, dass sie etwas sagte. Die Rosen auf ihrem Schlafanzug hatten kleine herzförmige Gesichter, das war Leo noch nie zuvor aufgefallen.

Sie zählte die Blätter der einzelnen Blüten. Als sie bei vierundzwanzig angekommen war, gab sie es auf. »Okay«, murmelte sie und erzählte ihrer Mutter von den in den Himmel wachsenden Wänden, die sie eingesperrt hatten.

»Wände?« Nene runzelte die Stirn. »Na, das ist ja nicht so schwer zu interpretieren, nach dem, was wir gestern erfahren haben.« Sie gähnte heftig und das ließ Leo, die kurz davor war, sich ihr ganz anzuvertrauen, einen Rückzieher machen.

»Klar«, sagte sie nur und dachte dabei an Elijah.

»Kannst du weiterschlafen?«, fragte Nene.

Leo nickte, obwohl sie sich im Grunde nicht einmal sicher war, ob sie nach diesem Albtraum überhaupt jemals wieder ein Auge zubekommen würde. Aber sie war definitiv alt genug, um mit dieser Art von Problem alleine fertig zu werden! »Wehe, du schlägst mir jetzt vor, zu dir ins Bett zu kommen!«, drohte sie.

Nene griff Leos betont unbeschwerten Tonfall auf. »Im Leben nicht, so wie du beim Schlafen strampelst!« Sie wuschelte Leo durch die Haare und stand auf. »Schlaf gut, Schatz!«

»Du auch.« Leo legte sich wieder hin und zog die Decke bis zum Kinn hoch. Dann lauschte sie auf die Geräusche, die ihre Mutter machte, bis sie selbst wieder im Bett lag. Nene hatte beide Türen offen gelassen. Ein schwacher Lichtschimmer fiel in Leos Zimmer, genau wie früher, als sie noch klein gewesen war. Im ersten Moment hielt sie Nenes Vorgehen für übertrieben, aber als sie dann versuchte, wieder einzuschlafen, kehrte die Erinnerung an den Albtraum zurück und sie war froh über das Licht. An ihm konnte sie sich festhalten, bis ihr endlich die Augen zufielen.

Sie träumte erneut, aber diesmal war es ein angenehmer Traum, in dem Elijah sie küsste.

»Gott, siehst du beschissen aus!«

Thommy klang ehrlich erschrocken, gleichzeitig aber auch ein wenig ironisch, als er am nächsten Vormittag bei Leo vorbeischaute.

Leo streckte ihm die Zunge raus. »Hast du schon mal eine Haustür an die Nase geknallt bekommen?«

Er grinste nur und da ließ sie ihn rein. Nene hatte heute früh einen Termin bei Gericht. Sie war schon weg gewesen, als Leo aufgestanden war. Also hatte Leo nach dem Frühstück Thommy angerufen und ihn gebeten vorbeizukommen, weil sie jemanden zum Reden brauchte. Wie nicht anders von ihm zu erwarten, hatte er keine fünf Minuten später geklingelt.

»Hey, was ist los?«, fragte er nun, während er an ihr vorbei in den Flur rollte. »Du siehst aus, als hättest du die ganze Nacht nicht geschlafen.«

»War auch so.« Leo folgte ihm in ihr Zimmer und ließ sich mit solchem Schwung auf ihren Drehstuhl fallen, dass dessen Federn quietschend protestierten. Sie erzählte ihm von ihrem gestrigen Zusammenprall mit Schröder und dann von der Nachricht, die Nene von ihren Kollegen erhalten hatte.

Thommys Augen wurden kugelrund. »Spürhunde? ... Krass!« Er zog ein Foto aus seiner Jackentasche und starrte es an, bevor er weitersprach.

»Wer ist das?« Leo reckte den Hals.

Er gab ihr das Foto. Es zeigte ein Mädchen ungefähr in ihrem Alter mit langen rötlichen Haaren und einer kleinen Stupsnase, auf der ein paar Sommersprossen prangten. Nachdenklich betrachtete Leo das Mädchen. »Wer ist das?« Sie spürte, wie Schlafmangel, Sorge und diese elende Dünnhäutigkeit ihr die Tränen in die Augen trieben.

Thommy biss sich auf die Lippe, als er es bemerkte. Er war jedoch sensibel genug, es nicht zu kommentieren. »Du hattest mich doch gebeten, etwas über Schröder rauszufinden. Das da ist seine Tochter.« Statt weiter zu erklären, was es mit dem Foto auf sich hatte, rollte er zu Leos Computer und schaltete ihn an. Als das Gerät hochgefahren war, ging er auf Facebook, besann sich kurz und gab einen Namen ein.

Chrissy Schröder.

Chrissy! Unwillkürlich dachte Leo daran, wie Elijah und Daniel von diesem Mädchen gesprochen hatten.

Sie beugte sich über Thommys Schulter. Das Profil eines Mädchens ging auf. Das Foto darin war dasselbe, welches Leo in der Hand hielt.

»Den Ausdruck habe ich heute Morgen gemacht«, erklärte Thommy.

Er scrollte ein bisschen nach unten, sodass Leo die Einträge an der Pinnwand erkennen konnte. Eine Menge weinende Smileys, Rosen und auch dicke schwarze Kreuze.

Wir vermissen dich so!!!!!!, hatte ein Mädchen namens Laura geschrieben.

Und jemand anderes: »Hoffentlich geht es dir besser, da, wo du jetzt bist!«

Mit unsicheren Beinen wich Leo zurück, bis sie die Kante ihres Bettes in den Kniekehlen spüren konnte. Langsam ließ sie sich auf die Matratze sinken.

Chrissy war tot.

Tot!

Amy, wisperte die leise Stimme in Leos Hinterkopf. *Leichenspürhunde …*

Sie schluckte gegen die Übelkeit an, die in ihr hochstieg.

»Über meinen Vater konnte ich Kontakt zu einem Reporter aufnehmen«, erklärte Thommy. »Der Mann hat vor einem Jahr die Artikel über Schröders Tochter geschrieben und er konnte sich noch gut daran erinnern, was passiert ist. Offenbar ist Chrissy letzten September bei einem Unfall gestorben. Das ist auch der Grund, warum Schröder den Halt unter den Füßen verloren hat und anfing zu saufen.«

»September«, flüsterte Leo. »Darum faselt er die ganze Zeit von diesem Septembermädchen. Glaubst du, er hat was mit Amys Verschwinden …« Sie unterbrach sich, weil sie sich auf einmal fühlte wie in hauchdünnes Eis verwandelt. Nur eine hastige Bewegung und sie wäre in tausend Scherben zersprungen. Ein leises Wimmern war zu hören.

Erst Thommys entsetzter Blick verriet ihr, dass es aus ihrem eigenen Mund gekommen war.

Ich weiß, dass du mir die Schuld gibst an dem, was Chrissy passiert ist, hatte Elijah gesagt.

»Du willst was?« Erstaunt sah Thommy Leo an. Sie hatte ihm gerade gesagt, dass sie zur Akademie fahren und mit Elijah reden würde.

»Ich bin mit ihm verabredet. Ich muss mit ihm sprechen«, erklärte sie jetzt. »Ich will wissen, was das alles zu bedeuten hat! Aber er wird es mir am Telefon nicht sagen.«

Thommy sah nicht besonders begeistert aus. »Ich weiß nicht ...« Sein Blick fiel auf den Bildschirm, auf dem noch immer Chrissys Profil zu sehen war. In der vergangenen Viertelstunde hatte Leo ihm ausnahmslos alles erzählt, was gestern Abend passiert war, einschließlich des Streits, den Elijah und Daniel gehabt hatten.

»Chrissy«, murmelte Thommy jetzt. »Was, wenn ...« Er sprach nicht aus, was er dachte.

Der Anblick von Chrissys lachendem Gesicht war Leo unerträglich. Sie beugte sich vor und klickte die Seite weg. »Wenn was?«, fragte sie.

Dieser unheimliche Albtraum von letzter Nacht fiel ihr wieder ein. Elijah mit dem auf den Rücken verdrehten Kopf. Der Blick in den Abgrund des Rucksacks ... das Blut ... Sie hielt sich an der Kante ihres Schreibtisches fest.

Thommy hob beide Arme und strich sich mit den Händen durch die semmelblonden Haare. »Was, wenn dir dieser Schröder wieder über den Weg läuft?« Er wies auf den Monitor, der jetzt nur noch Leos Hintergrundbild zeigte, ein kitschiges Wallpaper mit Rosen und Grabsteinen. »Was, wenn der Kerl wegen seiner toten Tochter durchgeknallt ist und Amy gekidnappt hat? Was, wenn er auch dir gefährlich wird? Ich meine … Mann, Leo!« Hilflos ließ er die Arme sinken.

Leo war ihm unendlich dankbar dafür, dass er sie in diesem Moment nicht vor Elijah warnte. Wie an einem Faden gezogen wanderten die Erinnerungen durch ihren Kopf.

Du machst gern mal Ernst. Das hatte Schröder zu Elijah gesagt.

Der Neonazi und sein kaputtes Knie. Zertrümmert von Elijah.

Der furchtbare Streit zwischen ihm und Daniel gestern Abend.

Chrissy.

Man musste kein Hellseher sein, um zu begreifen, dass es ihr Tod war, der zwischen Elijah und seinem Bruder stand. Leo starrte auf den Ausdruck von Chrissys Bild.

Was ist mit dir geschehen?

Ein Unfall …

Ich erkläre dir alles, hatte Elijah versprochen. *Aber nicht am Telefon.*

Sie schloss die Augen, riss sie aber sofort wieder auf, weil sie Elijahs grüblerisches Gesicht vor sich sah. Was hatte das nur alles zu bedeuten? Wenn sie nicht bald Antworten bekam, würde sie durchdrehen, das spürte sie. Noch so eine Nacht voller Albträume und Grübeleien würde sie bestimmt nicht überstehen, und genau das sagte sie jetzt auch Thommy.

Der nickte zögernd. »Soll ich mitkommen?«

Sie hätte ihn am liebsten geküsst, allein für diese Frage.

Stattdessen schaute sie nur stumm auf seinen Rollstuhl. Thommy seufzte schwer.

»Pass auf dich auf, ja?«, bat er. »Wenn dir was komisch vorkommt, renn weg!«

Auf dem Weg zur Akademie kam Leo an dem schmiedeeisernen Tor vorbei, aber heute schenkte sie den Müllsäcken dahinter noch weniger Aufmerksamkeit als sonst. Ihre Gedanken waren bei Elijah und bei dem, was sie gleich von ihm erfahren würde.

Sie hatte Angst davor. Solche Angst, dass ihr Herz dadurch aus dem Takt gekommen war. Mal klopfte es so schnell, dass es sich anfühlte wie ein galoppierendes Pferd, und im nächsten Moment setzte es scheinbar mehrere Schläge nacheinander aus, was Leo nach Luft schnappen ließ. Sie krampfte die Faust um Chrissys Foto, das sie in der Jackentasche bei sich trug. Dann öffnete sie sie wieder, um das Bild nicht zu einem formlosen Klumpen zu zerknüllen.

Ihre Handflächen waren schweißnass.

Als sie um die Ecke der Akademie kam, hörte sie Berimbau-Musik aus dem Inneren der Halle dringen. Irgendjemand schien dort drinnen zu trainieren.

Elijah war nicht da und so fasste sie sich ein Herz, erklomm die Stufen zu der Laderampe und öffnete die Tür der Akademie. Die Musik wurde lauter. Jetzt hörte Leo, dass sie nicht vom Band kam. Offenbar spielte dort drinnen tatsächlich jemand auf Berimbaus.

Sie konnte Stimmen hören, die in einer fremden Sprache sangen. Jemand lachte auf. Das Geräusch entspannte Leo ein bisschen, sodass sie es wagte, die Tür zur Trainingshalle aufzustoßen.

Die Halle war heute weitaus besser ausgeleuchtet als neulich. Zehn oder zwölf junge Männer standen in einem Kreis, sangen und klatschten dabei in die Hände. Zwei von ihnen hatten tatsächlich Berimbaus, auf denen sie spielten.

Daniel befand sich unter den Sängern. Er stand so, dass er Leo das Gesicht zuwandte, und er war einer der Ersten, der sie bemerkte. Ein breites Lächeln glitt über sein Gesicht, dann nickte er ihr aufmunternd zu und bedeutete ihr, sich in den Kreis einzureihen. Irritiert und etwas unsicher, was sie nun tun sollte, blieb Leo, wo sie war. Zwei Männer lösten sich aus dem Kreis und begannen, in einer Art Tanzschritt umeinander herumzutänzeln. Ihre Bewegungen hatten etwas Geschmeidiges, fast Raubtierhaftes. Einer der beiden Kämpfer wirbelte herum, sein Fuß schnellte vor, doch der andere wich aus, indem er sich einfach nach hinten fallen ließ und sich mit einer Hand am Boden abstützte. Statt wieder hochzukommen, drehte er sich dicht über dem Boden herum, seine Beine wirbelten in einer Art Schere durch die Luft und verfehlten den Kopf seines Gegners nur, weil dieser sich mit einem Radschlag davor in Sicherheit brachte.

Obwohl sie eigentlich andere Dinge im Kopf hatte, war Leo vollkommen fasziniert.

Daniel hielt mit dem Klatschen inne. »Sieht ziemlich cool aus, oder?«, rief er mit einem breiten Grinsen quer durch die Halle.

Leo konnte nicht anders, sie nickte.

Der Rhythmus der exotischen Instrumente veränderte sich, wurde langsamer, weniger drängend. Die Kämpfenden passten ihre Bewegungen dem neuen Takt an.

»Komm schon! Mach mit!« Daniel winkte Leo zu sich. Als sie zögernd näher trat, machte er ihr Platz, sodass sie sich in den Kreis stellen konnte. Die anderen Sänger musterten sie und begrüßten sie mit einem Nicken.

»Du willst zu Elijah, stimmt's?«, fragte Daniel.

Sie bejahte.

»Er kommt bestimmt bald. Solange kannst du ja bei uns mitmachen.« Er hatte einen sonderbaren Ausdruck in den Augen, als er das sagte, ein Glitzern, das sie nicht zu deuten wusste. Irgendwie fühlte sie sich unbehaglich dabei, aber sie hätte nicht sagen können, woran es lag. Er lachte ihr zu, aber das konnte ihr Unbehagen nicht vertreiben.

Unsicher begann sie mitzuklatschen. Es dauerte nur wenige Minuten, bis sie spürte, wie die Musik von ihr Besitz ergriff. Auf einmal war es ganz einfach, sich dem Takt zu überlassen.

Einer der Kämpfenden wurde von einem jungen Mann aus dem Kreis abgelöst und der andere passte sich den Bewegungen seines neuen Gegners an. Doch bevor einer der beiden einen Angriff starten konnte, brach die Musik mit einem schrillen Misston ab.

Aller Augen richteten sich auf die Eingangstür der Halle.

Dort stand Elijah. Er hatte die Fäuste geballt. Und selbst über die Entfernung hinweg konnte Leo sehen, dass er an sich halten musste, um nicht zu explodieren.

Mit langen, zornigen Schritten stürmte er auf sie zu. Einen kurzen Moment fürchtete Leo, er könne über sie herfallen. Aber er wandte sich nicht an sie, sondern an Daniel.

»Spinnst du jetzt total?«, brüllte er.

Leo zuckte zusammen. Sie hatte ihn noch nie so schreien hören. Die Wut, die ihm aus den Augen sprang, fühlte sich an wie Hitze, die von einem zu heißen Ofen ausging.

Daniel stand ganz aufrecht und verschränkte in einer lässigen Bewegung die Arme vor der Brust. »Wieso?«, fragte er zuckersüß und gespielt unschuldig.

Leo begriff, dass er sie benutzt hatte, um Elijah wütend zu machen. Sie wusste zwar nicht, wieso, aber es war eindeutig, dass Daniel sich über die heftige Reaktion seines jüngeren Bruders amüsierte. Da war etwas in seinen Augen, das irgendwie irre aussah. Irre und voller Triumph, so, als habe er nun endlich Genugtuung für etwas, das ihn schon lange quälte. Sie biss die Zähne zusammen. Irgendwas musste sie tun, schließlich war dieses Schlamassel hier auch zur Hälfte ihre Schuld. Zaghaft fasste sie nach Elijahs Ellenbogen. »Er hat nur …«, setzte sie an, aber Elijah schlug ihre Hand grob weg.

»Du verdammtes Arschloch!«, fauchte er, dann – mit einem raschen Seitenblick – wurde ihm bewusst, dass er ihr wehgetan hatte. Ein betroffener Ausdruck erschien in seinen Augen. »Entschuldige, Leonie, aber …«

Daniel schob sich vor. Er hatte das Kinn herausfordernd gehoben und funkelte Elijah an. »Ich dachte mir, ich zeige Leo unseren Sport«, sagte er. »Damit sie auch sehen kann, was für einen *Spaß* Capoeira macht!«

Elijah wurde bleich bei diesen Worten. Daniel genoss seinen Triumph sichtlich. »Und?«, wandte er sich an Leo. »Sag selbst: Hat es Spaß gemacht?«

Sie trat unbehaglich von einem Fuß auf den anderen. Sie wusste, dass Elijah sie jetzt auf keinen Fall nicken sehen wollte, auch wenn sie keine Ahnung hatte, warum das so war. Aber sie wusste auch, dass er die Antwort auf Daniels Frage längst an ihrem Gesicht abgelesen hatte, als er in der Tür gestanden und sie beobachtet hatte.

Es hatte ihr Spaß gemacht.

Und offenbar war genau dies das Problem.

Elijah öffnete den Mund. Ganz langsam teilten sich seine Lippen. »Komm mit, Leonie!«

Sie wollte etwas sagen, aber er richtete den Blick auf sie und erschrocken von dem Zorn in seinen Augen schwieg sie.

»Bitte!«, fügte er hinzu.

Und da tat sie, was er verlangte, und folgte ihm nach draußen.

Dort im Freien lehnte Elijah sich gegen eine Wand, vergrub die Hände in den Jackentaschen und senkte den Kopf, sodass Leo keine Chance hatte, ihm in die Augen zu sehen.

»Da bin ich«, murmelte sie deshalb. Es war das Einzige, das ihr einfiel, und sie fühlte sich so dumm dabei, es zu sagen, dass sie am liebsten im Erdboden versunken wäre.

Er hob den Kopf. Seine Augen waren unergründlich und trotzdem glaubte sie zu spüren, dass er Angst hatte. Angst vor dem, was jetzt kommen würde.

»Es tut mir leid«, murmelte sie. »Ich wusste nicht, dass du so ...«

»Du kannst nichts dafür«, fiel er ihr ziemlich grob ins Wort. »Daniel ist ein Arschloch. Er hat das eben nur gemacht, um mich dafür zu strafen, dass Chrissy ...« Er verstummte, rang um Worte.

So gequält sah er aus, dass Leo das Bedürfnis hatte, ihn

in den Arm zu nehmen und ihm zu versichern, dass alles gut war, dass sie gar nicht unbedingt wissen musste, was es mit Chrissy auf sich hatte. Aber es wäre eine Lüge gewesen. Sie konnte diesem Gespräch nun nicht mehr ausweichen. Sie musste einfach wissen, was geschehen war, selbst wenn es bedeutete, ihn mit ihren Fragen zu quälen.

»Was ist mit Chrissy passiert?«, flüsterte sie deshalb kaum hörbar.

»Sie ist tot.« Ganz ausdruckslos sagte er das.

Leo zog die Schultern hoch. »Das weiß ich.« Sie dachte an das Foto in ihrer Tasche. Wie konnte sie es Elijah leichter machen, über all das hier zu sprechen? »Und ich weiß auch, dass es ein Unfall war.«

Er nickte langsam. »Sie ist auf der Wiese beim alten Wasserturm gestorben.«

Kurz fragte Leo sich, wie man auf einer Wiese sterben konnte. Als Thommy ihr vorhin Chrissys Facebook-Profil gezeigt hatte, war sie irgendwie ganz selbstverständlich davon ausgegangen, dass es sich um einen Autounfall gehandelt haben musste. Aber das schien ja wohl ein Irrtum zu sein. Sie überlegte, was sie sagen sollte. »Sie war deine Freundin, oder? Darum ist es so schlimm für dich, über sie zu reden.« Wieder schmerzte es verblüffend heftig, daran zu denken, dass Elijah vor ihr andere Freundinnen gehabt hatte.

Zu ihrer Überraschung schüttelte er den Kopf. »Nein.« Die Ausdruckslosigkeit in seinen Augen verschwand und machte etwas anderem Platz. Schmerzlicher Qual.

»Nicht?« Sie fühlte sich wie auf einer eisglatten, abschüssigen Bahn. Was an ihrem Ende lauerte, wusste sie allerdings noch nicht.

»Er hat recht.« Die Worte erklangen hinter Leo und sie kamen so überraschend, dass Leo erschrocken herumfuhr.

In der Tür der Akademie stand Daniel. Wie sein Bruder wirkte er sehr angespannt, aber da, wo Leo bei Elijah Angst und Trauer wahrzunehmen glaubte, war bei Daniel nichts als Zorn und Hass. »Chrissy war meine Freundin.«

Leos Blick wanderte zu Elijah. »Stimmt das?«

Er antwortete nicht.

»Sag ihr, was passiert ist!«, forderte Daniel ihn auf und lächelte schon wieder so merkwürdig dabei! Leo grauste es bei diesem Anblick.

Elijah sah zu seinem Bruder auf und stieß sich von der Wand ab. Sein Oberkörper schwankte wie ein Halm im Wind. Wie gebannt hing sein Blick an Daniel.

»Sag es!«, zischte der.

Da endlich ließ Elijah den Kopf hängen. »Ich bin schuld an ihrem Tod«, flüsterte er.

Dann rannte er davon.

Leo folgte ihm, aber bei dem alten Friedhof verlor sie seine Spur und irrte daraufhin eine Weile ziellos durch den Industriepark, in der Hoffnung, ihn zufällig irgendwo wiederzutreffen. Vor einer Wiese, auf der das Gras kniehoch stand, hielt sie schließlich an. Überreste von dicken Metallstreben ragten zwischen den gelblichen Halmen aus dem Boden und zeigten an, dass hier früher mal ein mächtiges Gebäude gestanden hatte.

Der alte Wasserturm!

Fröstelnd zog Leo die Schultern hoch. Nach dem, was Elijah ihr eben erzählt hatte, war Chrissy hier gestorben.

Suchend sah sie sich um.

Ob Elijah hier war? In vielleicht zwanzig Metern Entfernung stand eine Buchenhecke, genau wie jene, vor der Elijah ihr neulich das Capoeira-Kunststück vorgeführt hatte. In der Hecke befand sich eine schmale Lücke. Einem inneren Kompass folgend betrat Leo die Wiese und steuerte auf diese Lücke zu.

Sie hörte Elijah, bevor sie ihn sah. Es klang, als würde er trainieren – sein Atem ging schnell, seine Kleidung knisterte wie unter heftigen Bewegungen.

Leo beschleunigte ihre Schritte. Als sie die Lücke erreicht hatte, blieb sie stehen.

Da war er!

Mitten im kniehohen Gras setzte er gerade in diesem Moment zu einem Radschlag an. Seine Füße wirbelten durch die Luft, kamen auf dem Boden auf, er schnellte herum, vollführte eine akrobatische Drehung nach der anderen. Blitzartig trat er nach unsichtbaren Gegnern, denen er im nächsten Moment selbst auswich. Sein Brustkorb hob und senkte sich stoßweise, obwohl er ja noch nicht besonders lange trainiert haben konnte. Es zeigte Leo, unter welcher Anspannung er litt.

Und plötzlich fiel ihr noch etwas ganz anderes auf. Zwischen den hoch stehenden Grashalmen ragten eiserne Pfähle in die Luft – drei Stück, vier, fünf, die wie Lanzen schräg im Boden steckten und ihre rostigen Spitzen präsentierten! Zwischen diesen Pfählen wirbelte Elijah herum, setzte seine Hände nur wenige Zentimeter daneben auf den Boden und riskierte dabei, aufgespießt zu werden.

Vor Entsetzen presste Leo sich beide Hände auf den Mund. Wie gelähmt sah sie zu, wie Elijah einen Salto über einen der Pfähle machte. Er kam nicht ganz sauber auf, verlor das Gleichgewicht und taumelte.

Leo sah ihn schon aufgespießt daliegen, erschrocken schrie sie auf, doch er fing sich und fand sein Gleichgewicht wieder.

Mit einem Ruck drehte er sich zu ihr um.

»Elijah!«, hauchte sie.

Er reagierte nicht, sondern stand einfach nur da. Sein Gesicht war grau.

Was quälte ihn so sehr, dass er sich auf diese Weise in Gefahr brachte?

Leo brauchte unendlich viele Sekunden, bevor sie sich aus ihrer Starre lösen konnte und zu ihm rannte. Er wich zurück, aber sie war schneller als er. Sie packte ihn, zog ihn an sich. Er war verkrampft, aber er ließ es zu, dass sie ihn festhielt.

»So ist Chrissy gestorben, nicht wahr?«, flüsterte sie.

Die Wiese beim alten Wasserturm. Die Pfähle. *Ein Unfall.*

Elijah antwortete nicht, er stöhnte nur leise, wie unter heftigen Schmerzen.

»Stimmt es, Elijah?« Sie schob ihn ein Stück von sich fort und sah ihm ins Gesicht. Er machte Anstalten, erneut zu flüchten, aber sie griff nach seinen Händen und hielt sie fest, sodass er nicht fortkonnte.

»Sie ist tot!« Er stieß die drei Worte hervor wie unter Schmerzen und es kam ihr vor, als wolle er sich dadurch bestrafen, dass er es wieder und wieder aussprach.

Leo hatte oft genug ihrer Mutter zugehört, wenn diese von ihrer Arbeit erzählt hatte. Daher wusste sie, dass es heilsam sein konnte, über Dinge zu reden, die einen quälten. Sie wusste auch, dass man manche Menschen zwingen musste, den Mund aufzumachen, um ihnen zu helfen.

»Sie ist beim Capoeira gestorben, nicht wahr?«

»Ja.«

»Aber warum gibst du dir die Schuld daran?«, fragte sie mit Angst in der Stimme.

Er stand völlig starr da. »Weil ich es war, der Chrissy gezeigt hat, wie faszinierend dieser Sport ist. Wenn ich das nicht getan hätte, würde sie heute noch …« Er atmete einmal tief durch. Es klang wie ein Schluchzer.

Leo jedoch fühlte eine unglaubliche Erleichterung. Etliche der Tritte und Schläge, die sie die Kämpfenden heute in der Halle hatte durchführen sehen, waren sehr wohl geeignet, einen Menschen ernsthaft zu verletzen. In ihrer Fantasie hatte sie bereits eine Szene gesehen, in der Elijah Chrissy während des Trainings so heftig getreten hatte, dass sie daran gestorben war. Offenbar jedoch war das nicht der Fall gewesen.

»Was genau ist passiert, Elijah?«, fragte sie.

Sonderbarerweise schaute er ihr jetzt in die Augen, während er antwortete. »Chrissy war von der Capoeira besessen. So besessen, dass sie sogar allein trainierte – hier auf der Wiese. Sie ist gestürzt und auf einen der Eisenpfähle gefallen …« Er ließ den letzten Satz in der Luft hängen.

Ein Bild entstand. Leo spürte, wie das Grauen dieses Bildes auch von ihr Besitz ergriff. »Wie schrecklich!«, flüsterte sie. Die Pfähle rings herum wirkten plötzlich noch mehr wie bedrohliche Lanzenspitzen.

»Sie ist verblutet. Daniel hat ihre Leiche gefunden und mich dazugerufen.« Elijah schloss die Augen. »Ich träume oft von all dem Blut!«

Sie hielt noch immer seine Hände umfasst. Ob ihm beim Anblick von Blut ebenfalls schlecht wurde, so wie ihr? Ob ihm jetzt im Moment schlecht war, so wie ihr?

»Jetzt weißt du es«, flüsterte er nach einer Weile.

Ja. Jetzt wusste sie es. Aber es fiel ihr schwer, seine Selbstvorwürfe zu verstehen.

»Du hast sie nicht dazu überredet, auf der Wiese zu trainieren«, sagte sie.

»Trotzdem!«, beharrte er.

Leo überlegte. Sie musste daran denken, wie Daniel sie eben in den Kreis der Capoeira-Kämpfer geholt hatte, und ihr gruselte allein bei dem Gedanken daran, warum er das getan hatte. Wie sehr musste er seinen Bruder hassen, wie sehr musste auch er ihm die Schuld an Chrissys Tod geben.

Schröders sonderbare Worte fielen ihr ein, das, was er Elijah neulich an den Kopf geschleudert hatte? *Du machst gern mal Ernst, nicht wahr?*

»Was denkst du?«

So überraschend kam Elijahs Frage, dass Leo im ersten Moment nicht wusste, was sie antworten sollte. »Amy«, murmelte sie dann und sie wusste selbst nicht genau, warum.

Es war, als habe sie damit in eine offene Wunde gestochen.

»Nein!«, brüllte er und stieß sie mit solcher Kraft von sich, dass sie rückwärts taumelte. Ihre Füße verfingen sich in irgendetwas im Gras, ein heftiger Schmerz fuhr in ihre Ferse, dann fiel sie. Hart schlug ihr Kopf auf. Sterne explodierten vor ihren Augen, Schmerz in ihrem Schädel. Sie nahm dumpfen Eisengeruch wahr. *Blut,* dachte sie und fühlte, wie ihr das Bewusstsein entglitt. Das Letzte, was sie spürte, war, wie Elijah neben ihr auf die Knie stürzte und sie in den Arm nahm.

»Leonie!«, hörte sie ihn noch flüstern. »Oh Gott, nein!«

Dann fiel sie. Tiefer, als sie je zuvor in ihrem Leben gefallen war.

***

Als sie zu sich kam, lag sie nicht mehr im Gras, sondern auf etwas, das sich unter ihren Händen hart und glatt anfühlte. Eine Pritsche, erkannte sie. Und das Leuchten, das direkt über ihr schwebte, gehörte zu einer Lampe im Inneren eines Rettungswagens. Sie blinzelte, ihr verschwommener Blick wurde ein wenig klarer.

»Sie wacht auf«, sagte eine fremde Stimme. »Alles nicht so schlimm!«

Jetzt erkannte sie auch, dass jemand bei ihr war – ein Mann in der orangefarbenen Kleidung eines Rettungssanitäters. Er stand am Kopfende der Pritsche und blickte prüfend auf sie hinab. »Du bist hingefallen und hast dir den Kopf aufgeschlagen«, erklärte er. »Dein Freund hat uns gerufen. Wir bringen dich jetzt ins Krankenhaus, um ein paar Untersuchungen zu machen.«

Leos Kopf dröhnte. Von welchem Freund sprach der Mann? Erst nachdem sie sich diese Frage gestellt hatte, konnte sie sich selbst die Antwort geben.

»Elijah«, murmelte sie.

Der Sanitäter blickte über sie hinweg zur Tür des Rettungswagens. »Er ist da.«

Leo hob den Kopf ein wenig, aber das verstärkte das

Dröhnen in ihrem Schädel zu einem dumpfen Schmerz, also ließ sie es lieber bleiben. »Elijah«, sagte sie erneut.

»Kommen Sie ruhig rein!«, bot der Sanitäter an und dann war Elijah bei ihr.

»Leonie.« Er griff nach ihrer Hand, hielt sie fest. Seine Haut war kalt.

»Was …« *… ist passiert?*, hatte sie fragen wollen, aber sie wusste es selbst. Darum räusperte sie sich. Ihre Kehle war ganz rau. »Amy«, flüsterte sie. »Warum hast du so heftig reagiert, als ich …«

Sie unterbrach sich, weil er leise aufstöhnte.

»Sie bringen dich ins Krankenhaus«, wich er ihr aus. Sein Blick war über sie hinweg gegen die Wand des Wagens gerichtet. Der Ausdruck in seinen Augen war düsterer, als sie es jemals zuvor gesehen hatte. »Ich habe schon deine Mutter angerufen, sie kommt direkt dorthin.«

Er machte Anstalten, den Wagen zu verlassen, aber sie hielt ihn fest. »Elijah! Was ist mit … Amy?« Es verursachte ihr Atemnot, den Namen auszusprechen. Sie war sich der Gegenwart des Sanitäters sehr bewusst, aber es kümmerte sie nicht.

Statt ihr zu antworten, nestelte Elijah ein zusammengefaltetes Papier aus der Tasche. Es war dasselbe, das ihm bei seinem Capoeira-Kunststück aus der Tasche gefallen war, das erkannte sie sofort. Elijah warf einen langen Blick darauf, dann gab er es Leo. Der Dicke des Papiers nach zu urteilen, war es ein Foto.

Sanft machte Elijah sich aus Leos Griff los und ging.

»Na, der hat ja ein hübsch schlechtes Gewissen!«, kommentierte der Sanitäter trocken.

Leo wusste, dass er von ihrer Kopfverletzung sprach,

aber sie selbst war sich sicher, das Elijahs schlechtes Gewissen mit etwas ganz anderem zusammenhing als mit dem blöden Unfall, den sie eben gehabt hatte.

Unfall. Das Wort fühlte sich in ihrem Kopf richtig schmerzhaft an.

Mit einer Mischung aus Sorge und Angst schaute sie durch die Wagentür und in die Richtung, in die Elijah verschwunden war. Das Foto lag in ihrer Hand und sie glaubte, Elijahs Körperwärme noch daran spüren zu können. Langsam hob sie die Hand, und während der Sanitäter die rückwärtige Wagentür schloss, faltete sie das Bild auseinander.

Eine ganze Weile lang starrte sie darauf und konnte nicht so recht begreifen, was sie sah. Es war eine Aufnahme von Susannes letzter Black-and-White-Party. Es war das Foto, das von Susannes Bilderwand gestohlen worden war.

Elijah hatte es genommen?

Warum nur? Der Sanitäter gab durch eine Luke seinem Kollegen hinter dem Steuer das Signal zum Losfahren und der Wagen ruckte an. Leicht schaukelnd legte er sich in die Kurve.

Dann erst erkannte Leos Verstand den Grund, warum Elijah ihr das Foto gegeben hatte. An seinem Rand, in der Menge der anderen Feiernden auf den ersten Blick nicht zu erkennen, war er selbst zu sehen. Er trug ein schwarzes Hemd und schwarze Jeans und er lachte fröhlich. Aber das war es nicht, was Leo einen schmerzhaften Dorn durchs Herz jagte.

Neben ihm stand ein Mädchen, das lachend den Arm um seine Hüften geschlungen hatte und ihm einen zärtlichen Kuss auf die Wange gab.

Das Mädchen war Amy.

Anderthalb Stunden später hockte sie in der Notaufnahme des Krankenhauses auf einer weiteren Pritsche, wartete auf die Ergebnisse all der Untersuchungen, die sie hatte über sich ergehen lassen müssen. Sie starrte dabei auf ein Bild von van Gogh. Sonnenblumen. Wahrscheinlich würde sie diese Blumen hassen, bis sie alt und grau war!

Ihre Gedanken drehten sich im Kreis – und zwar mit einer solchen Geschwindigkeit, dass sie meinte, sie müssten auf dem CT, das man von ihrem Kopf gemacht hatte, als helle Schlieren zu sehen sein. Ihr Kopf schmerzte noch immer, dazu war ihr ein bisschen übel. Beides kam von der Gehirnerschütterung, die sie erlitten hatte. Eine Schwester hatte die Platzwunde an ihrem Hinterkopf gesäubert und mit einem Verband versehen, unter dem Leos glatte Haare ziemlich unordentlich hervorragten. Aber das war alles nichts im Vergleich zu dem Schmerz, der in ihrer Brust saß und der so heftig war, dass sie kaum noch atmen konnte.

Sie zog das Foto aus der Tasche und schaute zum wohl hundertsten Mal darauf.

Elijah und Amy waren ein Paar gewesen?

Das Foto ließ keinen anderen Schluss zu.

Du machst öfter mal Ernst, hatte Schröder Elijah an den Kopf geschleudert. Und dann Elijahs heftige Reaktion, als Leo auf der Wiese ihren Namen erwähnt hatte.

Was. Hatte. Er. Damit. Zu.Tun?

Die Worte hallten durch ihren Kopf. Eins nach dem anderen, wie Hammerschläge, die auf ihr Gehirn niederprasselten. Leo krümmte sich unter ihrer Wucht.

»Süße!« Nene war plötzlich bei ihr, aber Leo erkannte sie nur an ihrer Stimme und ihrem Geruch. Ihre Umrisse nahm Leo nur verschwommen wahr, als schaue sie durch dickes Glas. Erst in dem Moment, als ihr das auffiel, wurde ihr bewusst, dass sie weinte. »Um Himmels willen!« Nene zog sie an sich, drückte sie. Strich ihr sanft über den Rücken. »Es ist alles nicht so wild! Ich habe schon mit dem Arzt gesprochen. Du hast nur eine leichte Gehirnerschütterung und eine Platzwunde. Das heilt wieder, Leo!«

Leo wurde von Schluchzern geschüttelt. Unmöglich, ihrer Mutter zu erklären, was der eigentliche Grund für ihren Weinkrampf war. Also lehnte sie sich einfach an und wartete, bis die Flut versiegte.

Eine Schwester kam herein, sagte irgendwas davon, dass der Untersuchungsraum gebraucht würde, und bat Nene und Leo, sich in das Wartezimmer zu setzen. Nene umfing Leos Schultern mit dem Arm und führte sie dorthin.

Außer ihnen saß in dem kleinen Wartezimmer nur eine ältere Frau mit Kittelschürze und Stützstrümpfen. Ihre neugierigen Blicke sorgten dafür, dass Leo sich schnell wieder in den Griff bekam. Sie atmete ein paar Mal tief durch.

»Geht wieder«, murmelte sie verlegen.

Nene reichte ihr ein Taschentuch. »Der Arzt hat gesagt, er kommt gleich, um die Untersuchungsergebnisse mit uns zu besprechen. Aber bis dahin: Was ist los, Leo? Elijah hat mir gesagt, dass der Unfall seine Schuld ist.«

Leo schluckte und versuchte, sich vorzustellen, was Elijah bei diesen Worten empfunden haben musste. Chrissys Unfall. Ihr Unfall. Sie wollte schon den Mund öffnen, um Nene endlich alles zu erzählen, als die Tür des Wartezimmers sich öffnete. Herein kam – Fabian.

Er wirkte ziemlich befangen. Mit beiden Händen umklammerte er einen Blumenstrauß, den er ganz offensichtlich vor wenigen Minuten in dem kleinen Laden am Haupteingang des Krankenhauses gekauft hatte. Eine einzelne Sonnenblume, umgeben von Grünzeug und einer leuchtend blauen Manschette aus Papier.

Leo zog beide Lippen zwischen die Zähne und biss darauf.

»Was machst du denn hier?« Es war Nene, die diese Frage stellte.

Mit einem verlegenen Lächeln kam Fabian näher, blieb vor Leo stehen und reckte ihr den Blumenstrauß hin. »Für dich«, sagte er überflüssigerweise.

Die ältere Frau beobachtete sie aufmerksam und schien sich sehr dafür zu interessieren, wie Leo reagierte. *Wahrscheinlich hofft sie, dass ich Fabian jetzt tränenreich um den Hals falle und dann die Geigen anfangen können zu jubilieren,* schoss es Leo durch den Kopf.

Die Frau hatte Leos Heulkrampf in den letzten Zügen mitbekommen und war vermutlich überzeugt davon, dass Fabian der Grund dafür war.

Leo nahm den Strauß und warf der Frau einen entschuldigenden Blick zu.

Das Happy End fällt heute leider aus.

Peinlich berührt senkte die Frau den Kopf.

»Was machst du hier?«, wiederholte Leo die Frage ihrer Mutter.

Fabian zuckte die Achseln. »Elijah hat mich vor einer Stunde oder so angerufen und mir gesagt, dass du hier bist.« Er sprach mit einem Tonfall, der deutlich zeigte, wie sehr er sich über Elijahs Verhalten wunderte.

Leo runzelte die Stirn und musste daran denken, wie Elijah sie noch vor wenigen Tagen verteidigt hatte, als Fabian ihre Hände nicht loslassen wollte. Warum rief er jetzt bei

Fabian an und verriet ihm, dass sie im Krankenhaus war? Ihre Kopfschmerzen verdoppelten sich allein bei dem Gedanken an diese Frage.

Sie überlegte, ob sie Fabian bitten sollte, sich hinzusetzen, aber es erschien ihr das völlig falsche Signal zu sein. Sie wollte ihn nicht hierhaben, sie wollte, dass Elijah an seiner Stelle war.

Aber Elijah …

… und Amy …

In ihrem Kopf schwirrte es. Für ein paar Sekunden schloss sie die Augen.

»Soll ich lieber gehen?«, erkundigte sich Fabian besorgt.

Aber Nene wies mit dem Kopf auf den Sitz neben Leo. »Setz dich für einen Moment.«

Er gehorchte.

Leo drehte den Blumenstrauß in den Händen, während Fabian und Nene sich darüber unterhielten, warum sie hier war. Nene berichtete von Leos Unfall, aber sie verschwieg, dass Elijah der Grund dafür gewesen war. Dankbar sah Leo sie an.

Nene verzog das Gesicht, als wollte sie sagen: Wir sprechen später darüber, meine Liebe!

Als sie mit ihrer Erzählung fertig war, sah Fabian erleichtert aus. »Gott sei Dank!«, stieß er hervor. »Als Elijah mich angerufen und mir erzählt hat, dass dir im Industriepark etwas passiert ist, habe ich schon gedacht, dass du diesem Scheißkerl in die Arme gelaufen bist.«

»Was für ein Scheißkerl?«, murmelte Leo. Sie hob den Strauß an die Nase und roch daran. Sonnenblumen rochen seltsam.

»Na, der, der offenbar auch Amy erwischt hat, und …«

Leos Kopf schoss zu ihm herum. Auf einmal schwankte der Boden. Aber das war hoffentlich nur eine Nachwirkung der Gehirnerschütterung. Konnte eine Emotion so stark sein wie die, die sie in diesem Moment empfand? Es war eine Mischung aus Wut, Trauer und Sorge, so heftig wie ein Erdbeben. Nichts war mehr dort, wo es hingehörte, Leo fühlte sich gleichzeitig auf den Kopf gestellt und von innen nach außen gekehrt. Der Blumenstrauß rutschte aus ihren Fingern und landete unbeachtet in ihrem Schoß.

Nenes Hand schloss sich warm und tröstlich um ihre und Leo klammerte sich daran fest, weil sie sonst in der zersplitterten Erde unter ihren eigenen Füßen eingebrochen und rettungslos in tiefster Finsternis versunken wäre.

»Ich glaube«, hörte sie Nene mit flacher Stimme sagen, »es ist besser, du gehst jetzt, Fabian!«

Wie von der Tarantel gestochen sprang er auf. Unverständnis stand auf seinem Gesicht. Dann schien er zu begreifen und stürzte gleich darauf in tiefe Betroffenheit. »Ich ... oh ... entschuldige, Leo. Amy ist deine Freundin, das hatte ich ...«

»Fabian!« Nenes Stimme war jetzt scharf und schneidend.

Die ältere Frau mit den Stützstrümpfen hatte eine Zeitschrift vor die Nase gehoben, aber an ihrer Haltung war deutlich abzulesen, dass sie sich kein einziges Wort entgehen ließ.

Leo hatte das Bedürfnis, sie anzubrüllen.

Sie griff wieder nach dem Blumenstrauß und legte die Hände darum, als müsse sie ihn würgen.

»Ich ... ich glaube, ich gehe dann mal«, krächzte Fabian.

Er wandte sich um und huschte mit gesenktem Kopf davon, als habe Nene ihm Prügel angedroht.

»Was für ein Idiot!«, stieß Nene hervor.

Gleich darauf wurde die ältere Frau zu ihrer Untersuchung gerufen. Mit einem bedauernden Gesichtsausdruck legte sie ihre Zeitung weg, stemmte sich mühsam in die Höhe und folgte der Schwester aus dem Raum.

Ende der Vorstellung!, dachte Leo bissig und kam sich ein wenig gemein vor. Die Frau hatte in dem kleinen Wartezimmer schließlich keine Chance gehabt, das Ganze zu überhören.

»So«, sagte Nene, nachdem sie Leo einige Minuten Zeit gelassen hatte, um durchzuatmen. »Und jetzt erzählst du mir der Reihe nach alles, was geschehen ist!«

Genau das tat Leo. Sie begann mit ihrem Zusammenstoß mit Elijah im alten Industriepark. Dann berichtete sie von Schröders sonderbaren Warnungen und sie ließ auch die beiden Küsse nicht aus, die Elijah ihr gegeben hatte. So genau wie möglich beschrieb sie Elijahs Verletzungen und erzählte auch von seiner Verzweiflung, die sie vorhin während seines Trainings zwischen den Eisenpfählen gespürt hatte. Sie endete damit, wie er sie von sich gestoßen hatte, als sie Amys Namen erwähnt hatte.

Nene unterbrach sie die ganze Zeit über nicht ein einziges Mal. Ihr Gesicht wirkte konzentriert und neutral. Genau so schaute sie wahrscheinlich, wenn sie mit einem ihrer Patienten zusammensaß. Mit psychisch kranken Straftätern …

Leo schlang die Arme um sich. Sie hatte das bescheuerte Bedürfnis, sich selbst zu wiegen, aber sie unterdrückte es, weil sie wusste, dass Nene sich dann noch mehr Sorgen um sie gemacht hätte. Ihre Haut fühlte sich plötzlich an, als wäre sie zu Stein geworden. Jede Bewegung war mühsam, kostete unendlich viel Kraft.

Die Tür des Wartezimmers öffnete sich, die Schwester kam herein und teilte ihnen mit, dass der Arzt sie in Behandlungszimmer zwei erwartete, um ihnen die Ergebnisse von Leos Untersuchung mitzuteilen.

Mechanisch nickte Nene ihr zu, bevor die Schwester wieder verschwand.

»Sag was!«, hauchte Leo.

Aber statt den Mund aufzumachen, erhob Nene sich. »Später. Hören wir erst, was mit deinem Kopf los ist.«

Die Untersuchungsergebnisse zeigten, dass Leo eine leichte Gehirnerschütterung hatte. Der Arzt verkündete, dass er sie zur Überwachung für eine Nacht dabehalten wolle, aber Nene ließ sich nicht darauf ein.

»Ich bin selbst Ärztin«, gab sie ziemlich ungehalten zurück. »Ich glaube, ich kann am besten auf meine Tochter aufpassen.«

Sie mussten ein paar Papiere unterschreiben, dann waren sie entlassen. Nebeneinander gingen sie durch die langen Flure des Krankenhauses in Richtung Ausgang und dann über den großen Vorplatz bis zum Parkplatz.

Erst als sie in Nenes Auto saßen, wiederholte Leo ihre Aufforderung:

»Sag was!«

Nene legte beide Hände um das Lenkrad. »Eigentlich möchte ich dich nur anschreien«, gab sie zu. »Wieso hast du mir all diese Sachen so lange verschwiegen? Herrgott,

Leo! Du hast dich in eine Scheißgefahr gebracht, ist dir das klar?« Sie wartete, bis Leo kläglich nickte, dann wurde ihr Gesicht zu Leos Überraschung plötzlich ganz weich. »Aber ich kenne dich gut und ich weiß, dass du einen sicheren Instinkt für Menschen hast. Gehen wir also mal davon aus, dass es nicht völlig hirnrissiger Schwachsinn war, was du getan hast. Was denkst du?«

»Über Elijah?«

Nene nickte.

»Er hat nichts mit Amys Verschwinden zu tun!« Leo sagte es mit absoluter Überzeugung in der Stimme, aber schon eine Sekunde später war sie sich der Sache nicht mehr so sicher. Sie lehnte sich vor und vergrub das Gesicht in den Händen. »Aber ich weiß nicht, ob ich mir das nicht einfach nur so sehr wünsche.«

Eine Weile saß sie da, dann legte Nene ihr eine Hand auf den Rücken. Leo konnte die Wärme spüren, die von ihr ausging.

Elijahs Hand war ganz kalt gewesen, als er sie im Rettungswagen angefasst hatte …

Sie wischte sich über das Gesicht und strich sich dann die Haare hinter die Ohren. »Er hatte was mit Amy. Und er benimmt sich so … sonderbar.«

Sonderbar war nicht annähernd das Wort, das passte, aber ihr fiel einfach kein besseres ein. Nene nahm die Hand weg und Leo lehnte sich im Autositz zurück. »Was denkst du? Du bist Psychiaterin. Und du hast mit ihm gesprochen.«

»Am Telefon«, erinnerte Nene. »Ich habe nur am Telefon mit ihm gesprochen, das reicht nicht für eine sichere Analyse. Aber eines ist klar: Er macht sich große Vorwürfe, dass er dich verletzt hat. *Zum dritten Mal,* hat er gesagt, aber das habe ich nicht verstanden.«

Zum dritten Mal.

Leo lachte bitter auf. »Das erste Mal war, als wir zusammengerasselt sind. Ich hatte ein paar Tage eine Prellung an der Schulter. Und das zweite Mal …« Sie hielt inne, dachte daran, wie er ihre Hand eingefangen hatte. Wie schnell er sich bewegen konnte. Schon wieder wurde ihre Kehle unerträglich eng. Mit knappen Worten schilderte sie ihrer Mutter auch diesen Zwischenfall.

Nene sagte nichts dazu. »So, wie du ihn schilderst, wirkt er auf mich wie jemand, der sich für eine Menge Dinge die Schuld gibt. Das gibt es oft bei Menschen, die als Kinder von ihren Eltern misshandelt wurden. Sie glauben, dass sie selbst schuld sind an der Gewalt, die sie erleben, und das übertragen sie auf viele Dinge in ihrem späteren Leben.«

Leo dachte an das Veilchen in Elijahs Gesicht und wie es dazu gekommen war. »Sein Vater misshandelt ihn«, murmelte sie mehr zu sich selbst.

Nene nickte nur. Dann schwieg sie lange. »Dir ist klar, dass ich das, was ich jetzt weiß, meinen Kollegen von der Polizei sagen muss, oder?«

Leo wollte nicken, aber sie konnte sich plötzlich nicht mehr rühren. Ihre Haut, die zuvor aus Stein gewesen war, hatte sich jetzt in eine eiserne Rüstung verwandelt, die sie gefangen hielt und sie zusammenzuquetschen schien. Sie hatte das Bedürfnis, aus dem Wagen zu springen und zu rennen, bis sie kotzen musste, aber sie war nicht einmal in der Lage, auch nur den kleinen Finger zu rühren. Ein unruhiges Kribbeln, das kaum zu ertragen war, erfasste ihren gesamten Körper. Wenn Elijah nichts mit Amys

Verschwinden zu tun hatte, warum ging er dann nicht selbst zur Polizei? Sie sah ihn zwischen den tödlichen Eisenpfählen trainieren. Sah diesen schrecklichen Schmerz in seinem Blick.

Sie schloss die Augen. Punkte tanzten hinter ihren Lidern. Etwas legte sich auf ihren Oberschenkel, aber sie konnte nicht hinsehen. Sie vermutete, dass es Nenes Hand war.

»Ich verspreche dir, dass ich mich um ihn kümmere, Leo«, sagte sie.

»Hilf ihm!«, flüsterte sie. Etwas rann heiß über ihre Wangen, und erst als sie Salz auf den Lippen schmeckte, bemerkte sie, dass sie schon wieder weinte.

Nene lehnte sich zu ihr herüber, zog sie in die Arme. Wie früher, als Leo noch ein kleines Kind gewesen war, wiegte sie sie und strich ihr über den Hinterkopf. Es war Leo völlig egal, dass dabei ein scharfer Schmerz durch ihren Schädel fuhr. Sie lehnte sich gegen die Schulter ihrer Mutter. Nur ein einziger Gedanke war in ihr: Wie gern hätte sie sich in diesem Moment bei Elijah angelehnt!

Teil 3

Habe keine Furcht, dich dem Gegner zu nähern. Je näher du an ihm dran bist, desto mehr kannst du lernen.

(Verhaltensregel aus der Capoeira)

Schröder

Er saß auf einer der Bänke im alten Industriepark und dachte an Chrissy. Seine geliebte Tochter! Wenn er die Augen schloss, sah er ihr Gesicht vor sich. Er hörte ihr Lachen. Sie hatte viel gelacht.

Bis zu dem Tag, an dem sie gestorben war.

Jede Nacht hörte Schröder dieses Lachen bis in seine Träume hinein.

Leonie kam ihm in den Sinn. Er hatte versucht, sie vor Chrissys Schicksal zu bewahren, aber er war sich nicht sicher, ob es ihm gelungen war. All diese Mädchen – sie sahen den Schmerz in den Augen dieses Jungen und sie verfielen ihm mit einer Endgültigkeit, die unheimlich war. Chrissy. Amy. Und Leonie.

Langsam stemmte Schröder sich in die Höhe.

Leonie hatte nicht auf seine Warnungen hören wollen. Vielleicht war es an der Zeit, deutlicher zu werden. Vielleicht sollte er ihr endlich zeigen, welches Schicksal ihr drohte, wenn sie nicht die Finger von diesem Kerl ließ. Bisher hatte er geschwiegen, obwohl er genau wusste, was mit Amy geschehen war. Zuerst, weil er seinem eigenen Verstand nicht traute, als er sah, was dieser Mistkerl Amy antat. Später dann, weil er Angst hatte, dass sie ihn für sein Schweigen einsperren würden. Aber wen kümmerte jetzt noch, was mit ihm geschah?

Chrissy war tot. Er hatte alles verloren.
Er straffte die Schultern. Dann ging er zu dem schmiedeeisernen Tor, hinter dem die Müllsäcke lagen.
Nachdenklich starrte er auf die grünen Bündel hinunter, dann gab er sich einen Ruck. Er bückte sich, zerrte sie zur Seite und eine menschliche Hand kam zum Vorschein.
Langsam, unter großen Schmerzen richtete Schröder sich auf. Eine Weile starrte er auf die bleiche Hand. »Amy!«, murmelte er dann und wandte sich zum Gehen.
Jetzt endlich würde er dafür sorgen, dass die Menschen das wahre Gesicht dieses Jungen sahen. Elijahs Gesicht. Das Gesicht eines Raubtieres!

Leo

Nachdem Nene Leo nach Hause gebracht hatte, lag sie einige Stunden lang auf dem Sofa im Wohnzimmer und ließ sich einfach nur von irgendwelchen idiotischen Fernsehserien berieseln. Es half dabei, nicht allzu viel zu grübeln. Trotzdem träumte sie in der folgenden Nacht schlecht, aber jedes Mal, wenn sie aufwachte, konnte sie sich an den Inhalt des Traums kaum noch erinnern.

Am Morgen sagte Nene ihr, dass sie zu ihren Kollegen aufs Polizeirevier fahren wollte, um mit ihnen über Elijah zu sprechen. Und um dabei zu sein, wenn die Polizisten zu ihm fuhren und ihn befragten. Leo blieb allein zu Hause zurück und es dauerte keine halbe Stunde, da tigerte sie wie ein gefangenes Tier in ihrem Zimmer umher. Ihr Kopf dröhnte noch immer, aber Nene hatte ihr Tabletten gegeben, die den Schmerz in ein erträgliches, dumpfes Pochen verwandelt hatten.

Sie fühlte sich hin- und hergerissen zwischen der Sehnsucht nach Elijah und der Angst davor zu erfahren, was tatsächlich geschehen war. Ihr Schädel platzte beinahe vor lauter ungelösten Rätseln und unbeantworteten Fragen. Schließlich hielt sie es in ihrem Zimmer nicht mehr aus.

Sie ging ins Wohnzimmer, schaltete den Fernseher an. Aber die Sitcom, die sie erwischte – die dämlichen Sprüche der Schauspieler und vor allem das alberne Gelächter – ging ihr so sehr auf den Geist, dass sie das Gerät sofort wieder ausschaltete. Genervt warf sie die Fernbedienung auf das Sofa.

Vielleicht war es besser, wenn sie in die Akademie fuhr und selbst mit Elijah sprach?

Nene hatte gesagt, dass sie einen sicheren Instinkt für Menschen hatte. Hatte sie nicht schon bei ihrem ersten Treffen im Noah's erkannt, dass Elijah hinter seinem Lächeln etwas verbarg, das nur wenige Leute sehen konnten? Würde sie die Wahrheit in seinen Augen sehen können, wenn sie ihn direkt mit der Frage konfrontierte, was er mit Amy und ihrem Verschwinden zu tun hatte?

Sie war sich dessen relativ sicher.

Was danach geschehen würde, darüber war sie sich allerdings nicht so sicher. Würde sie sich in Gefahr bringen, wenn sie ihm auf diese Weise die Pistole auf die Brust setzte? War Elijah gefährlich?

Für sie?

Sie wusste es einfach nicht!

Aber eins wusste sie: Wenn sie noch länger untätig hier im Haus herumhockte, würde sie sich spätestens in fünf Minuten den Schädel an der Wand einschlagen. Sie zog ihr Handy aus der Tasche und starrte missmutig darauf. Sie konnte ihn natürlich auch anrufen, aber das würde nicht das Gleiche sein, weil sie dann seine Augen nicht sehen konnte.

Nein, wenn sie ihn tatsächlich zur Rede stellte, dann würde sie es von Angesicht zu Angesicht tun müssen. Sie holte tief Luft, dann rief sie ihre Kontakte auf und wählte Hannahs Nummer.

Der Bus brachte sie bis zu der Haltestelle am Industriepark, wo Hannah schon auf sie wartete.

»Hey Leo!«, rief sie. »Was ist denn mit dir passiert?« Beim Anblick von Leos Kopfverband riss sie erschrocken die Augen auf.

Leo umarmte sie kurz und erzählte ihr von ihrem Unfall. »Nichts Ernstes«, wiegelte sie ab. »Danke, dass du mitkommst.«

Wenn sie nicht alleine war, so ihre Hoffnung, würde sie sicherer sein, vor wem auch immer. Energisch schob sie jeden Anflug von Angst von sich. Sie fühlte sich einfach besser, wenn Hannah bei ihr war, das hatte nichts mit Elijah zu tun, redete sie sich ein.

Beim Anblick der alten Hallen, der Bäume und weiten Rasenflächen verließ sie jedoch trotzdem beinahe der Mut. Sie vergrub das Gesicht in ihrem Jackenkragen und unterdrückte ein Schaudern. Es war noch immer kalt, kaum zwei oder drei Grad über null. Ein eiskalter Wind fegte ihnen entgegen, als wolle er sie davon abhalten, den Park zu betreten.

»Scheißkälte«, fluchte Hannah. »Wird Zeit, dass es endlich mal wieder ein bisschen wärmer wird.«

Leo pflichtete ihr bei, aber irgendwo tief in ihr hatte sie das Gefühl, dass ihr niemals wieder in ihrem Leben richtig warm werden würde. Es sei denn, sie fand jetzt endlich heraus, wie Elijah in dieser ganzen Sache mit drinhing!

Sie ignorierte die gewisperten Warnungen des Windes und betrat das weitläufige Gelände durch das Nordtor. Hannah folgte ihr. Auf den gekiesten Wegen verursachten ihre Füße ein leises Knirschen, das sich heute sonderbar unheimlich anhörte.

Sei nicht albern!, schalt Leo sich. Hannah an ihrer Seite schien von der merkwürdigen Stimmung ringsherum nicht das Geringste zu spüren. Sie plapperte über irgendeinen Jungen aus der Schule, über den sie sich offenbar ziemlich geärgert hatte. Leo konnte ihr kein bisschen folgen.

Sie beschleunigte ihre Schritte, doch als sie das schmiedeeiserne Tor mit der illegalen Müllkippe erreichte, blieb sie wie angewurzelt stehen. Schröder hockte auf seiner Bank neben den grünen Säcken und blickte ihr entgegen, als hätte er sie erwartet. Als er sie entdeckte, glitt ein zufriedenes Lächeln über sein Gesicht. Langsam stand er auf.

»Ach, du Scheiße!«, stieß Hannah aus. »Der schon wieder! Komm, Leo, lass uns lieber verschwinden.« Sie fasste Leo am Ellenbogen.

Zusammen mit ihr wich Leo einige Schritte zurück, aber Schröder winkte aufgeregt. »Ich tu euch nichts, Mädchen!«

Unsicher blieb Leo stehen. Schröder wusste eindeutig Dinge, die mit Amy und ihrem Verschwinden zusammenhingen. Was, wenn er ihr helfen konnte, Licht in das ganze Dunkel zu bringen?

Aber was, wenn er es gewesen war, der Amy entführt hatte?

»Komm endlich!«, zischte Hannah.

Leo rührte sich nicht.

Schröder kam näher. Er schwankte. Leo sah ganz deutlich, dass er betrunken war. »Raubtiere«, brabbelte er. »Sie sind hinter dir her!«

Leo schluckte. »Wovon reden Sie?«

Hannah ließ ihren Ellenbogen los und zog sich zurück.

Tolle Freundin! Leo dachte jedoch nicht weiter darüber nach, sondern konzentrierte sich auf den Obdachlosen.

»Ein Raubtier. Hier. Im Park.« Er räusperte sich, hustete irgendetwas Festes empor und spuckte es auf den Boden. Dann hob er den Arm, in der Hand hielt er eine halb volle Flasche. Er setzte sie an den Mund und trank mehrere lange Schlucke. Als er danach wieder sprach, hatte er eine üble Schnapsfahne und sein Blick wirkte glasig. Trotzdem schnellte seine Hand plötzlich vor, umklammerte Leos Handgelenk mit einer Kraft, die sie ihm niemals zugetraut hätte.

»Lassen Sie mich!« Panik schlug über ihr zusammen. *Er ist irre!* Das war das Einzige, was sie denken konnte. *Er ist komplett irre und jetzt tut er dir etwas Furchtbares an, genau wie er es mit Amy gemacht hat!*

Schröder begann, sie mit unnachgiebiger Kraft mit sich zu zerren. Sie hörte Hannah kreischen, versuchte, seine Finger von ihrem Handgelenk fortzubiegen. Ihre Nägel kratzten über seinen Handrücken, sie kniff, sie trat um sich, aber es nützte alles nichts. Beharrlich wie eine Dampflok zog er sie mit sich.

Bis zu dem schmiedeeisernen Tor.

»Sieh hin!«, zischte er und wies auf die Müllsäcke.

Verblüfft über diese Aufforderung hörte sie endlich auf, sich zu wehren.

»Sieh hin!«, wiederholte er. Und als sie nicht sofort reagierte, gab er ihr einen harten Stoß genau zwischen die Schulterblätter. Sie taumelte vorwärts, verlor das Gleichgewicht und landete mitten zwischen den Säcken. Ein ekelhafter Geruch stieg ihr in die Nase. Ihr Magen revoltierte. Sie wollte sich aufrappeln, ihre Hände berührten grünes Plastik, das sich sonderbar aufgebläht anfühlte. *Nur Hausmüll! Nichts Schlimmes.* Sie krabbelte rückwärts aus dem Unrathaufen heraus, aber Schröder stieß sie wieder zurück.

Und dann sah sie es. Der Boden unter ihr öffnete sich und verschluckte sie so endgültig, dass ihr schwarz vor Augen wurde. Sie schrie. Voller Entsetzen fuhr sie zurück. Etwas geriet ihr zwischen die Beine, sie kämpfte dagegen an, verfing sich in den Müllsäcken, schrie und schrie. Und schrie.

Unter den Müllsäcken hervor ragte eine menschliche Hand. Amys Hand.

***

Es war, als hätte der Anblick von Amys Leiche eine Taste in Leo betätigt, durch die sie auf Autopilot geschaltet wurde. Nachdem sie ihre Kehle ganz wund geschrien hatte, verstummte sie und erkannte, dass Schröder verschwunden war. Hannah hatte sich mehr als hundert Meter zurückgezogen, kam jetzt aber wieder näher. Ihr Anblick gab Leo ein wenig Stabilität zurück.

»Nicht hinsehen!«, befahl sie und wunderte sich, wie sicher ihre Stimme klang. Sie drängte Hannah zurück, dann sah sie sich um. Aber es war niemand in der Nähe, der ihr helfen konnte. Kein Wunder, bei dieser Kälte war der Park menschenleer. Der eisige Wind pfiff Leo um die Ohren, blies ihr die Haare ins Gesicht, brachte ihre Augen zum Tränen. Ohne weiter zu überlegen, zog sie ihr Handy aus der Tasche und wählte 110. Als sich am anderen Ende der Leitung eine Frau meldete, sagte sie: »Ich bin im Industriepark, hinter dem alten Friedhof, bei dem Tor. Hier liegt eine Leiche.«

Nur undeutlich hörte sie, wie Hannah neben ihr aufwimmerte. Auf Nachfrage nannte sie ihren Vor- und Zunamen, dann versicherte sie der Frau mehrfach, dass sie keinen Scherz machte. Schließlich sagte die Frau: »Bleib, wo du bist, ich schicke dir jemanden vorbei.«

Als sie auflegte, hatte Hannah sich auf eine Parkbank gesetzt und starrte vor sich hin.

Es dauerte keine zehn Minuten, bis Blaulicht über die gekiesten Wege zuckte und ein Streifenwagen in das Tor einbog. Leo winkte ihn zu sich, dann erzählte sie den beiden uniformierten Beamten, was sie entdeckt hatte. Nachdem die beiden sich vergewissert hatten, dass sie die Wahrheit sagte, riefen sie die Kripo.

Kurze Zeit später wimmelte es ringsherum von Menschen. Der Fundort der Leiche wurde mit rot-weiß gestreiftem Plastikband abgesperrt. Leute von der Spurensicherung in astronautenartigen weißen Overalls begannen, alles akribisch zu untersuchen. Irgendwann erschien auch ein Leichenwagen, aus dem ein matt schimmernder Zinksarg ausgeladen wurde.

All dies registrierte Leo, aber es berührte sie nicht im Geringsten. Sie saß mit einer Decke um die Schultern auf dem Beifahrersitz eines Streifenwagens und starrte vor sich hin.

Jemand hatte Hannah ebenfalls eine Decke umgelegt und sie dann zu einem anderen Streifenwagen geführt.

Irgendwann erschien Nene. »Du liebe Güte!«, war das Erste, was sie hervorstieß, als sie Leo auf dem Autositz entdeckte.

Leo versuchte, etwas aus Nenes Gesichtsausdruck herauszulesen, aber es gelang ihr nicht. Sie fühlte sich wie in einer Blase, wie vom Rest der Welt durch eine undurchdringliche Folie abgeschirmt. Alle Geräusche waren gedämpft und die Welt um sie herum wirkte plötzlich merkwürdig farblos. In ihr war nichts außer einer großen Kälte. Diesmal war nicht ihre Haut aus Stein, sondern ihr Innerstes. Ihr Herz hatte aufgehört zu schlagen, da war sie sich ganz sicher.

»Sie hat einen Schock«, hörte sie Nene sagen, aber auch der Sinn dieser Worte erschloss sich ihr nicht.

Jemand kam. Eine Frau. Nene schien sie zu kennen, denn sie sprach sie mit Doris an. Die Frau stellte sich Leo als Kriminalkommissarin Keller vor und sprach sehr mitfühlend und ruhig mit ihr. Leo antwortete irgendwas, aber sie wusste im nächsten Moment schon nicht mehr, was sie gesagt hatte. Danach redete Nene eine ganze Weile mit der Kommissarin.

»Geben Sie eine Fahndung nach einem Obdachlosen namens Schröder raus«, sagte jemand hinter ihr. Eine Männerstimme. »Hallo Iris«, begrüßte der Mann Nene.

Leo blinzelte. Plötzlich wollte sie nur noch schlafen. In ihr war alles unendlich schwer – so, als hätte jemand ihren Schädel geöffnet und mit Blei ausgegossen.

»Es tut mir leid, Leonie«, sagte die Kommissarin. »Aber wir müssen dir noch ein paar Fragen stellen, bevor du mit deiner Mutter nach Hause kannst.«

Mechanisch nickte Leo. »Okay.« Nach Hause, das klang gut. Sie war so müde!

»Du hast mir gerade erzählt, dass dieser Schröder dich hierher gezerrt und dir die Leiche gezeigt hat«, sagte Frau Keller.

Hatte sie das? Sie erinnerte sich nicht daran. Trotzdem nickte sie.

»Und dieser Schröder hat dich schon seit Längerem belästigt.«

»Er hat so komische Sachen gesagt«, murmelte Leo. »Aber wir haben doch nie geglaubt, dass er … gefährlich ist.«

»Was für Sachen waren das?«, wollte Frau Keller wissen.

Leo wusste es nicht mehr, aber Nene antwortete an ihrer Stelle. »Wenn ich richtig informiert bin, Doris, dann ist die Tochter dieses Manns letztes Jahr verunglückt. Das hat ihn wohl ziemlich aus dem Gleichgewicht gebracht.« Leo wickelte sich fester in die Decke, um sich vor dem eisigen Wind zu schützen. *Oder vor dem Grauen.* »Vielleicht ist er deswegen in einen Wahn verfallen, der in dazu zwingt, nach Jahresfrist ein weiteres Mädchen zu töten.«

Töten! Mord. Amy ermordet. Und Schröder der Mörder? Elijah! Was war mit ihm?

Die Gedanken taumelten durch Leos Geist und raubten ihr das letzte bisschen Kraft. Sie war froh, dass sie saß, lehnte den Kopf gegen die Nackenstütze des Beifahrersitzes und schloss die Augen. Aber sofort sah sie Amys Gesicht wieder vor sich und hastig riss sie die Augen wieder auf.

»Warum versteckt er die Leiche erst, um sie mir dann zu zeigen?«, murmelte sie, obwohl sich alles in ihr dagegen sträubte. Schröder war Amys Mörder, das wollte sie glauben und daran klammerte sie sich. Trotzdem fügte sie hinzu: »Das ergibt doch überhaupt keinen Sinn!«

»Man müsste ihn einer genaueren psychologischen Untersuchung unterziehen«, erklärte Nene und Frau Keller fügte hinzu: »Wir werden sehen.« Dann drehte sie sich um, weil eine Beamtin in Uniform zu ihr herantrat und ihr etwas ins Ohr flüsterte.

»Wir haben ihn festgenommen«, sagte sie dann an Nene gewandt. »Er meint, er habe eine wichtige Aussage zu machen. Die Kollegen bringen ihn gerade aufs Revier.«

»Ich würde ihn mir gern ansehen«, erklärte Nene, aber die Kommissarin schüttelte den Kopf.

»Weil Leonie in den Fall verwickelt ist, geht das nicht, Iris, und das weißt du. Wir werden einen anderen Psychologen kommen lassen.«

Nene schien nicht glücklich mit dieser Entscheidung, aber sie akzeptierte sie.

»Amy war deine Freundin, Leonie, nicht wahr?«, fragte Frau Keller Leo.

Leo schüttelte den Kopf. Dann nickte sie. »Ich weiß nicht«, murmelte sie mit schwerer Zunge.

»Ich nehme sie jetzt mit nach Hause, Doris!« Nenes Stimme war sehr energisch.

»Natürlich!« Keller nickte. »Wenn dir irgendwas einfällt, Leo, das helfen kann, Amys Mörder zu finden, dann sag es deiner Mutter, okay?«

»Klar.« Leo überlegte. »Schröder weiß irgendwas. Über ...« Sie klappte den Mund zu, weil ihr bewusst wurde, wen Schröder verdächtigte.

Elijah!

Sie dachte an die zornige Frage, die der Obdachlose ihm gestellt hatte. *Du machst gerne mal Ernst, oder?*

Sie krümmte sich, hielt aber den Mund.

Nene hatte ihr versprochen, sich um Elijah zu kümmern. Das musste reichen. Mehr ging im Moment einfach nicht.

»Wir werden sehen«, wiederholte Frau Keller und trat von dem Wagen zurück.

Nene griff behutsam nach Leos Schultern und half ihr, aus dem Auto zu steigen. Die Decke rutschte von ihren Schultern, aber das kümmerte sie nicht. Mechanisch setzte sie einen Fuß vor den anderen, bis zu einem anderen Wagen. Erst als sie darinnen saß, begriff sie, dass es Nenes war. Ihre Mutter fuhr sie nach Hause, schaffte sie ins Bett.

Am liebsten hätte Leo bis in alle Ewigkeit geschlafen, aber das war unmöglich. Jedes Mal, wenn sie die Augen schloss, sogar, wenn sie nur blinzelte, blitzte der Anblick der Leiche vor ihr auf. Dann drehte sich ihr Magen, sie fuhr wie vom Blitz getroffen in die Höhe und glaubte, sich übergeben zu müssen.

Nene gab ihr irgendwas, das sie schlucken musste, und sie spürte, wie die Leere in ihr langsam wattig wurde. Sie kämpfte dagegen an, dass ihr die Augen zufielen, aber irgendwann verlor sie den Kampf und schlief ein.

Sie erwachte und graues, stilles Halbdunkel umgab sie. Es war so formlos, dass sie im ersten Moment glaubte, sie müsse gestorben sein. Es war ihr völlig egal.

Dann begann sie, ihren Körper wieder zu spüren. Sie drehte sich auf die Seite. Der Stoff ihres Kopfkissenbezugs klebte an ihrer Wange, weil er nass war. Weinte sie? Sie wusste es nicht und auch das war ihr egal.

Jemand war an ihrem Bett, dann war er wieder fort. Nene, vermutete sie, aber sie schaute nicht hin.

Draußen auf dem Flur ertönte Nenes Stimme. »Ist Elijah zu sprechen?«, fragte sie.

Leos Verstand war wach genug, um zu begreifen, dass sie telefonierte, aber sie begriff nicht so recht, worum es dabei ging.

Elijah. Das war das Einzige, was sie denken konnte. Wieder und immer wieder. Elijah. Elijah.

»Elijah«, hörte sie Nene sagen. »Ich versuche schon seit gestern Abend, dich zu erreichen. Es geht um Leo. Sie ist ...« Leo wollte sich auf die Worte konzentrieren, aber es ging nicht. Sie spürte, wie sie wieder wegdriftete.

Als sie das nächste Mal die Augen öffnete, fühlte sie sich wie in einem Traum.

Nenes Stimme erklang. »Wenn du mir erzählst, was passiert ist, sorge ich dafür, dass dir geholfen wird«, sagte sie.

Eine Weile war es still. Dann sagte eine andere Stimme: »Sie können mir nicht helfen!«

Er war da!

Leo fuhr hoch, aber die Leere in ihr war noch immer so übermächtig, dass sie kraftlos zurück in die Kissen sank. Warum sollte er hier sein? Das ergab doch überhaupt keinen Sinn. Wahrscheinlich träumte sie wirklich und merkte es nur nicht.

»Doch, Elijah, das kann ich«, sagte nun wieder Nene. »Aber dafür muss ich wissen, was du mit der ganzen Sache zu tun hast.«

»Elijah?«, murmelte Leo. War er wirklich da?

Die Stimmen verstummten. Dann meinte Nene: »Geh zu ihr, wir reden später weiter.«

Jemand betrat ihr Zimmer, gleich darauf spürte sie eine Berührung am Nacken. Fingerspitzen, die ihr ganz sachte über die Haut strichen.

»Leonie.«

Er war es tatsächlich!

Sie drehte sich um. »Ich dachte, ich träume nur«, flüsterte sie. Ihre Zunge fühlte sich an wie ein trockener Waschlappen.

»Tust du nicht. Ich bin da.«

Sie schloss die Augen, und zum ersten Mal seit sie Amys Leiche entdeckt hatte, blieb das Bild ihres toten Gesichts fort. »Ich habe Amy gefunden«, murmelte sie.

»Ich weiß. Deine Mutter hat mich angerufen und es mir gesagt. Sie hat mich gebeten zu kommen.«

»Warum bist du hier?« Die eigentliche Frage, die sie stellen wollte und nicht konnte, war: Hast du Amy ermordet? Die Worte saßen wie feste Brocken in ihrer Kehle und hinderten sie am Atmen.

»Warum wohl, Leonie?«, entgegnete Elijah. »Weil ich mir Sorgen um dich mache.«

Erneut öffnete sie die Augen und sah ihn an. In dem grauen Dämmerlicht, das durch die geschlossenen Vorhänge drang, wirkten seine Züge maskenhaft. Schwer lag der Blick seiner braunen Augen auf ihr. Beim Anblick der Sorge in seinem Blick wurde ihr ganz warm ums Herz. Sie nestelte ihre Hand unter der Bettdecke hervor und er ergriff sie. Seine Haut war kühl, im Gegensatz zu ihrer. Kühl, nicht kalt, wie das letzte Mal.

»Wie lange habe ich geschlafen?«

»Ein paar Stunden. Es ist kurz nach sechs.«

»Abends.« Leo versuchte, sich etwas aufrechter hinzusetzen, aber sie fühlte sich noch immer so matt, dass sie es lieber bleiben ließ.

»Abends, ja.«

Kurz streckte Nene den Kopf zur Tür herein, sah Elijah an und nickte ihm zu. Er erwiderte das Nicken.

»Warum bist du hier?«, wiederholte Leo. Sie fühlte sich verwirrt. Eigentlich hatte sie mit dieser Frage eben etwas anderes gemeint, aber sie wusste nicht mehr so recht, was. Suchte nicht die Polizei nach ihm? Musste er nicht flüchten? Flüchten, wie Bonnie und Clyde ... Was für ein Chaos in ihrem Kopf!

»Du hast im Schlaf geweint und nach mir gerufen und deine Mutter hielt es offenbar für eine gute Idee, mich herzuholen.«

»Sie ist ein Seelenklempner«, murmelte Leo und verspürte einen Anflug von Hoffnung. Wenn Nene Elijah hergeholt hatte, konnte das doch nur bedeuten, dass sie ihn nicht für Amys Mörder hielt ... Hatte sie auch schon die Polizei davon überzeugt?

Ihre Gedanken drifteten schon wieder davon. Sie war so schrecklich müde. »Sie glaubt immer, ganz genau zu wissen, was gut für einen ist.«

»Sie ist deine Mutter«, lächelte Elijah.

Leo nickte. »Stimmt wohl.« Kurz überlegte sie. »Kannst du mich festhalten?«, flüsterte sie. Ihre Zunge wollte ihr nicht mehr so richtig gehorchen und sie musste sich zwingen, die Augen offen zu halten.

»Rutsch mal rüber«, befahl Elijah, und nachdem sie das getan hatte, legte er sich zu ihr aufs Bett und zog sie in die Arme.

Sie bettete ihren schweren Kopf auf seiner Schulter. Er roch gut, aber sie konnte nicht mehr ausmachen, nach was, denn der Schlaf übermannte sie jetzt. Sie wehrte sich nicht mehr dagegen.

Sie erwachte erneut, weil ihre Zimmertür geöffnet wurde.

Nene kam herein, sah Elijah neben ihr liegen und runzelte kurz die Stirn. »Die Polizei ist jetzt da, Elijah«, sagte sie mit ruhiger Stimme.

Elijah versteifte sich. »Ich komme.« Er wollte aufstehen, doch Leo, die inzwischen eine Hand auf seine Brust gelegt hatte, wehrte sich dagegen.

»Nicht weggehen!«, murrte sie.

Er gab ihr einen Kuss auf die Stirn. »Ich bin gleich wieder da!«, versprach er.

Leo schaute zu Nene auf und irgendwas in ihrer Miene sagte ihr, dass sie Elijahs Einschätzung nicht teilte. In diesem Moment wich die Betäubung des erlittenen Schocks von Leo. Hastig setzte sie sich auf.

»Wir sind nebenan«, sagte Nene. Sie wollte schon gehen, aber Leo hielt sie zurück. »Nene!«

Nene drehte sich wieder um.

»Warum ist er hier?«, fragte Leo.

»Ich habe ihn angerufen und ihm erzählt, was passiert ist. Er wollte dich sehen. Er ist gekommen, obwohl ich ihm gesagt habe, dass ich die Polizei verständigen muss, wenn er unsere Wohnung betritt.« Mit diesen Worten ließ sie Leo einfach in ihrem Zimmer zurück und ging ins Wohnzimmer, wo sie die Tür hinter sich schloss.

Wut kroch in Leo hoch. Wieso fragte niemand, ob sie an dem Gespräch teilnehmen wollte? Sie war schließlich kein kleines Kind mehr, das man in Watte packen musste! Entschlossen schwang sie die Füße aus dem Bett und blieb einen Moment lang auf der Kante sitzen, weil sie plötzlich nicht mehr wusste, ob ihre Beine sie tragen würden. Doch dann stand sie auf und tapste auf Strümpfen zum Wohnzimmer. Als sie die Tür öffnete, blickte Nene sie mit einer Mischung aus Erstaunen und Missbilligung an.

Elijah saß auf dem Sofa, Kommissarin Keller und ein Mann, wahrscheinlich ihr Partner, ihm gegenüber in den Sesseln der Couchgarnitur.

»Ich will hören, was ihr zu besprechen habt!«, sagte Leo mit fester Stimme. Ihr Blick huschte zu Elijah. »Das heißt, wenn du einverstanden …«

»Komm her!«, sagte er und rückte ein Stück zur Seite. Sie durchquerte den Raum, dann setzte sie sich neben ihn. Er tastete nach ihrer Hand. Auf einmal hatte sie das Gefühl, dass sie die Rollen vertauscht hatten. Plötzlich war es nicht mehr er, der ihr Halt gab, sondern sie ihm. Sie drückte seine Finger und sah ihn schwer schlucken.

Der männliche Kommissar ergriff als Erster das Wort. »Leonies Mutter hat uns angerufen und gesagt, dass Sie bereit sind, mit uns zu sprechen, Herr Ortega«, sagte er. Seine Stimme war neutral, sehr professionell.

Elijah warf einen Hilfe suchenden Blick in Nenes Richtung, dann nickte er langsam.

»Es geht um den gewaltsamen Tod von Amy Krüger«, fuhr nun Frau Keller fort.

Elijahs Hand krampfte sich um Leos Finger, aber gleich darauf entspannte er sie wieder. Er nickte erneut, hatte dabei aber den Kopf gesenkt, sodass ihm die Haare ins Gesicht fielen und Leo den Ausdruck seiner Augen nicht sehen konnte.

Plötzlich war ihr schlecht. *Sag, dass du es nicht warst!*, wollte sie ihm zurufen. *Sag ihnen, dass jemand anderes Amy ermordet hat.* Aber sie blieb stumm und auch Elijah schwieg nur. Sie hätte ihren rechten Arm hergegeben, wenn sie dafür seine Gedanken hätte lesen können.

»Haben Sie Amy getötet, Herr Ortega?« Die Frage kam schnell und kühl aus dem Mund des Kommissars.

Elijah rührte sich nicht sofort. Er saß einfach da, den Blick auf den Boden vor seinen Füßen gerichtet und schien zu einer perfekten, bleichen Statue erstarrt.

»Elijah!«, sagte Nene leise.

Er warf ihr einen Blick zu. »Nein«, flüsterte er endlich.

Vor lauter Erleichterung sackte Leo in sich zusammen.

»Wissen Sie, wer Amy ermordet hat?«, fragte der Kommissar weiter.

Diesmal kam Elijahs Antwort schnell. »Nein.«

Der Kommissar sah skeptisch aus und auch Leo hatte das Gefühl, dass Elijah log.

Frau Keller schaute Nene an. »Dir hat er es gesagt, nicht wahr?«

Nene hielt ihrem forschenden Blick stand. »Ich muss dir nichts von ärztlicher Schweigepflicht erzählen, oder?«

»Herrgott noch mal!« Mit einem Krachen landete die Faust des Kommissars auf dem Couchtisch, sodass die kleine Vase mit Astern, die dort stand, einen Hüpfer machte. »Es geht hier um die Ermordung eines sechzehnjährigen Mädchens!«

»Lass gut sein, Jan.« Frau Keller legte ihm eine Hand auf den Unterarm. Dann atmete sie mehrfach tief durch und wandte sich wieder an Elijah. »Herr Schröder hat zu Protokoll gegeben, dass Sie vor einem Jahr die Leiche seiner Tochter Christina gefunden haben. Stimmt das?«

Elijahs Augen wurden eng bei diesem plötzlichen Themenwechsel. »Ja.«

»Wir haben uns die Unterlagen von Christinas Tod angesehen. Die Pathologie hat eindeutig nachgewiesen, dass das Mädchen durch einen Unfall starb. Es gab keinerlei Spuren von Fremdverschulden.«

Wieder schluckte Elijah schwer. »Und?«

»Dennoch hat Herr Schröder heute in der Befragung behauptet, dass Sie sie getötet haben.«

Elijahs Lippen teilten sich, bevor sie fest aufeinandergepresst wurden. »Ich …«

Jetzt mischte sich Keller wieder ein. »Wir wissen, dass das Unsinn ist, die Spuren sind eindeutig. Aber Herr Schröder hat noch etwas anderes behauptet.« Sie machte eine winzige Pause.

»Dass ich auch Amy umgebracht habe«, flüsterte Elijah.

Leo fühlte sich wie auf einer Achterbahn. War Elijah nun schuldig oder nicht? Ihre Gedanken und Gefühle drehten sich im Kreis.

Kommissarin Keller nickte langsam. Sie holte ein Notizbuch aus der Tasche, schlug es auf und entnahm ihm zwei Fotos. Bevor sie sie auf den Couchtisch legte, sah sie Nene an.

»Bist du sicher, dass Leo …«

Elijahs Hand krampfte sich fester um ihre.

»Ich bin kein Kind mehr!«, sagte Leo, auch wenn sie bereits ahnte, was auf den Fotos zu sehen sein würde.

Nene schien mit sich zu ringen, aber schließlich musste sie einsehen, dass sie Leo nur an den Haaren aus dem Raum zerren konnte, also seufzte sie schwer. »Ich bin dagegen, aber wenn du unbedingt willst …«

Da legte Frau Keller die beiden Fotos auf den Tisch.

Eines zeigte Amys bleiches Gesicht, ihr *totes* Gesicht. Leo fragte sich, warum dieser Anblick sie so sonderbar kaltließ. Schock, dachte sie, das musste noch immer der Schock sein. Dann sah sie sich das andere Foto an. Es war eine Aufnahme der Wunde, an der Amy gestorben war. Ein makellos sauberer, vielleicht zwei Finger breiter Schnitt in ihrer Haut.

»Die Todesursache war ein Messerstich, der gezielt von unten ihr Herz …«

Den Rest hörte sie nicht mehr. Vor ihrem Blick bildeten sich fahle Flecken. Wie aus der Realität gestanzt tanzten sie vor ihren Augen. Etwas stürzte plötzlich auf sie ein, von dessen Existenz sie bisher nicht die geringste Ahnung gehabt hatte. Sie hörte ein Stöhnen und begriff, dass es von Elijah kam. Sein Griff war mit einem Mal eisenhart geworden. Langsam hob sie den Blick von dem furchtbaren Foto, sah Elijah ins Gesicht. Sie glaubte, sich in seinen Pupillen spiegeln zu können.

Weil sein Griff ihr langsam die Blutzirkulation abschnürte, legte sie die freie Hand um sein Handgelenk, aber er begriff nicht, was sie ihm damit sagen wollte.

Sehr aufrecht saß er da und starrte vor sich hin. »Ein Messer?« Seine Stimme war kaum hörbar. »Sie starb an einem Messerstich?«

»Herr Ortega, gibt es etwas, das Sie uns sagen möchten?«, fragte Frau Keller.

Es schien, als würde er in diesem Moment aus einer anderen Welt zu ihnen zurückkehren. Als Erstes bemerkte er, dass er Leo wehtat. Hastig ließ er ihre Finger los. Dann schüttelte er den Kopf. Einmal, zweimal.

»Sind Sie sicher?«, hakte Frau Keller nach.

Leo war nicht die Einzige, die wusste, dass Elijah log. Langsam stand er auf, verließ das Wohnzimmer. Jeder im Raum sah ihm verwundert nach. Draußen im Flur blieb er stehen, wie eine riesige Marionette, der man mit einem Schlag alle Fäden abgeschnitten hatte. Leo konnte ihr eigenes Herz klopfen hören. Einige Schläge lang stand Elijah einfach nur da. Mit einem Mal drang ein unheimlicher Ton aus seiner Kehle. Wie das leise Wimmern eines verletzten Tieres. Er ballte die Rechte zur Faust und mit voller Wucht ließ er sie in den großen Spiegel an der Flurwand krachen.

Das Glas zerbarst mit lautem Getöse. Es bildete sich ein spinnennetzartiges Muster, aus dem große Scherben zu Boden kippten und dort in tausend kleinere Splitter zersprangen. Der Kommissar war aufgesprungen, aber Nene hielt ihn davon ab, sich Elijah zu packen.

»Nicht, Jan«, sagte sie kaum hörbar.

Elijah drehte sich ganz langsam zu ihnen um. Seine Lippen waren bleich, seine Stimme kaum zu verstehen. »Es stimmt«, krächzte er. »Ich habe Amy umgebracht.«

Die Welt entfernte sich ruckartig in unendliche Ferne und stürzte dann auf Leo ein, sodass sie keine Luft mehr bekam. »Nein!«, hauchte sie. Gleichzeitig sagte auch Nene: »Nein! Das lasse ich nicht zu, Elijah!«

Er richtete den Blick auf sie. »Ihre Schweigepflicht! Ich habe …«

»Meine Schweigepflicht verpflichtet mich, Stillschweigen über das zu bewahren, was wir besprochen haben«, fiel Nene ihm hitzig ins Wort. »Aber sie verpflichtet mich nicht, darüber zu schweigen, was ich selbst denke. Er war es nicht, Doris! Jan! Ich bin mir da ganz sicher.«

Elijah stand inmitten der Scherben. »Ich war es«, sagte er nur.

Leo begriff gar nichts mehr. Wenn er tatsächlich unschuldig war – und sie vertraute dem Urteil ihrer Mutter hundertprozentig –, warum nahm er dann die Schuld auf sich? Das ergab doch keinen Sinn! Sie suchte seinen Blick und erschrak, als sie die Düsternis darinnen sah. Es schien, als hätten sich all seine Qualen plötzlich in seinen Pupillen zu zwei dunklen Punkten verdichtet.

Frau Keller erhob sich schwerfällig. »Wenn er auf seiner Aussage besteht, Iris, dann müssen wir ihn mitnehmen.« Sie gab ihrem Partner einen Wink, er trat auf den Flur hinaus und griff nach den Handschellen an seinem Gürtel.

Leo schlug beide Hände vors Gesicht, als die eisernen Fesseln sich um Elijahs Gelenke schlossen.

»Die Ermittlungsergebnisse werden bald vorliegen«, sagte Frau Keller zu Nene. »Wenn er wirklich unschuldig ist, werden sie es beweisen.«

Mit diesen Worten verließ sie die Wohnung. Der Kommissar fasste Elijah am Ellenbogen und bugsierte ihn hinter seiner Kollegin her. Leo hätte schreien mögen, aber sie brachte keinen Ton hervor. Sie sehnte sich danach, noch einmal in Elijahs Augen schauen zu können, aber er hielt den Blick jetzt gesenkt. Leise schloss sich die Wohnungstür hinter ihm und den beiden Polizisten. Eine weitere Scherbe löste sich aus dem Rahmen des zertrümmerten Spiegels und fiel klirrend zu Boden. Sie war blutverschmiert.

Leo drehte sich der Magen um.

Nachdem sie fort waren, wiederholte Nene, das, was Frau Keller eben gesagt hatte.

»Wenn er unschuldig ist, werden die Laborergebnisse das beweisen.«

Leo hatte sich in eine Sofaecke gepresst und die Knie vor die Brust gezogen. »Wenn er unschuldig ist, warum behauptet er dann, dass er es gewesen ist?«

Nene setzte sich zu ihr und legte ihr eine Hand auf das Knie. »Da gibt es viele Möglichkeiten. Irrationales Schuldgefühl ist eine. Ich habe dir ja schon gesagt, dass das nicht unüblich ist bei Kindern, die von ihren Eltern misshandelt wurden. Sie neigen dazu, die Schuld für alles, was an Bösem rings um sie herum passiert, auf sich zu nehmen.«

Leo fiel noch ein anderer Grund für Elijahs sonderbares Verhalten ein. »Was, wenn er versucht, den wahren Täter zu schützen?« Und dann erst sickerte die Erkenntnis in ihr Bewusstsein ein. »Du weißt, wer der wahre Täter ist, oder? Er hat es dir gesagt!«

Nene wirkte nicht glücklich mit dieser Feststellung, langsam schüttelte sie den Kopf.

»Wer?«, fragte Leo.

Wieder schüttelte Nene den Kopf. »Du musst dich ausruhen. Aber Elijah war es nicht, Leo. Das hat er mir gesagt und ich glaube ihm.«

Leos Kopf fühlte sich an, als würden darin tausend kleine Zwerge auf winzigen Ambossen herumhämmern. Sie legte die Stirn auf Nenes Hand auf ihrem Knie. »Er schützt jemanden!« Plötzlich schossen ihr schon wieder Tränen in die Augen. »Was, wenn er es doch war?«

»Komm!« Nene nahm ihre Hände und zog sie vom Sofa hoch. »Du gehst jetzt und legst dich ein bisschen hin. Wir beide lösen diesen Fall heute nicht mehr, aber Doris und

Jan sind gute Polizisten. Sie werden rausfinden, was mit Amy passiert ist.«

Eine Stunde später lag Leo immer noch auf ihrem Bett und starrte grübelnd an die Decke, aber natürlich hatte ihr verwirrter Verstand keine einzige logische Antwort auf all die Rätsel, die sich um Elijah rankten.

Sie war gerade dabei einzudösen, als ihr Handy klingelte. Schlaftrunken ging sie ran. »Ja?«

»Leo?« Es war Thommy. Er klang aufgeregt. »Hast du schon das Neuste gehört? Wahrscheinlich nicht, stand ja noch nicht in der Zeitung! Mein Vater hat es mir eben erzählt. Er war auf einer Pressekonferenz der Polizei. Stell dir vor, man hat Amy gefunden, sie ist ...«

»... tot!«, fiel Leo ihm ins Wort. »Ich weiß.«

»Du weißt?« Seine Stimme überschlug sich beinahe.

»Ich habe ihre Leiche gefunden.« Leo legte den Unterarm über die Augen. Die Zwerge in ihrem Kopf hatten sich in zornige Wespen verwandelt, die in ihrem Schädel herumsummten.

»Du hast ...« Fassungslos verstummte Thommy. »Scheiße!«, stieß er dann hervor. »Dann weißt du wahrscheinlich auch schon, dass sie einen Verdächtigen verhaftet haben.«

»Elijah.« Es war sonderbar, das auszusprechen, sie fühlte einfach überhaupt nichts mehr dabei. Wahrscheinlich war ihr gesamtes Repertoire an Gefühlen für alle Ewigkeit aufgebraucht.

Diesmal brauchte Thommy länger, bis er reagierte. »Scheiße«, sagte er noch mal. »Brauchst du jemanden zum Reden?«

Sie spielte allen Ernstes mit dem Gedanken, Ja zu sagen, aber dann verneinte sie doch. »Ich habe ziemliche Kopfschmerzen«, entschuldigte sie sich.

»Wahrscheinlich noch von der Gehirnerschütterung. Echt, Leo, es tut mir so leid! Wenn ich irgendwas tun kann ...«

»Danke, Thommy«, murmelte Leo. »Das ist lieb von dir.« Und damit legte sie auf.

***

Den ganzen nächsten Tag über probierte sie, sich auf andere Gedanken zu bringen, indem sie ein Buch nach dem anderen aus dem Regal zog und anfing zu lesen. Aber nach zwei Absätzen verlor sie jedes Mal den Faden und gab es schließlich auf. Danach lag sie stundenlang auf dem Bett und starrte wieder an die Decke, während ihre Gedanken um Elijah kreisten.

Es war ihr unerträglich, nichts von ihm zu hören und nicht zu wissen, ob er immer noch in Haft saß.

Sie aß kaum, jeden Versuch von Nene, sie aufzumuntern, ließ sie gleichgültig über sich ergehen, bis es am Nachmittag an der Haustür klingelte. Nene öffnete und führte kurz darauf Thommy in Leos Zimmer.

»Hey!«, grinste er. »Deine Mutter hat mir gesagt, du könntest ein bisschen Aufmunterung gebrauchen.«

Leo hockte auf ihrem Bett, hatte die Kopfhörer in den Ohren und hörte *Element of Crime,* aber sie hatte den Ton so leise gedreht, dass sie Thommys Worte trotzdem verstehen konnte. »Hey«, grüßte sie ihn lahm.

»Los!«, kommandierte er. »Ich habe den Auftrag, dich hier rauszuholen.«

Leo verdrehte die Augen. »Keine Lust!«

»Weiß ich.« Er rollte vor ihr Bett und nahm ihr den iPod weg. Mit einem Schnalzen flogen ihr die Kopfhörer aus den Ohren.

»He!«, beschwerte sie sich, rührte sich aber nicht vom Fleck.

Thommy hielt sich einen der Stöpsel ans eigene Ohr. »Element of Crime? Es wird definitiv Zeit, dass du hier rauskommst!« Er gab ihr einen Klaps gegen das Bein. »Los! Wir gehen ein Eis essen.«

Leo warf einen Blick aus dem Fenster. Nach all dem Regen und den winterlichen Temperaturen der letzten Tage war es über Nacht richtig schön geworden. Die Sonne schien und es waren fast vierzehn Grad.

Nicht dass es sie überhaupt interessierte. Im Gegenteil: Sie fand es völlig unpassend und richtiggehend gemein vom Wetter. Warum passte es sich nicht ihrer düsteren Endzeitstimmung an?

»Muss das sein?«, maulte sie.

»Muss es.« Thommy rollte ein Stück zurück. »Los jetzt, Leo, sonst werde ich echt fies!«

Es blieb Leo nichts anderes übrig, als sich zu fügen. Sie bürstete sich die wirren Haare, soweit es ihr Kopfverband zuließ, zog ein anderes Sweatshirt an und schlüpfte dann in Jacke und Schuhe.

Kurz darauf befanden sie sich gemeinsam auf dem Weg zu einer Eisdiele, die sie früher oft besucht hatten – bevor sie begonnen hatten, ins Noah's zu gehen. Dass ein Besuch in der Schülerkneipe nicht infrage kam, darüber hatten sie nicht einmal reden müssen.

Thommy streckte die Hand nach der Tür des Eiscafés aus, als Leos Blick auf einen alten Golf mit zerbeultem Kofferraumdeckel und Kotflügeln fiel. Sie wollte sich gerade abwenden, als sie Elijah entdeckte, der aus dem Geschäft auf der anderen Straßenseite kam und vor dem Golf stehen blieb.

Sie stieß einen leisen Kiekser aus. Er war frei! Die Polizei hatte ihn tatsächlich laufen lassen!

»Was ist?« Thommy drehte sich zu ihr um, aber noch bevor er richtig mitbekam, wen Leo gesehen hatte, rannte sie schon quer über die Straße.

»Elijah!«, rief sie.

Er hatte Lebensmittel gekauft, die er in einer braunen Papiertüte auf dem Arm trug. Über ein Bündel Karotten hinweg entdeckte er sie. Mit einem erschrockenen Ruck stellte er die Tüte auf seiner Motorhaube ab.

»Leo!« Tiefe Schatten lagen unter seinen Augen, als hätte er in der vergangenen Nacht überhaupt nicht geschlafen. Leo suchte nach einem Ausdruck für den Blick, den er ihr zuwarf. Zerquält, das war das einzig Passende, das ihr einfiel.

»Du bist frei!«, stieß sie hervor. »Gott sei Dank!«

Er nickte. »Bitte«, sagte er dann. »Lass mich einfach in Ruhe, ja?«

Sie glaubte, ihren Ohren nicht zu trauen. Hatte er das eben wirklich gesagt? Sie war auf keinen Fall bereit, sich von ihm jetzt so einfach abwimmeln zu lassen. »Nein, Elijah!« Fast schrie sie ihn an. »Ich lasse dich nicht eher in Ruhe, bevor du mir sagst, was das alles zu bedeuten hat! Weil ich sonst noch irre werde. Weil ich mich in dich verliebt habe. Du kannst jetzt nicht einfach … Ich werde dich nicht in Ruhe lassen, niemals! Ich …«

Sie verstummte. Er hatte beide Hände vor den Mund geschlagen. Ganz erschrocken sah er aus. Dann ließ er die Arme sinken, nahm seine Einkaufstüte und warf sie in den Kofferraum. Hastig ging er zur Fahrerseite und öffnete die Tür. Aber bevor er sich in den Wagen setzen konnte, packte sie ihn am Arm.

»Lass mich!« Grob entwand er sich ihrem Griff, aber als er sah, dass sie zurückzuckte, gab er nach. »Bitte …«

Sie stellte sich so, dass sie ihm den Weg abschnitt. »Genau, Elijah: Bitte! Du musst mit mir reden!«

Er schüttelte nur heftig den Kopf.

»Elijah …«

»Hör auf, Leonie!« Seine Stimme war laut und zornig, aber in ihr schwang auch etwas mit, das Leo zutiefst erschreckte.

»Du weißt, wer Amy ermordet hat, oder?«, sagte sie ihm auf den Kopf zu. »Du schützt jemanden!«

Da senkte er den Kopf in einer Geste, die unendlich resignierend aussah. »Ja, Leonie, ich schütze jemanden. Dich!«

Sie?

In Leos Kopf polterten die Gedanken und Erinnerungen umeinander. Schröders schrille Stimme. *Du wirst sterben!* Amys totes Gesicht. Blut …

Ihr Blut.

Sie fuhr sich mit beiden Händen in die Haare, riss daran.

Elijah stieg in seinen Wagen und diesmal hinderte sie ihn nicht daran. Fassungslos sah sie zu, wie er den Motor anließ. Sie machte einen Schritt zur Seite, sodass er die

Tür schließen konnte. Dann sah sie ihm nach, wie er mit durchdrehenden Reifen um die nächste Ecke schoss.

Leo verschwendete keinen einzigen Gedanken daran, dass Thommy die ganze Szene mitbekommen hatte. Und sie ignorierte auch sein Rufen, das hinter ihr herschallte, als sie zur nächsten Bushaltestelle rannte.

Ein Bus der Linie, die am alten Industriepark vorbeifuhr, hielt gerade. Leo sprang hinein, ohne sich darum zu kümmern, dass sie gar keine Fahrkarte hatte.

Zwanzig Minuten später kam sie vor der Capoeira-Akademie an.

Die alte Halle lag ruhig und verlassen da. Jedenfalls schien es auf den ersten Blick so. Alle Lichter waren aus, die Tür zu. Kein Geräusch drang auf die Gasse hinaus.

Unschlüssig stand Leo vor der kleinen Metalltreppe. Sie war schon drauf und dran, wieder kehrtzumachen, als in der Halle plötzlich jemand aufschrie. Zögernd stieg sie die paar Stufen hinauf und blieb auf der Laderampe erneut stehen. Dann legte sie eine Hand auf die Türklinke, drückte. Die Tür schwang auf und tatsächlich waren jetzt deutlich Stimmen zu hören.

Sie kamen aus der Trainingshalle.

»... werde ich nicht zulassen!«, hörte sie Daniel sagen. Langsam ging Leo näher an die Flügeltür heran, die nur angelehnt war.

»Herrgott, Daniel! Wir müssen dem unbedingt ein Ende machen.«

Elijahs Stimme!

»Nein, Elijah!« Daniel sprach sehr heftig. Zorn bebte in seiner Stimme, aber auch Verzweiflung. »Auf keinen Fall!«

Wovon redeten die beiden?

Leo trat noch ein bisschen näher an die Tür heran. Durch den Spalt hatte sie einen guten Blick auf die Mitte der Halle. Die Neonröhren waren ausgeschaltet. In dem trüben Tageslicht, das durch die schmutzigen Fenster hereinfiel, sah sie Elijah und Daniel, die sich gegenüberstanden. Wie zwei Raubtiere wirkten sie, die sich gegenseitig fixierten und darauf warteten, dass das andere angriff.

Aber sie kämpften nicht. *Noch nicht.*

»Er war es nicht, Eli!« Daniels Stimme klang jetzt flehend. Der Umschwung kam völlig überraschend für Leo.

Elijah schüttelte den Kopf. »Wir dürfen die Augen nicht länger verschließen! Und wenn du nicht …«

»Nein!« Mit einem Aufschrei stieß Daniel vor, Elijah wich aus, aber trotzdem hätte Daniel ihn beinahe mit dem Ellenbogen am Kinn erwischt. Als Elijah danach weitersprach, tat er es in geduckter Haltung, bereit, sich jederzeit gegen seinen eigenen Bruder zu verteidigen.

Leo suchte Halt an der Hallenwand. Sie begann zu begreifen, was hier eigentlich vorging, aber ihr Verstand weigerte sich noch, es zu akzeptieren.

»Denk doch nach, Daniel!« Ganz eindringlich sprach Elijah jetzt. »Es passt alles zusammen. Seit Mutter ihn verlassen hat, hasst er alle Frauen. Und dann die absolut bedingungslose Art, wie er verlangt hat, dass wir uns von Mädchen fernhalten. Wir haben nicht auf ihn gehört, verdammt noch mal, und das ist jetzt seine Strafe!«

»Nein!« Diesmal hauchte Daniel das eine Wort nur. Er stand so, dass Leo seine eine Gesichtshälfte sehen konnte. Er war bleich im Gesicht, nur hier und da glühten daumennagelgroße hektische Flecken an seinem Hals und auf seinen Wangen. Der Kontrast war so stark, dass er fast krank aussah.

»Die Polizei hat mich laufen lassen, Daniel. Was meinst du, warum? Ich habe ein Geständnis abgelegt, aber sie haben mich trotzdem laufen lassen. Weil sie längst wissen, wer Amy ermordet hat. Und Chrissy.«

Chrissy war auch ermordet worden? Leo krallte die Hand um einen Mauervorsprung.

»Chrissys Tod war ein Unfall!«, fauchte Daniel. »Vater hat …«

»Niemand hat gesehen, wie Chrissy starb«, unterbrach Elijah ihn. »Wir haben es die ganze Zeit für einen Unfall gehalten, aber was ist, wenn es das nicht war? Wir dürfen nicht länger schweigen.«

»Du bist so ein Bastard, Elijah! Ein elender Verräter! Chrissys Tod war ein Unfall. Vater hatte nichts – nichts! – damit zu tun! Und mit Amys Tod auch nicht!«

»Und warum ist er dann verschwunden, seitdem die Polizei mich mitgenommen hat?« Auch Elijah hatte Leo das Profil zugewandt. Auch er war bleich, wirkte aber gefasster als Daniel. Irgendwie schien es so, als sei ihm endlich etwas klar geworden, was er die ganze Zeit schon geahnt – und vor allem gefürchtet hatte. *Fatalistisch,* dachte Leo. Das war der Ausdruck.

Erst in diesem Moment erfasste ihr Verstand, wovon die beiden überhaupt sprachen.

Elijah glaubte, dass sein Vater Amys Mörder war!

»Möglich, dass Chrissys Tod ein Unfall war«, sagte er jetzt. »Aber was ist mit Amy? Die Polizei hat mir gesagt, dass sie durch einen gezielten Messerstich starb. Einen Messerstich in den Bauch, Daniel!«

Leo hielt den Atem an und zählte langsam bis zehn. Sérgio Ortega. Amys Mörder! Plötzlich ergab Elijahs ganzes sonderbares Verhalten einen makabren Sinn. Er schützte seinen eigenen Vater! Von Kindesbeinen an hatte Sérgio Ortega ihm eingebläut, dass die Familie über alles ging, das hatte er Leo selbst erzählt.

Zornig schüttelte Daniel den Kopf. Er steckte die Hand in die Tasche und zog ein Klappmesser hervor. »Na und? Wir alle haben ein Messer. Was, wenn du es doch selbst warst und jetzt versuchst, die Schuld auf Vater abzuwälzen? Woher sollte Vater schließlich von Amy wissen? Du hast gesagt, du hast ihm nie erzählt, dass die Kleine sich dir an den Hals geworfen hat.«

Elijah schnaubte nur, aber er sah verunsichert aus. »Da hast du recht«, murmelte er. »Trotzdem! Du musst mir sagen, wo Vater ist! Er muss sich der Polizei stellen.«

»Im Leben nicht!«, sagte Daniel. Langsam klappte er das Messer auf.

Leo wurde kalt. Was hatte er vor?

Elijah ließ die handspannenlange Klinge nicht aus den Augen, während er weitersprach. »Willst du, dass auch Leonie stirbt?«

Daniel lachte. »So wie du sie anschmachtest, wäre es nur ausgleichende Gerechtigkeit dafür, dass Chrissy gestorben ist!«

Elijah bewegte seinen Fuß ein Stück nach hinten, wie um sich für einen Kampf in Position zu bringen.

Leo fühlte, wie ihre Fingernägel sich nach oben umbogen, so fest umklammerte sie den Mauervorsprung. Alles in ihr wollte schreien: *Hört auf!* Aber sie konnte sich weder rühren noch einen einzigen Ton hervorbringen.

»Ich weiß, dass du mich hasst, weil du mich für schuldig an Chrissys Tod hältst«, sagte Elijah. »Und das tut mir leid. Aber darum geht es doch jetzt nicht. Wenn wir der Polizei nicht sagen, wo Vater ist, dann stirbt vielleicht noch jemand! Wir haben viel zu lange geschwiegen, Daniel. Amy könnte noch leb…«

»Vater war es nicht!« Mit diesem Satz auf den Lippen stieß Daniel vor. Elijah hatte es kommen sehen. Mit einer blitzartigen Bewegung ließ er sich fallen, wirbelte auf Händen und Füßen herum, kam wieder hoch.

Daniel passte sich seinen Bewegungen an. Sein rechtes Bein schnellte hoch, sein Fuß zielte nach Elijahs Kopf, Elijah wich aus, indem er eine Art Rad schlug, für das er die Hände nicht auf die Erde setzte. »Hör auf!«, stieß er hervor.

Doch Daniel schüttelte zornig den Kopf. Wieder griff er an, wieder wirbelten die beiden in wilden, akrobatisch anmutenden Bewegungen umeinander. Leo ließ den Vorsprung los. Ihre Hände hatten angefangen zu zittern. Elijah war unbewaffnet, über kurz oder lang würde er Daniel unterliegen.

Sie musste irgendwas tun!

Unsicher, ob es die richtige Entscheidung war, streckte sie die Hand nach der Doppeltür aus und stieß sie ein Stück weiter auf.

Elijah sah es aus dem Augenwinkel und war für den Bruchteil einer Sekunde abgelenkt. Daniel stürzte sich mit einem Brüllen auf ihn, sie prallten zusammen. Elijah schrie auf. Einen schrecklichen, unendlichen Augenblick lang standen sie sich schwer atmend so dicht gegenüber, dass sich ihre Nasen fast berührten, dann endlich wich Daniel zurück.

Leos Herz klopfte bis in den Hals. War Elijah verletzt? Er rührte sich nicht, stand leicht vornübergebeugt da. Doch dann drehte er sich endlich zu ihr um.

Leo atmete erleichtert aus. Offenbar war nichts Schlimmeres passiert.

Die Blässe seiner Haut war beängstigend. Seine Lippen teilten sich, als wenn er etwas sagen wollte, aber seine Worte wurden übertönt von einem lang gezogenen, unheimlichen Heulen, das die gesamte Halle erfüllte.

»Chrissy!« Es war Daniel. Er hatte das Messer noch immer in der Hand, aber jetzt ließ er es fallen. Klirrend landete es auf dem Betonfußboden. Wie durch einen Schleier hindurch bemerkte Leo, dass die Klinge rot glänzte. »Chrissy!«, heulte Daniel erneut.

»Reiß dich zusammen, Junge!«, erklang da eine tiefe, zornige Stimme hinter Leo.

Sie fuhr herum.

Vor ihr stand Sérgio Ortega.

Auch Sérgio wirkte blass. Seine Lippen waren zu schmalen Strichen zusammengepresst und in seinen Augen stand ein Funkeln, das Leos Knie zittern ließ.

Sie wich vor ihm zurück, hinein in die Trainingshalle.

Elijah und Daniel waren erstarrt, Elijahs Hüfte war leicht abgeknickt. Er presste die Hand auf eine Stelle dicht unter seinen Rippen. Voller Entsetzen registrierte Leo, dass Blut zwischen seinen Fingern hervorquoll.

Daniels Messer hatte ihn also doch verletzt!

In ihrem Kopf begann es zu kreisen. *Reiß dich zusammen!*, kreischte eine panische Stimme. *Du darfst jetzt nicht ohnmächtig werden, sonst stirbst du!*

Ihr Blick hetzte von Elijah zu Sérgio und zurück. Durch die Angst hindurch, die sich wie ein Film über ihre Augen legte, nahm sie wahr, wie Sérgio sich bückte und Daniels Messer aufhob. Prüfend wog er es in der Hand.

Leo wich weiter zurück.

Elijah machte Anstalten, sich schützend vor sie zu stellen, aber Sérgios zorniger Blick nagelte ihn an Ort und Stelle fest. Leo konnte die Schmerzen sehen, die sich in Elijahs Augen spiegelten. Verzweifelt versuchte sie, nicht auf das Blut an seinen Fingern zu starren. Sie glaubte, den metallenen Geschmack des Blutes auf der Zunge spüren zu können. Ihre Kehle wurde eng, sie würgte.

Sérgios Blick ließ von dem Messer in seiner Hand ab und richtete sich auf Elijahs Wunde. »Da seht ihr, was Frauen anstellen!«, sagte er dumpf. »Sie schaffen es, dass Bruder sich gegen Bruder wendet!« Er begann, eine hasserfüllte Tirade auf alle Frauen der Welt von sich zu geben. Leo verstand kein Wort davon, weil sie um ihr Bewusstsein kämpfen musste. Verzweifelt suchte sie Elijahs Blick, aber er schien wie gebannt von den vergifteten Worten seines Vaters.

Erst eine halbe Ewigkeit später erkannte Leo, dass er sich dabei unauffällig Zentimeter für Zentimeter näher an sie heranschob.

Sérgio bemerkte es nicht. »Ich werde nicht zulassen, dass irgendeine Frau euch noch mal den Kopf verdreht!« Er wechselte das Messer von der einen Hand in die andere.

»Willst du sie auch aufschlitzen?«, schrie Elijah ihn an. »So, wie du es mit Amy gemacht hast?«

Sérgio stockte bei seinen Worten. Seine Augen verengten sich, sein Blick blieb für einige Augenblicke lang an Elijah haften, bevor er von dort aus zu Daniel wanderte.

Vater und Sohn starrten sich an. In ihrem Blick war so viel Unausgesprochenes, dass Leo die Spannung regelrecht spüren konnte.

»Vater!« Daniels Stimme war nur ein tonloses, verschrecktes Winseln. »Bitte …«

Aber Sérgio schnitt ihm das Wort ab. »Halt's Maul!«, donnerte er, so wütend, dass er beim Sprechen die Zähne entblößte.

Daniel erbleichte.

Sérgio richtete den Blick auf Leo.

Und in diesem Moment geschah alles in rasender Geschwindigkeit.

Elijah hechtete vorwärts, auf seinen Vater zu. »Lauf!«, brüllte er. Dann krachte er mit voller Wucht in Sérgio hinein. Gemeinsam gingen sie zu Boden.

Leo reagierte reflexartig. Sie rannte los.

In einem weiten Bogen umrundete sie die beiden auf dem harten Beton miteinander ringenden Männer und krachte gegen die Doppeltür. In fieberhafter Eile riss sie sie auf, rannte durch den kurzen Gang und hinaus ins Freie.

Sie kam nicht weit.

Kaum war sie um die Ecke gebogen, als sie gegen eine menschliche Gestalt prallte. Sie stolperte zwei Schritte rückwärts und sah dann, dass es Schröder war, gegen den sie gerempelt war.

Mitleidig sah er erst sie an, dann in Richtung Akademie. »Du wirst sterben«, raunte er. »Jetzt. Ich habe dich gewarnt! Die Raubtiere kommen.«

Leos Kopf flog herum. Tatsächlich näherten sich Schritte. »Helfen Sie mir!«, keuchte sie, aber Schröder machte nicht den Eindruck, als verstünde er, was sie von ihm wollte. Im Gegenteil. Leo hatte ihn noch nie zuvor so verwirrt erlebt wie in diesem Moment. Also ließ sie ihn einfach stehen und hetzte weiter.

Sie rannte durch die enge Gasse, unter den Eisenträgern hindurch, auf denen Elijah noch vor wenigen Tagen balanciert war, und um eine weitere Ecke.

Nur, um erneut gegen jemanden zu prallen.

Diesmal kreischte sie nicht. Aus ihrem Mund kam nur ein tonloses, panisches Ächzen. Sie wurde festgehalten und zurück auf die Füße gestellt, dabei hatte sie gar nicht mitbekommen, dass sie getaumelt war.

»Ich bin es!«

»Daniel!« Vor Erleichterung wäre sie fast in sich zusammengesunken.

Er nickte. Noch immer hielt Daniel ihre Oberarme umklammert. Ohne sie loszulassen, lauschte er, als könne er so ergründen, ob sein Vater in der Nähe war. »Elijah versucht, ihn aufzuhalten«, erklärte er.

Leo nickte. »Elijah ist …« … *verletzt,* hatte sie sagen wollen, aber sie kam nicht dazu, denn jemand hinter ihr knurrte:

»Elijah ist ein Narr!«

Es war Sérgio.

Wie in Zeitlupe drehte Leo sich zu ihm um. Daniel ließ ihre Arme los, aber er legte eine Hand auf ihre Schulter, wie um ihr weiterhin Halt zu geben. Würde er ihr wie Elijah gegen seinen Vater zur Seite stehen? Sie war sich dessen alles andere als sicher. Ihre Blicke irrten über Sérgios Gestalt, seine Hände. Warum hatte er das Messer nicht mehr? Sie versuchte, ihm in die Augen zu sehen, aber sie konnte es nicht. Stattdessen musste sie all ihre Kraft aufwenden, um nicht wie ein Baby zu wimmern.

»Lass Leonie los!«, befahl Sérgio.

Daniel schüttelte langsam den Kopf. Leo spürte, wie seine Hand auf ihrer Schulter sich verkrampfte. Wahrscheinlich war es das erste Mal, dass er sich seinem Vater widersetzte. Tiefe Dankbarkeit erfüllte sie für einen kurzen Moment.

»Ich sagte: Lass sie los!« Ganz ruhig klang Sérgios Stimme jetzt.

Wieder schüttelte Daniel den Kopf.

»Ich werde dich zwingen, es zu tun!«, drohte Sérgio.

Daniel biss nur die Zähne zusammen.

»Du bist mir nicht gewachsen, Daniel, das weißt du! Ich bin der Mestre. Ich kann dich zwingen, mir zu gehorchen!«

»Ihn vielleicht.«

Die zwei Worte klangen wie Musik in Leos Ohren. »Elijah!«, hauchte sie.

Er stand an der Ecke, eine Hand hatte er gegen die Wand gestützt, und er war so fahl, dass Leos Erleichterung von einer Sekunde auf die andere in Entsetzen umschlug. Sein T-Shirt war dunkel vor Blut und klebte ihm an der Haut. »Wenn du Leonie willst, musst du nicht nur Daniel überwinden«, sagte er.

»Du bist verletzt!« Sérgio wirkte noch immer völlig ruhig. Es war ein so krasser Gegensatz zu der Wut, die er vorhin ausgestrahlt hatte, dass es Leo grauste. »Und du hast keine Ahnung.«

Elijah machte sich nicht die Mühe, ihm zu widersprechen. Alles, was er tat, war, Sérgio einen stummen Blick zuzuwerfen, und zu Leos Verblüffung schwieg der tatsächlich. Jedoch nur für einen Moment. »Du kannst mich nicht besiegen!«, sagte er dann.

Elijah ignorierte ihn. »Daniel«, bat er. »Bring Leonie weg. Nur für den Fall, dass Vater recht hat.«

Daniels Finger legten sich um Leos Oberarm. »Komm!«

Leo konnte es nicht fassen. War das hier alles tatsächlich real? Es fühlte sich so an, als würde sie einen schlechten Film ansehen, als würde all dies gar nicht ihr passieren, sondern einem Mädchen, das nur zufällig genauso aussah wie sie. Sie spürte, wie ihr Tränen in die Augen schossen. Sie suchte Elijahs Blick. Diesmal wich er ihr nicht aus. Sekundenlang standen sie sich gegenüber und sahen sich einfach nur an – Elijah blutverschmiert, Leo völlig verwirrt. Genau wie bei ihrem ersten Zusammenprall vor der Akademie. Ewigkeiten schien das her zu sein.

»Komm!«, wiederholte Daniel und erhöhte den Druck auf Leos Arm. »Du lenkst ihn sonst nur wieder ab.«

Widerwillig folgte sie ihm. Sie waren noch nicht ganz um die nächste Ecke, als sie Sérgio lachen hörte. Seine Stimme klang fassungslos und dann rief er: »Du bist so ein verdammter Narr, Elijah, weißt du das?«

»Wohin gehen wir?« Leo umklammerte sich selbst, um sich gegen die innere Kälte, die sie erfasst hatte, zu wärmen. Aber es half nichts. Ganz sicher würde ihr im Leben niemals wieder warm werden.

Daniel führte sie quer durch den alten Industriepark. Er legte ein ziemliches Tempo vor. Obwohl er nicht direkt rannte, schritt er so hastig voran, dass Leo zwischendurch immer wieder ein paar Schritte laufen musste, um mitzukommen.

Er reagierte nicht auf ihre Frage.

»Warte doch mal!«, schrie sie ihm nach. Dann blieb sie plötzlich stehen, weil ihr etwas eingefallen war. Sie hatte ihr Handy dabei. Sie konnte Hilfe rufen! Hilfe für Elijah! Schließlich wussten sie jetzt, wer Amys Mörder war, Frau Keller und ihr Kollege mussten das erfahren. Mit fliegenden Fingern angelte Leo in der Tasche nach dem Telefon. Währendessen bemerkte sie nur beiläufig, dass sie sich bei der Wiese am ehemaligen Wasserturm befanden. Die Eisenpfähle ragten stumm und bedrohlich aus dem halbhohen Gras.

Leo zerrte das Handy hervor, aber das Adrenalin rauschte so machtvoll durch ihren Körper, dass sie die Tasten nicht traf. Ihre Finger zitterten. Auch ihre Zähne hatten jetzt angefangen aufeinanderzuschlagen.

»Lass mich machen!« Daniel kam zu ihr zurück und nahm ihr kurzerhand das Gerät weg. »Wusstest du«, fragte er, anstatt zu wählen, »dass Chrissy noch gelebt hat, als ich sie gefunden habe?«

Der Sinn seiner Worte erreichte Leos Verstand nicht. *Ruf an!*, schrie es in ihr. Gerade wollte sie es ihm an den Kopf schleudern, als sie glaubte, ohnmächtig zu werden.

Was hat er eben gesagt?

Fassungslos und erschrocken starrte sie ihm ins Gesicht. Da war plötzlich etwas in seinen Augen, das Flackern von irgendetwas Irrem, verbunden mit diesem zornigen Triumph. Beides hatte sie schon einmal bei ihm wahrgenommen, neulich, als er sie dazu gebracht hatte, sich in den Capoeira-Kreis einzureihen und Elijah ihn dabei erwischt hatte.

»Was …?« Der Rest der Frage blieb ihr in der Kehle stecken. In ihrem Kopf stolperten die Gedanken übereinander. Was wollte er ihr sagen? Was war auf einmal los mit ihm? Warum rief er nicht die Polizei?

Sie streckte die Hand nach dem Handy aus. »Gib her!«, verlangte sie. Gleichzeitig wusste sie, wie sinnlos diese Forderung war. Ihr Verstand weigerte sich anzuerkennen, was sie im Grunde längst begriffen hatte.

Daniel lachte. Es war ein ganz anderes Lachen als sonst. Diesmal klang es dunkel und emotionslos. »Chrissy hat noch gelebt, als ich sie gefunden habe.«

Leos Kehle wurde unerträglich eng. »Wovon sprichst du?«, wisperte sie.

»Das hast du genau verstanden!« Er warf ihr Handy in die Büsche.

Dieses sanfte, freundliche Lächeln! Es passte so gar nicht zu dem Ausdruck in seinen Augen. Leo wich einen Schritt zurück.

»Chrissy war auf diesen Pfahl gefallen, aber sie war noch nicht tot.«

Leo zwang ihre Angst zu Boden. Sie musste sich zusammenreißen, musste cool reagieren. *Weil ich sonst sterben werde …*

Septembermädchen! Raubtiere im Park. Schröder hatte sie vor Elijah warnen wollen, aber er hatte nicht begriffen, dass er sich irrte. Nicht Elijah war das Raubtier. Sondern Daniel!

Fast hätte sie aufgelacht, so absurd, so entsetzlich absurd war das alles.

»Du?«, sagte sie und wunderte sich, wie fest ihre Stimme klang.

Daniel nickte langsam. »Ich. Nicht unser Vater.« Er sah sich um, dann machte er ein paar Schritte auf die Wiese, die sich rechts von ihnen erstreckte, und bückte sich. Als er sich wieder erhob, hatte er eine abgebrochene Eisenstange in der Hand.

Leos Blick irrte über ihre Schulter zurück.

»Elijah kommt nicht, um dich zu retten, Schätzchen.« Daniel wog die Stange in der Hand, prüfte ihr scharfes Ende. Es lief in zwei hässlichen, rostigen Zacken aus. »Er hat sich mit unserem Vater angelegt und der zeigt ihm gerade, was für eine schlechte Idee das ist.«

Leo kämpfte gegen das Bedürfnis an zu hyperventilieren. Sie konnte den Blick nicht von dem rostigen Ende der Stange lassen. Eine tödliche Spitze – so wie die, auf die Chrissy gefallen war.

»Warum?«, wisperte sie und versuchte, ihre Optionen abzuchecken. Würde sie vor Daniel weglaufen können? Er war sportlich und sicher schnell. Und er war auf jeden Fall um einiges stärker als sie. Wenn er sie einholte, würde er ihr diese Stange – diesen Pfahl …

Sie stopfte das Wimmern, das über ihre Lippen kommen wollte, zurück in ihre Kehle. Die beste Alternative war es wahrscheinlich, ihn am Reden zu halten, zu hoffen, dass es Elijah gelingen würde, seinen Vater zu überwinden und ihr doch noch zur Hilfe zu eilen. »Warum?«, wisperte sie darum erneut.

Er lachte wieder. Die Stange klatschte in seine Handfläche. Allein das Geräusch drehte Leo den Magen um. »Warum ich zugesehen habe?«

Sie nickte. Sprechen war unmöglich.

»Sie war meine Freundin, aber das hatte ich dir, glaube ich, gesagt, oder?«

Wieder nickte Leo.

»Ich habe sie sehr gerngehabt, auch wenn du dir das jetzt wahrscheinlich nicht vorstellen kannst. Aber Vater – er hieß es nicht gut. Du hast ja gehört, was er über Frauen denkt. Er will nicht, dass wir Freundinnen haben. Als ich noch ein Kind war, da hat er mich oft verprügelt, Leo, wusstest du das?«

Diesmal schüttelte Leo den Kopf. *Lass ihn reden!*, ermahnte sie sich und suchte mit den Augen nach einer Waffe, die sie gegen ihn einsetzen konnte. Da war die Wiese, aber sie konnte keine weitere Stange entdecken. Nur einige kindskopfgroße Betonbrocken lagen zwischen den rostigen Pfählen herum.

»Oh, er hat hart zugeschlagen, wenn ich etwas getan hatte, das er nicht leiden konnte. Elijah hat nie Schläge gekriegt, immer nur ich, dabei habe ich ihm doch immer alles recht machen wollen.« Er bekam jetzt einen weinerlichen Tonfall.

Leo dachte an das, was Nene über Elijah gesagt hatte. Er war von seinem Vater als Kind misshandelt worden. »Elijah hat er auch geprügelt«, flüsterte sie und dachte dabei an die Prellung in seinem Gesicht.

»Hat er nicht!« Daniel brüllte. »Ihm hat er im Spiel gezeigt, dass er zu gehorchen hat. Nur mich hat er geprügelt, wie einen Hund!«

Spiel, daran erinnerte Leo sich in diesem Moment nur dumpf, nannten die Capoeira-Sportler den Kampf.

»›Nur durch Härte wird ein Mann zu einem Mann‹, hat Vater immer gesagt. Ich habe ihn angefleht, mich auch in der Roda zu bestrafen, aber er hat gemeint, das sei nicht meine Art von Strafe. Obwohl ich der Ältere war, hat er mich behandelt wie ein Kind und Elijah … Elijah …« Er zog die Nase hoch. Die Stange wanderte von einer Hand in die andere.

»Er sagte, du hast ihm die Schuld an Chrissys Tod gegeben.«

»Er und die verdammte Capoeira!«, zischte Daniel. »Sie haben Chrissy getötet. Und ich, ich musste zusehen.«

Ganz langsam setzte Leo einen Fuß auf die Wiese.

Es ist wichtig, den Gegner glauben zu machen, dass man schwach ist, erklang Elijahs Stimme in ihrem Hinterkopf. *In der Capoeira nennt man dieses Prinzip* malicia.

Malicia.

Einer der Steine musste als Waffe genügen.

»Warum hast du ihr nicht geholfen?«, fragte sie. *Malicia.*

»Ich wollte. Aber ich konnte nicht.«

An dieser Stelle musste Leo sich zwingen, nicht die Augen zu schließen. Es war ihr unmöglich, sich vorzustellen, was Daniel in diesen Momenten empfunden haben musste. Seine Zerrissenheit spiegelte sich auch jetzt in seinen Augen, hüllte ihn ein wie ein düsterer Umhang, den er niemals wieder abstreifen konnte.

»Du hast geglaubt, dass dein Vater ihren Tod wollte«, murmelte sie.

Daniel nickte. »Er war bei mir.«

»Er war bei dir, als Chrissy starb?«

»Er stand plötzlich einfach hinter mir.« Daniel senkte den Kopf, aber nur für einen kurzen Moment. Schon schaute er wieder auf und fixierte sie wie ein Raubtier seine Beute. »Als sie tot war, hat er mich geprügelt wie noch nie in meinem Leben.«

Leo sog die rechte Wange zwischen die Zähne und biss darauf. Der Schmerz verhinderte, dass sie die Nerven verlor. Wenn man lange genug in einen Abgrund schaute, schaute der Abgrund irgendwann in einen zurück.

Das sagte Nene immer.

»Aber er hat dich nicht verraten«, sagte sie.

»Es war ein Unfall«, wiederholte Daniel. Er wirkte, als müsse er sich das wieder und wieder einreden. »Das habe ich Vater gesagt. Darum schwieg er.« Er schwieg, dachte Leo. Und danach lebte er ein Jahr lang mit dem Wissen, dass sein Sohn ein Monster, ein Sadist war. Eine gute Erklärung für den Zorn, den sie in Sérgios Augen gesehen hatte!

»Was …« Leo musste tief durchatmen, bevor sie die Frage aussprechen konnte. »Was war mit Amy? Hast du sie getötet?«

Bitte nicht!, flehte sie im Stillen. *Sag mir, dass dein Vater wegen dem, was du Chrissy angetan hast, so kaputt war, dass er zum Jahrestag ihres Todes anfing zu morden.*

Aber Daniel tat ihr den Gefallen nicht. »Ja«, sagte er nur.

Der Boden unter Leos Füßen verwandelte sich. Sie stand nicht mehr auf festem Grund, sondern auf einer dünnen Glasscheibe, die dabei war, unter ihren Füßen zu zersplittern. Auf ähnliche Weise, wie der Spiegel unter Elijahs Faust zersplittert war. Darunter lauerte der Abgrund.

»Warum, Daniel?«, fragte sie. Ihre Gedanken wiederholten dabei ein einziges Mantra: *Malicia. Malicia.*

Er gab ihr genau die Antwort, die sie gefürchtet hatte. »Weil wieder September ist.« Ein leises Grinsen glitt über seine Lippen. »Vater hat verboten, Freundinnen zu haben, aber seit sie ihn im Juni in dieser Kneipe getroffen hat, hat Amy Elijah die ganze Zeit schöne Augen gemacht. Richtig an den Hals geworfen hat sie sich ihm. Er hat sich eine Weile gewehrt, ich dachte zuerst, weil er Vater gehorchen wollte. Erst später habe ich kapierte, dass du der Grund warst. Wusstest du, dass er auf Frauen mit langen hellbraunen Haaren steht, weil unsere Mutter lange hellbraune Haare hatte?«

Leos Augen begannen zu brennen. »Wenn er Amy meinetwegen nicht wollte, warum musste sie dann sterben?«

Bedauernd zuckte Daniel die Achseln. »Als ich Amy entführt habe, wusste ich noch nicht, dass Elijah sich schon längst in dich verknallt hatte. Ich habe ihn mit Amy rummachen sehen und dachte, ich zeige ihm, was passiert, wenn er Vaters Befehle missachtet. Eigentlich habe ich nur vorgehabt, Amy ein paar Tage lang gefangen zu halten, damit er kapiert, in welche Gefahr er sie bringt. Aber dann ist er mit dir zusammengerempelt. Da erst habe ich kapiert, dass er Amy gar nicht liebt. Er war nur zu gutmütig, es ihr direkt ins Gesicht zu sagen.« Daniel lachte bitter. »Er liebte nicht Amy, sondern dich. Und als ich das begriff, musste ich ihm einen Grund geben, die Finger von dir zu lassen. Sagen wir, Amy kam mir gerade recht.« Der Wahnsinn flackerte jetzt in seinen Augen, so hell, dass es sich anfühlte, als schlüge er Leo rechts und links ins Gesicht. Sie konnte nicht anders, sie musste es fragen: »Was hast du jetzt vor?«

Er umfasste die Stange fester. »Keine von euch darf meine Familie auseinandertreiben«, flüsterte er heiser. »Wer das versucht, muss …«

»Malicia!«, wisperte sie, so leise, dass Daniel es nicht hören konnte.

Ihr Blick fixierte den Stein neben ihrem Fuß. Und dann brach sie zusammen.

Der unebene Boden der Wiese flog auf sie zu. Hart kam sie auf, aber gleichzeitig krampfte sich ihre Hand um den Stein.

»He!«, rief Daniel aus. Er schien wahrhaftig überrascht. Sie hörte, wie er näher kam und sich über sie beugte. Sie musste all ihren Mut aufbringen, um so zu tun, als sei sie tatsächlich ohnmächtig geworden. Seine Finger tasteten an ihrem Hinterkopf herum, fanden die Platzwunde, die Elijah ihr beigebracht hatte.

»Hm«, hörte sie ihn, dann kniete er sich neben sie.

Sie unterdrückte das Triumphgefühl, wartete noch einige Atemzüge länger, bis sie sicher war, dass er nichts ahnte. Dann rollte sie herum, riss den Stein hoch. Traf ihn damit im Gesicht. Daniel stieß einen dumpfen Laut aus. Dann kippte er auf sie. Die Stange polterte ins Gras, Daniels Gewicht presste ihr die Luft aus den Lungen.

Ihr wurde schwarz vor Augen.

Das Letzte, was sie wahrnahm, war, dass jemand Daniels Körper von ihr herunterzerrte und neben ihr auf die Knie fiel.

»Leo!«, sagte dieser Jemand mit Elijahs Stimme.

Dann war da nur noch Schwärze.

***

Als sie wieder erwachte, lag sie schon wieder auf einer Pritsche in einem Rettungswagen. Ein junger Sanitäter mit bärtigem Gesicht blickte lächelnd auf sie herunter. »Willkommen zurück«, sagte er mit einer Fröhlichkeit, die Leo nach allem, was passiert war, kaum ertragen konnte.

»Wo ist sie?« Nenes Stimme. Atemlos. Wahrscheinlich war sie den ganzen Weg über das Gelände gerannt.

»Da drinnen. Jemand kümmert sich um sie.« Das war Frau Keller. »Es geht ihr gut, Iris! Der Kerl hat ihr nichts tun können.«

»Gott sei Dank!« Nene kletterte durch die offen stehende Tür des Wagens und kümmerte sich nicht im Geringsten darum, dass der Sanitäter lautstark dagegen protestierte.

»Leo! Um Himmels willen!« Sie kam an die Pritsche und griff nach Leos Hand.

»Es geht mir gut«, sagte Leo, und das stimmte. In ihr war ein sonderbares Gefühl von Hochstimmung. Sie war eben mit knapper Not dem Tod entronnen und fühlte sich dadurch so lebendig wie noch nie zuvor in ihrem Leben. Aber was viel, viel wichtiger war: Elijah war kein Mörder! Beim Gedanken an ihn verging ihre Hochstimmung jedoch sofort. Wo war er? Was war mit seiner Verletzung? Ging es ihm gut?

»Elijah!«, sagte sie.

Frau Keller tauchte in der Tür des Rettungswagens auf und der Sanitäter zuckte resignierend die Achseln.

»Macht doch, was ihr wollt!«, grummelte er und verschwand.

»Elijah ist okay«, erklärte Frau Keller Leo. »Er ist bei meinem Kollegen und macht eine Aussage.« Durch die Tür des Rettungswagens schaute sie Leo und Nene an.

»Daniel hat ihn mit dem Messer …« Leo dachte an das Blut, das zwischen Elijahs Fingern hervorgequollen war. Ihr wurde übel allein bei dem Gedanken daran. Vermutlich würde in Zukunft das Wort »Blut« ausreichen, um ihr Übelkeit zu verursachen.

»Er wurde verarztet«, beruhigte Frau Keller sie. »Es war eine Fleischwunde, offenbar nichts Gefährliches.«

Die Erleichterung machte Leo ganz schwach. »Ich möchte ihn sehen!«, bat sie und machte Anstalten, sich hinzusetzen.

»Du bleibst schön, wo du bist!«, befahl Nene, doch der Sanitäter blickte um die Ecke der Wagentür und schüttelte den Kopf.

»Wenn sie will, kann sie ruhig aufstehen. Ihr fehlt nichts.«

Also schwang Leo die Beine von der Pritsche. Mit etwas wackeligen Beinen kletterte sie aus dem Wagen. Dann sah sie sich um.

Kommissarin Kellers Partner stand in einiger Entfernung und unterhielt sich mit einem Polizisten in Uniform. Von Elijah jedoch war keine Spur zu sehen.

»Er hat seine Aussage gemacht«, sagte der Kommissar. »Dann ist er einfach gegangen.«

In den beiden darauffolgenden Tagen ließ Elijah sich weder blicken, noch meldete er sich bei Leo. Jedes Mal, wenn sie versuchte, ihn zu erreichen, ging nur seine Mailbox dran. Kein einziges Mal sprach sie drauf, weil sie einfach nicht wusste, was sie sagen sollte.

Hey! Dein Bruder hat zwar versucht, mich umzubringen, aber was soll's?

Oder besser: *Ich liebe dich?*

Die ersten Nächte starrte Leo größtenteils grübelnd in die Finsternis und weinte ziemlich viel. Zwei Tage nach den Ereignissen im Industriepark musste sie zusammen mit Nene aufs Polizeirevier kommen, um ihre Aussage zu Protokoll zu geben.

Das Büro von Frau Keller und ihrem Partner war eingerichtet wie eine typische deutsche Amtsstube. Dunkle Schreibtische, eine obligatorische Topfpflanze auf dem Fensterbrett, ein Waschbecken in der Ecke.

»Setzt euch doch!«, bat Frau Keller, nachdem Nene und Leo den Raum betreten hatten.

Leo musste so genau wie möglich berichten, was passiert war. Frau Kellers Partner hieß Weidenschläger, das konnte sie auf dem kleinen Schild auf seinem Schreibtisch lesen. Er tippte ihren Bericht in einen Computer, dann druckte er ihn aus und Leo musste ihn unterschreiben.

»Hat Daniel inzwischen ein Geständnis abgelegt?«, fragte Nene.

Frau Keller nickte. »Ja, aber sein Vater hat versucht, die Schuld auf sich zu nehmen. Wir wissen allerdings inzwischen sicher, dass Daniel Amy getötet hat. Sein Messer konnte sichergestellt werden und es finden sich auch DNA-Spuren von ihm an der Leiche.«

Leo stellte sich vor, wie Daniel Amy sein Messer in den Leib gerammt hatte. »Warum tut jemand so was?«, murmelte sie.

»Sein Vater hat ihn – und auch Elijah natürlich – zu Kämpfern erzogen«, erklärte Frau Keller. »Sie folgten irgendeinem sonderbaren Ehrenkodex aus den Favelas von Rio de Janeiro, so viel ist inzwischen klar geworden. Zusammenfassend könnte man sagen, Ortegas Lebensmotto war: Hilf dir selbst.«

»Daniel hat erzählt, dass sein Vater ihn oft verprügelt hat«, warf Leo ein.

Nene an ihrer Seite nickte vor sich hin.

Kommissar Weidenschläger heftete Leos Aussage in einen Aktenordner. »Sérgio Ortega scheint unter einem starken Frauenhass zu leiden, den er seinen Söhnen versucht hat einzuimpfen. Das war auch der Grund, weshalb Elijah auf die Idee gekommen ist, dass sein Vater Amy getötet hat. Er war kurzzeitig mit ihr befreundet und sein Vater missbilligte das aufs Äußerste.«

Leo dachte an die Blicke, die Sérgio Ortega ihr zugeworfen hatte, als sie sich in der Akademie zum ersten Mal begegnet waren. Missbilligung. Sogar Ekel war ein zu schwaches Wort für die Gefühle, die sie in seinen Augen gesehen hatte!

»Es ist ganz klassisch«, hörte sie Nene sagen. »Der Vater überträgt seinen Frauenhass auf seine Söhne und die geraten in der Pubertät in einen inneren Zwiespalt. Sie fühlen sich zu Mädchen hingezogen, aber sie haben verinnerlicht, dass das böse ist. Kommen dann bei einem Charakter noch weitere Faktoren dazu, eine grundsätzlich sadistische Veranlagung zum Beispiel, dann kommt es zu Gewalttaten. Ich vermute, Daniel hat sich selbst zum Erfüllungsgehilfen seines Vaters gemacht. Der Tod seiner Freundin Chrissy und das Erlebnis, wie sein Vater damit umgegangen ist, haben dies zusätzlich verstärkt. Weil er wusste, dass sein Vater die Verbindungen zu den Mädchen missbilligt, hat er sozusagen in vorauseilendem Gehorsam gehandelt.«

»Und gemordet ...«, flüsterte Leo. Sie verspürte plötzlich so etwas wie Mitleid für Daniel und wunderte sich ein bisschen über sich selbst. Sie tauschte einen langen, stummen Blick mit Nene.

»Soweit wir in Erfahrung bringen konnten«, sagte Frau Keller, »hat Daniel tatsächlich sadistische Züge. Als Kind hat er Tiere gequält – und auch seinen jüngeren Bruder.

Seine Mutter hat die Familie verlassen, als Elijah gerade geboren war. Daniel hat ihm die Schuld daran gegeben. Ortega hat uns in der Zwischenzeit erzählt, dass Daniel einmal versucht hat, Elijah mit einem Kissen zu ersticken. Auch später hat er ihn immer wieder gekniffen, geschlagen, gegen Möbel oder die Treppe runtergeschubst.«

Glaub mir, hörte Leo Elijah sagen. *Mit Schmerzen kenne ich mich aus!*

Ihre Kehle wurde ganz eng. Dennoch fragte sie: »Aber wenn Daniel schon als Kind so grausam zu ihm war, wieso kam Elijah dann nie auf die Idee, dass er der Mörder sein könnte?«

Nene lehnte sich auf ihrem Stuhl zurück. »Auch das ist klassisch. Elijah wird sich und seinen Bruder immer als Einheit verstanden haben, sie beide gegen die Härte und Brutalität ihres Vaters. Es war einfacher für ihn, seinen Vater zu verdächtigen, einfacher und zugleich so viel schwieriger. Ich mag mir den Gewissenskonflikt nicht vorstellen, in dem er sich befand!«

Keller schüttelte den Kopf, sie sah sehr müde aus. Leo fragte sich, wie viele solcher Fälle sie in ihrem Leben schon bearbeitet hatte. »Chrissys Tod war das auslösende Moment. Daniel kam hinzu, als sie verblutete, und er konnte ihr nicht helfen. Das hat ihn zum Kippen gebracht.«

Leo dachte daran, was Daniel ihr erzählt hatte. Dass er zugesehen hatte, wie Chrissy starb. Mit stockender Stimme gab sie seine Worte wieder. »Sein Vater hat das mit angesehen.«

»Er wusste auch, dass Daniel Amy in seiner Gewalt hatte, das hat er inzwischen gestanden. Er hat nichts dagegen unternommen.«

Leo versuchte, sich vorzustellen, was Amy in ihrem Verlies empfunden haben musste, aber es ging nicht. In ihr war einfach kein Platz mehr für zusätzliches Grauen. War sie deshalb mitleidlos? Sie wusste es nicht, aber sie hatte auch nicht mehr die Kraft, sich mit dieser Frage zu befassen. Im Moment jedenfalls nicht.

»Das bedeutet, er wird auch ins Gefängnis kommen, oder?«, fragte sie.

»Wegen Beihilfe, ja, vermutlich.« Weidenschläger sah zufrieden aus, als er das sagte, aber Leo verspürte nur noch Bedauern.

Armer Elijah! Auf einen Schlag hatte er seine gesamte Familie verloren.

Die folgenden Tage vergingen nur bleiern. Leo fühlte sich matt und unglücklich und konnte nicht so recht erklären, woran das lag. Sie vermisste Elijah so sehr, dass es wehtat. Sie sprach viel mit Nene über ihre Emotionen. Irgendwann wurde es ein bisschen besser. Schließlich, eine gute Woche nach den Ereignissen im Industriepark, überredete Nene sie, sich ein wenig abzulenken und shoppen zu gehen.

Lustlos streifte Leo durch die Geschäfte. Schließlich landete sie vor der Tür des Noah's. Ein schwacher Anflug von Hoffnung überkam sie. Ob Elijah wieder angefangen hatte, hier zu arbeiten?

Mit diesem Gedanken betrat sie die Kneipe, aber außer Susanne, die sich freute, sie zu sehen, war niemand weiter da, den sie kannte. Sie setzte sich auf ihren Stammplatz und trank einen Cappuccino, froh darüber, dass Susanne sie weitgehend in Ruhe ließ. Die Wirtin hatte das fehlende Foto durch ein neues ersetzt, das auf der Zwanzigerjahre-

Party gemacht worden war. Leo kannte niemanden darauf und sie war froh darüber.

Sie tastete in ihrer Tasche herum. Das Foto, das Elijah ihr gegeben hatte, musste noch irgendwo darin sein, aber sie konnte es nicht finden. Vielleicht war es gut so. So konnte sie anfangen, mit allem abzuschließen.

Irgendwann kamen Thommy und Hannah. Sie waren begeistert, Leo zu sehen, setzten sich zu ihr und Hannah begann sofort, sie über das Geschehene auszufragen. Schließlich gab Thommy ihr ein eindeutiges Zeichen.

»Hör endlich auf!«, befahl er. »Du siehst doch, dass Leo nicht darüber reden will!«

Leo wollte etwas erwidern, aber in diesem Moment öffnete sich die Tür des Lokals ein weiteres Mal. Elijah trat ein.

Reflexartig versteckte Leo sich hinter einer Speisekarte und kam sich dabei vollkommen lächerlich vor. Die ganzen Tage lang war sie vor Sehnsucht nach Elijah fast verrückt geworden und jetzt, da sie ihn sah, fühlte sie sich nicht mehr in der Lage, ihm auch nur in die Augen zu schauen.

Sie hörte, wie er an die Theke trat. »Hallo Susanne«, sagte er. Seine Stimme jagte Leo mehrere Schauer gleichzeitig über den Rücken. »Ich wollte dich fragen, ob du mich wieder einstellen würdest.«

Da ließ Leo die Karte sinken. Elijah bemerkte sie aus dem Augenwinkel, drehte sich langsam zu ihr um.

Leo stand auf.

Elijah schluckte schwer, dann kam er auf sie zu. »Entschuldige«, flüsterte er, als er ganz dicht vor ihr stand.

Ein völlig unpassendes Lachen verstopfte Leos Kehle und bildete ein Gegengewicht zu den Tränen, die ihr auf einmal in die Augen schossen. »Wofür entschuldigst du dich jetzt schon wieder?« Auch sie konnte nur ganz leise sprechen.

Er wand sich. »Dafür, dass ich Daniel gebeten habe, dich in Sicherheit zu bringen.«

Leo verstand nicht.

»Ich war so blind, Leo! Ich hätte begreifen müssen, dass er Amys Mörder ist.«

»Fang jetzt bloß nicht an, dir deswegen auch noch Vorwürfe zu machen!«, presste Leo durch ihre enge Kehle.

Er senkte den Blick.

Sie fühlte sich wie auf die Folter gespannt. »Bei uns in der Wohnung«, flüsterte sie. »Du hast geglaubt, dass es dein Vater war, als du den Spiegel zertrümmert hast, oder?«

Er nickte, ohne den Blick zu heben. »Im Grunde dachte ich das schon die ganze Zeit, aber ich wollte es erst nicht wahrhaben.« Er hob eine Hand in den Nacken und rieb sich die Haut. »Es war so undenkbar, Leo! Er ist immerhin mein Vater! Aber als ich dann das Bild gesehen habe, das mit Amys Wunde, und als klar war, dass Amy mit einem Messer ermordet wurde, da konnte ich die Augen nicht länger vor der Wahrheit verschließen.«

Leo ging darüber hinweg, dass es die falsche Wahrheit gewesen war, die er gesehen hatte. Es war nicht mehr wichtig. Stattdessen sagte sie: »Ich hatte gehofft, dass du mich besuchen kommst.«

»Ich wusste nicht, ob du mich nach alldem noch willst.« Seine Hand krampfte sich um sein eigenes Genick, dann ließ er den Arm wieder fallen.

»Du bist so ein Idiot, weißt du das?« Sie griff nach seinen Händen, zog ihn an sich und umschlang seinen Körper. Er zuckte zusammen und ganz kurz dachte sie an die Messerwunde an seiner Seite, aber dann spürte sie, wie er die Arme um sie legte.

Er stand ganz still und trotzdem fühlte sie, wie er zitterte. Es dauerte lange, bis er damit aufhörte.

Sie machte sich los und sah auf seine verwundete Seite. »Wie hast du in diesem Zustand deinen Vater überwältigen können?«

Ein schwaches Lächeln glitt über sein Gesicht. »Das Prinzip von Malicia besagt, dass man seinen Gegner über seine wahre Stärke im Unklaren lassen sollte. Vater hat mich schon immer unterschätzt. Aber wie hast du Daniel überwältigt?

Da lachte sie und auf einmal fühlte es sich leichter an. »Malicia!«

Für einen Moment verschwand der düstere Ausdruck aus seinen Augen. »Du bist unglaublich, weißt du das?«

Sie genoss es zu wissen, dass sie sich ab sofort von Tag zu Tag besser fühlen würde. »Nein«, sagte sie neckisch. »Weiß ich nicht, aber ich höre es gern noch mal.«

Er sagte es jedoch nicht noch einmal. Stattdessen nahm er ihr Gesicht in die Hände und küsste sie. Und jetzt endlich war sein Kuss zärtlich.